悪役の王女に転生したけど、隠しキャラが隠れてない。

I WAS REINCARNATED AS A VILLAIN PRINCESS, BUT THE HIDDEN CHARACTER IS NOT HIDDEN.

5

著
早瀬黒絵
KUROE HAYASE

イラスト
comet

キャラクター原案
四つ葉ねこ

TOブックス

CHARACTER DATA

ルフェーヴル＝ニコルソン

乙女ゲーム『光差す世界で君と』の
隠しキャラクター。
闇ギルドに属する凄腕の暗殺者。
リュシエンヌにしか興味がない。

リュシエンヌ＝ラ・ファイエット
（旧姓：リュシエンヌ＝ラ・ヴェリエ）

ヴェリエ王国のかつての第三王女。
虐待を受けていたが、クーデター以降
ファイエット家の養女として迎えいれられる。
ルフェーヴルが何よりも大切。

エカチェリーナ＝クリューガー

アリスティードの婚約者。
公爵令嬢。

アリスティード＝ロア・ファイエット

攻略対象の一人。
ベルナールの息子で
リュシエンヌの義理の兄となる。

オリヴィエ＝セリエール

乙女ゲームの原作ヒロイン。男爵令嬢。
魂が二つ存在している。
転生者の魂は、自己中心的な性格。

オーリ

オリヴィエの身体に元々あった魂だが、
主導権を奪われている。
優しい心の持ち主。

CONTENTS

五・夏期休暇　幸せな時間

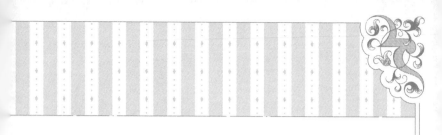

◆イラスト◆ comet

◆デザイン◆ 諸橋藍

五.

夏期休暇
幸せな時間

I WAS REINCARNATED
AS A VILLAIN PRINCESS,
BUT THE HIDDEN CHARACTER
IS NOT HIDDEN.

家族の時間

夏期休暇に入った日、お父様とお兄様と三人で夕食を摂ることになった。

ここ最近はあまり三人の予定が合わなかった——特にお父様はいつも公務で忙しい——ので、一緒に食事が出来るのが嬉しい。

王城へ向かう馬車の中で思い出す。

後宮で虐げられていたわたしが記憶を取り戻し、この世界は乙女ゲームに非常によく似た場所だと気付いてから十年、色々なことがあった。

自分が悪役王女リュシエンヌ＝ラ・ファイエットだと知り、別売りで発売のファンディスクに出てくる隠しキャラで攻略対象のルフェーヴル＝ニコルソン、ルルと出会った。

その後クーデターを経て、わたしは新王家の王女となった。その後、女神様の加護があることが判明して教会派貴族に狙われたり、攻略対象達と会ったり、そしてゲームヒロインのオリヴィエ＝セリエールを見つけた。

でも、なんだか原作のヒロインちゃんとは違うなと思っていたら、実はわたしと同じ転生者で、しかもルルを狙っているみたいで……。

思わず溜め息を漏らすとルルが首を傾げた。

「リュシー、どうかしたぁ？」

柔らかな茶髪を三つ編みにして、侍従のお仕着せを着たルルの灰色の瞳と目が合った。

「ううん、何でもない。試験が終わって良かったなあって思ってただけ」

そのオリヴィエのせいで攻略対象の一人がお兄様の側近から外れたり、実はオリヴィエの中に本物のヒロインちゃんであるオーリの人格がいたり、学院に入学してから驚くことばかりだったけれど、前期試験を終えて、これから夏期休暇に入るところだった。

「そうだな、試験が終わるとホッとする」

向かい側にいたお兄様も頷いた。

後頭部の高い位置で一つにまとめた黒髪に、青い瞳のわたしのお兄様、アリスティード＝ロア・ファイエットはこの国の王太子でもあり、乙女ゲームでは攻略対象の一人でもあった。

ルートによってはヒロインちゃんと恋するはずだったお兄様は、原作と異なり、エカチェリーナ＝クリューガー公爵令嬢を婚約者に据えている。他の攻略対象も似たような状況だ。

馬車が王城に到着し、使用人の案内を受けて王族専用の食堂に着く。

ルルもついて来てくれてはいるものの、今日はお兄様のエスコートである。

いつもの席に着き、お兄様も席に座るとお父様が来た。

「そのままで良い」

立って挨拶しようとしたわたし達を手で制し、お父様は側近に椅子を引いてもらって席に着く。

黒髪に金の瞳の、お兄様が成長したらこうなるのだろうなといった感じのお父様はベルナール＝

ロア・ファイエットと言う。この国の王であり、わたしを引き取ってくれたお父様でもある。

原作では二人と不仲だったが、現実では、わたし達家族の関係は良好だ。

その後、運ばれてきた飲み物に口をつける。

「二人とも、前期も良い成績だったな」

お父様が言う。

「今回はリュシエンヌに負けてしまいました。ですが、次はまた一位になってみせます」

「そうか、それは楽しみだ」

お兄様の言葉にお父様が微笑み、わたしを見る。

「リュシエンヌも一位おめでとう。アリスティードから聞いたが、前期試験で満点を取れたら何か褒美をもらう約束をしていたそうだな。何が良い？」

「え？」

……そんな約束しただろうか？

「ほら、入学した日に話していただろう？」

「……あっ、そういえばしていましたね……」

満点を取れたらお兄様がご褒美をくれるという話だったはずだけれど。

でも、それでどうしてお父様が訊いてくるのかが分からなかった。

「褒美は何でも良いぞ」

そう言ってお父様が意味ありげに笑う。

お兄様を見れば、小声で「旅行の件を話してみたらどうだ」と返されて、目を丸くしてしまった。

お父様を見るとニッコリ微笑まれる。

……お父様はもう知ってるの？

知った上で、ご褒美は何でも良い、と言っているのだ。

わたしが旅行に行きたいと言っていたことを、お兄様が伝えておいてくれたのだろう。

帰宅してからそれほど時間は経っていないはずなのに、もうお父様にまでその話がいっていて、あの笑顔を見る限り、恐らく許可を出してくれるはずだ。

しかも、わたしが言いやすいように『ご褒美』という形を取ってくれたのだ。

「……ご褒美は本当に何でもいいのですか？」

「ああ、欲しいものや行きたい場所でも構わない」

お父様とお兄様がよく似た顔でわたしを見る。

色の違う、優しい二対の瞳に勇気が出る。

「わたし、エカチェリーナ様の……クリューガー公爵領に行ってみたいです。旅行に出掛けたことがないので、夏期休暇の間、少しだけでもいいので」

お父様が「そうか」と頷いた。

「リュシエンヌは今まで王都から出たことがなかったから、良い機会になるだろう」

つまり、旅行に行っても良いということである。

前菜が置かれ、食事に手をつける。

お兄様が、今思いつきましたというふうに言った。

「そうだ、私の公務に途中までついてくるのはどうでしょう？　別々に行くより安心だと思います」

「ああ、それが良さそうだな。クリューガー公爵領までは馬車で一日半ほどだから、護衛騎士を増やすのと、道中の宿の手配、クリューガー公爵家に通達をする必要があるな」

「エカチェリーナには私が手紙を送りましょう」

「では、私は公爵と夫人に手紙を送っておこう」

よく似た顔の二人が頷き合う。親子だけあって元より似ているけれど、お兄様が成長して、背恰好や言葉遣いが近くなってくるといっそう二人はそっくりになった。

……わたしも黒髪だったらもっと家族みたいに見えたのかな。

「楽しみだな」

お兄様に言われて我に返り、頷いた。

「はい。お兄様とお父様はクリューガー公爵領に行ったことがありますか？」

「ああ、あるぞ」

「あそこは観光地も多くて良い場所だ」

二人が頷く。

食事を食べ進めながらわたし達は公爵領について、話すことにした。

初めて行く場所というのは楽しみだ。知らない場所に行く時に、事前情報がないほうがいいという人もいるだろうが、わたしは逆に行く場所について色々と知っておきたいほうだった。

「観光地はどのような場所があるのでしょうか？」

わたしが問うと、お父様が嬉しそうに目を細めた。

「いくつかある。一番はやはりウィルビレン湖だな。それからウィルビリアの織物市は、一度は見ておいたほうが良い」

「ウィルビリア？」

「クリューガー公爵邸がある、公爵領一大きな町だ。ウィルビレン湖は近くの山の湧き水でな、それが川となってウィルビリアの町に流れていて、染め物や織物が盛んだ。織物市に入ると道いっぱいに様々な布が広げられていて、見るだけでも楽しいだろう」

色々な染め物や織物の布が道いっぱいに並んでいるところを想像する。

きっと色鮮やかで、柄物や色物が多くて、目移りしてしまうくらい沢山の種類があるのだろう。

「ウィルビリアの布で作るドレスは最高級品とも言われている。アリスティードやリュシエンヌの衣類の半分近くはそこの布を使用しているな」

それには驚いた。

「そうなんですか？」

「ああ、特にアリスティードとクリューガー公爵令嬢が婚約してからは毎年、私達の誕生日になると公爵家から布が大量に贈られて来るだろう？」

「そういえば……」

「あれを使っていくつか衣類を仕立てさせている。もちろん購入することも多いし、他の領地の布も買っているが、あそこの布が最も着心地が良い」

言われてみればお兄様とエカチェリーナ様が婚約して以降、誕生日になるとクリューガー公爵領から大量の布が贈られていた。てっきり高価な布だからプレゼントとして贈られているのだと思っていたが、自領の名産品をちゃっかり宣伝していたのである。

「他にも宝飾市場があってな、そこも王都に負けないほど腕の立つ職人達がいて、宝飾品を作っている工房を見学出来るそうだ。私は行ったことがないが、アリスティードはどうだ？」

「私はありますす。あそこもなかなかに面白いですね。……それに近隣は確か武器職人の工房もあって、どこを見ても損はない。エカチェリーナに案内を頼めば喜んで連れて行ってくれると思うぞ」

お父様の言葉にお兄様が頷いている。

「工房も面白そうですね。物作りというのは前から興味がありました。自分が使っている物や流通している物がどんなふうに、どんな人の手で、どれくらい時間をかけて作られたのか知りたいです」

「良い心掛けだな。それと旅行の許可をもらったことは、エカチェリーナに伝えておいたほうがいい。行きたい場所を書いて送ったら絶対に喜ぶぞ」

「そうですね、わたしもエカチェリーナ様にお手紙を書きます」

昼間の様子からして、旅行の許可をもらったと書けば大いに喜んでくれるだろう。

そうして、きっと、領地の案内をしてくれる。

初めてのお友達の領地訪問になる。王都の屋敷に訪れるのとはまた違うだろう。

「ああ、そうだ、まだあるなら『旅芸人の道』も見てくると良いだろうな」

お兄様とわたしが首を傾げた。

「『旅芸人の道？』」

「ですか？」

……旅芸人達が通る道？

同じ動きをしたわたし達にお父様が目尻を下げて笑う。

「流れの旅芸人や移住した旅人などが、大通りの一角でその芸を披露している場所のことだ。毎日やっているから町の人々だけでなく観光客にも人気がある」

「それは知りませんでした」

「まあ、私が若い頃の話だから、もしかしたらもうないかもしれない。でももし今もあるなら、リュシエンヌは見てきなさい。彼らの芸はとても愉快だから」

「分かりました」

お兄様と同じく真面目で仕事一徹という感じのお父様が、何かに対して愉快と称するのは初めて聞いた。それだけ面白い芸が多いのだろう。心の中でメモしておく。

……後でエカチェリーナ様へ手紙を書く時に、まだあるか訊いてみよう。

「あちらでは公爵邸に泊まることになるだろう。公務扱いで、名目上は視察にしておく。旅行中も必ずルフェーヴルはそばに置くように」

と、お父様から注意を受けて頷いた。

ルルと離れるつもりはないし、もしわたしが逸れてもルルはすぐに見つけてくれそうだ。

「一緒にクリューガー公爵領を見て回れないのが残念だ」

「全くその通りです、父上」

よく似た顔がまた頷き合うものだから、わたしは堪らずに噴き出してしまった。

「その代わり、沢山のお土産とお話を持って帰ってきますね」

そうすれば、またこうやって家族で過ごす時間も出来るだろう。

お土産とお土産話に花を咲かせて、三人、家族水入らずで過ごすのだ。

そうして家族の楽しい時間はあっという間に過ぎていったのだった。

＊＊＊＊＊

「失礼いたします、お父様」

エカチェリーナ＝クリューガーは父親の書斎を訪れた。

その手には今しがた、急ぎで送られてきた手紙が二通、握られていた。

一通は婚約者のアリスティードからで、もう一通は友人のリュシエンヌだ。

エカチェリーナが書斎に入ると、父親であるクリューガー公爵が苦笑した。

「その様子だと、王女殿下の話は知っているようだね」

父親の手にも一通の手紙があり、そこには王家の封蝋が捺してあった。

「はい、リュシエンヌ様が我が領地に遊びにいらっしゃるとのことですわ」

「エカチェリーナ」

「間違えました、工房の見学にいらっしゃるそうですわ。ウィルビリアの織物は国随一ですものね」

名目上は王女殿下の視察ということになっている。実際は王太子である兄の婚約者で、友人でもあるエカチェリーナの領地に遊びに行くのだが、王女が動くとなれば、それなりの名目は必要だ。

それにリュシエンヌの回りたい場所は織物市や宝飾市場など、国の産業に関わる場所が多いので、視察というのも全くの嘘というわけではない。

エカチェリーナは嬉しかった。

自慢の領地を初めての旅行場所にリュシエンヌが選んでくれたこともそうだし、何よりリュシエンヌが遊びに来れば、一日中、彼女と出掛けたりお喋りをしたり出来る。

ミランダやハーシアは羨ましがるだろう。

うふふ、と笑う娘にクリューガー公爵が、仕方ないなというふうに穏やかに微笑んだ。

「私はここを離れられない。歓迎と案内はお前がしなさい。我が家からも警備のために護衛を出して、領地の屋敷にも使いの者を出そう。王女殿下が来るなら、王太子殿下も我が家に立ち寄るだろうからね」

「分かりましたわ！　では準備が出来次第、こちらを出立いたします」

「ああ、頼んだよ、リーナ」

公爵の言葉にエカチェリーナが頷く。

その表情は先ほどまでの浮かれたものではなく、公爵令嬢に相応しい、堂々としたものだった。

「必ずや王女殿下をご満足させてみせますわ」

エカチェリーナは意気揚々と書斎を出て行った。

そして手紙の返事を書くために、自室へ舞い戻ったのだった。

……リュシエンヌ様の好きそうな場所も挙げておかないと。

その頭の中では既に『リュシエンヌ様の観光地巡り』の予定が立て始められていた。

それぞれからの手紙

それからわたしの下に三通の手紙が届いた。

一通はエカチェリーナ様からのもので、旅行の許可が得られたことを自分のことのように喜んでくれて、一足先に自領へ戻ってわたしの歓迎のために準備をするそうだ。案内もエカチェリーナ様がしてくれるという。それに感謝と滞在中はよろしくお願いしますと返事を綴った。

問題は残りの二通である。

一通目はリシャール先生からだった。リシャール＝フェザンディエは原作乙女ゲームでは攻略対象の一人であったが、実のところ、中身はわたしと同じく転生者で、ヒロインであるオリヴィエ＝セリエールとは距離を置くようにしていたはずだ。

何かあったのだろうかと、ルルが開封して確認した後に手紙を受け取った。

そしてそれに目を通す。思わず溜め息が漏れた。

どうやらリシャール先生はオリヴィエと接触してしまったらしい。

手紙の内容が本当であれば、リシャール先生はオリヴィエを素っ気ない態度であしらったようだ。

だが、リシャール先生が接触時に感じたであろう驚きと恐怖と理解不能さが、便箋数枚にわたり、つらつらと書かれていた。誰かにこの怖さを共感してもらいたいといった雰囲気が伝わってくる。

「原作では夏期休暇前に一番好感度の高い攻略対象に誘われるんだっけ」

一番好感度の高い攻略対象が、ヒロインに夏期休暇中も会いたいと声をかけるのだ。

ルルが一つ頷いた。

「前にリュシーが言ってた『デートイベントのお誘い』ってやつだねぇ」

「多分、オリヴィエはそれがあると思ったんだよ」

原作と大分違った展開になっているのに、どうしてそれが起こると思ったのか甚だ疑問だが。

第一、今のオリヴィエは恐らくどの攻略対象からも好意的に思われていないだろう。

お兄様のかつての側近候補であり、攻略対象の一人であったレアンドル＝ムーラン伯爵令息はオリヴィエのことが好きだけれど、オリヴィエ自身が好きなのか、オリヴィエがそのふりをしていたヒロイン（オーリ）が好きなのかは微妙なところである。

オリヴィエの行動は報告書でこまめに確認しているので、リシャール先生との件についても既に知っている。

そうして、レアンドルがオリヴィエの前に現れなかったことも。

……彼が好きなのはオーリなんだろうな。

オリヴィエが演じていたヒロイン（オーリ）こそがレアンドルの想い人で、ただそれを真似ていただけのオリヴィエは違う。だからオリヴィエを誘いに来なかった。

オリヴィエとオーリが別人格、それぞれの人間と仮定すれば、レアンドルの好感度はオーリに向いていて、オリヴィエには向いていないとしたら来るはずもない。

お兄様も、ロイド様もオリヴィエに対する好感度はマイナスか、底辺だと思う。

アンリはどうだか分からないが、婚約者のエディタ様と仲良くやれているということなので、オリヴィエに傾くことはないだろう。残るはリシャール先生だけど、婚約者がいて、二人の仲は良好であるため誘いはない。あとはオリヴィエが狙っているルルだが、それは言うまでもない。

「攻略対象の中で最も好感度の高い人が来るっていうのに関しては原作っぽいけど、今回の件でオリヴィエに対するリシャール先生の好感度は下がったね」

攻略対象の中で、それでもリシャール先生はオリヴィエに対して他の人達よりも好感度はあったと思う。生徒だし、同じ転生者で同郷だから、気になるとか好奇心とかだろうが。

でも手紙を読む限り、これでリシャール先生のオリヴィエへの好感度は地へ落ちただろう。

……自滅してくれて助かるけど。

学院の机を破損させたそうで、リシャール先生が怒るのも当然だ。

「それにしても、机を蹴って壊すなんて凄いね」

木製の机は頑丈なはずだし、よほどしつこく蹴らないと壊せないだろう。

「ん〜、多分脚の部分が曲がったんじゃないかなぁ？　上からの重みには強いけど、横から体重かけて踏めば、結構簡単に折れるしねぇ」

「そっか。……学院の備品なのに壊したりして大丈夫なのかな？」

公共の場の物だから修理費用も請求されるだろうし、普通に怒られると思うのだが。

ルルがあははと笑った。

「そりゃあもちろん学院側から親に注意がいくでしょ〜。最初だから注意だけだろうけどぉ、何度も続いたら、修理費用だけじゃ済まなくなるんじゃなぁい？」

「そうだよね」

「まあ、今まで贅沢に暮らしてたからぁ、今更物を大切にしましょ〜とか言っても分かんないんじゃないのぉ？　散々、物に八つ当たりしてるんだしぃ」

……なるほど、それはあるかもしれない。

報告書で読むオリヴィエは昔からそうだ。

屋敷では物に当たるし、使用人に当たるし、それが彼女にとってはごく当たり前のことで、多分悪いことだと思っていない。物は壊れたら買えばいい。人は辞めても雇えばいい。

男爵夫妻は娘に甘いようなので、オリヴィエの願いをすぐに叶えてくれるのだろう。

しかし今回のことで、もしかしたら男爵夫妻達はオリヴィエに少し厳しくなるかもしれない。

家の中の話ならともかく、学院でのことは揉み消せないし、ただでさえ使用人達に暴力を振ると社交界で噂が立っているので、学院から注意を受ければさすがに見過ごせないだろう。

「オレとしては噂の種が増えて面白いけどねぇ」

「これも流すの？」

「うん、表向きは良い子ちゃんだけど実は性格悪くて～なんて、貴族達が好きそうな噂話でしょ～？」

誰かの醜聞（スキャンダル）が好きなのは確かだろう。

こんな噂が流れたら、オリヴィエが今まで頑張ってきたイメージアップも全部無駄になりそうだ。

壊された机が修理されたり新品と交換されていたりすれば、オリヴィエの噂が事実だと皆が気付く。今、周りにいる友人の何人かは彼女から離れるかもしれない。

貴族は粗暴な人間を嫌う。品のある人物が好まれるのだ。

もう一度、リシャール先生からの手紙を読み返す。

これだけ嫌がっているならリシャール先生が攻略されることもなさそうだ。

新しい封筒と便箋を取り出し、ペンを持つ。

そのままオリヴィエとは一生徒と教師として、必要最低限の付き合いだけにするよう綴る。

リシャール先生もそこは分かっているだろうが。

手紙を書き終えたら、インクを乾かすために置いておく。

ルルが最後の一通の封を切る。オーリからのものだ。

ルルが内容を確認してからわたしへ差し出した。受け取って読む。

最近はオリヴィエがストレスを感じているからか、少しずつオーリの出てこられる時間が増えつつあるようだ。段々と返事の間隔が短くなっている。

内容はオリヴィエがわたしを貶めようと噂を流そうとしたことへの謝罪と、それが失敗に終わっていることを報告するもの、それからレアンドルのことについてだった。

特にレアンドルについては、自分のせいで婚約を解消させる結果となり、彼の未来を奪ってしまったことに深い自責の念を抱いているらしかった。悪いのはオリヴィエであって、オーリではない。好きな人の人生をめちゃくちゃにして苦しまない人間なんていないだろう。

そして夏期休暇イベントに入れなかったことで、オリヴィエのストレスは更に溜まっている。

今はまだ夜しか出られないけれど、いずれオーリの人格がオリヴィエの人格を押し退ける日が来るかもしれない、とも書かれていた。

「オーリにも返事を書かないとね」

便箋とペンを取り、挨拶から書き始めていく。

報告への感謝とリシャール先生からオリヴィエが学院の備品を破損させたことについて報告を受けたこと、そしてレアンドルに関してのこと、そのどちらもオーリのせいではなく、悪いのはオリヴィエである。

そしてレアンドルがフィオラ様との婚約を解消したのは彼自身の意思でだった。

どうするか一瞬考えたが、お兄様がレアンドルに、オリヴィエ＝セリエールの中に二つの人格が存在すると説明した件も書き添えておいた。あと、レアンドルがそれについて調べていることも。

それから、わたしが宮廷魔法士長様と共にオリヴィエの人格を封じる魔法を構築中だという旨も書く。そうならないように細心の注意を払って魔法を構築しているが、魔法の効果は未知数であり、もし発動させてオリヴィエの人格を封じられても、何かオーリにも影響が出てしまうかもしれない。

記憶が消えたりめちゃくちゃになったり、心身への負担から意識不明になるかもしれない。

最悪、廃人になる可能性もある。だから、もし使用するなら最終手段となる。

しかし使用する際にオーリの確認が取れるとは限らないため、いざという時を考えて事前に了承を得たい。そういう内容を綴る。

最終手段を使用するにあたって、いくつかの条件を用意し、それらに該当するか全てを満たした場合に使用するというふうに考えている。
一、オリヴィエが故意的に他者の命を奪おうとした場合。
二、オリヴィエが度を越した違法行為を犯し、それを看過出来なくなった場合。
三、王族や貴族に危害を加えようとした場合。
四、王族から要請があった場合。
五、オーリの要請があった場合。
基本的にオーリの意思を尊重するが、どうしてもやむを得ない場合はこちらの判断で使用させてもらうかもしれない。オーリも、オリヴィエが自分の体を使って他者の命を奪おうとしたり、男爵家よりも高位の貴族などを傷つけたりといったことは望んでいないと思う。

……使用人に暴力を振るうのだって嫌なはずだ。

けれどもこの世界では貴族の家に仕える使用人達はあまり人権がなく、主人達に暴力を受けたり酷い扱いをされたりしても、それが法で罰されることはまずない。

何故なら、雇用主である貴族は立場が上で、使用人は平民が多く、屋敷の備品の一つにすぎないという固定観念が定着してしまっているからだ。使用人を殺してしまえばさすがに罪に問われるが、暴力なんかは貴族が「大きなミスを犯した使用人を罰しました」と言えば通ってしまう。

……現状ではそれを法に盛り込むことは出来ない。

大半の貴族から反対されてしまうからだ。

その話はともかく、魔法についての許可をオーリから得ておかなければ。

……一番いいのは使わないことだけど。

男爵令嬢にすぎない身分で、自国の王女であるわたしの悪評を流そうとするくらいである。

何をしでかしても不思議ではない。

むしろ、絶対に何かしでかすだろう。

「……オーリ、大丈夫かなあ。わたしも何かしてあげられたらいいのに……」

オリヴィエの精神が大分削られてオーリが出て来ているのだろうけれど、オーリも、オリヴィエの行動でなかなかに精神的に参っているのではないだろうか。

「リュシーがそうやって心配してくれることでぇ、そのヒロインちゃんも頑張れるんじゃなぁい？　それにいざという時のために魔法を準備してるんでしょ？」

ルルが言う。

「でも、魔法を使うことでオーリに悪影響が出るかもしれないし……」

「そこは最終的にヒロインちゃんが了承するかしないかって話でしょ～？　リュシーは自分の出来

ることをしてるしぃ、ヒロインちゃんに最後の砦を用意してあげてるじゃん」

「んー……そうなるのかなあ」

……その最後の砦は諸刃の剣だが。

それでもいざという時にオリヴィエの凶行を止める術があるというのは、それだけでオーリの気持ち的にも違うのかもしれない。そうであったならいいというわたしの希望的観測だが。

最後に終わりの挨拶を書き添えてペンを置く。

インクを乾かし、三通の封筒に便箋を入れ、宛名を書き、それが乾いたら裏返して封蝋を捺す。

「これ、出してきてもらえる？」

「分かったぁ」

ルルに渡せば、受け取り、部屋を出て行く。

……魔法も早めに完成させたいな。

そうは思っても、人の精神や記憶に作用する魔法なので非常に難しく、繊細な魔法で、少しずつ宮廷魔法士長と相談しながら組み上げている。しかし出来上がった魔法を試すことは出来ない。

だからこそ、構築式は入念にチェックしなければ。

出来るだけオーリに負担がかからない魔法を組み上げ、ルルの言う通り、彼女の最後の砦として用意してあげたい。オーリのためにも、わたしや周囲のためにも、あの魔法は必須である。

「……旅行かあ」

楽しみだけど、ちょっと不安もある。

初めて王都の外に出て、お父様やお兄様と離れて過ごす。

ルルがいるから怖くはないものの、漠然とした不安があった。

少しして戻って来たルルが、ジッとわたしを見る。

「ルル、どうかしたの？」

「いんやぁ、何でもないよぉ」

そう言って、寝る時間だからとルルはわたしをベッドへ移動させた。

……ううん、せっかくの旅行だし楽しまなくちゃ！

お父様やお兄様、エカチェリーナ様がせっかく準備してくれたのだ。

気持ちを切り替え、明日に備えて早く眠ることにした。

初めての旅

旅行の許可が出てから五日。準備はリニアさん達が大急ぎで行ってくれた。

旅程はクリューガー公爵領へ往復三日、公爵領に五日滞在の予定である。

お父様もお兄様も、護衛騎士を増やしたり宿の準備をしてくれたり、色々と手配してくれた。

騎士達には直前で急に予定を変更させてしまい申し訳ない気持ちもあったけれど、お父様いわく、護衛に当たる騎士達の士気は高いらしい。普段はわたしの護衛担当ではない騎士達も、王女を護衛できるということで、やる気が出ているのだとか。

……まあ、いいけどね。

どうせ旅の間はほぼ馬車の中だし、王族である以上は注目されるのも仕事である。

そして本日、ついに出発の日となった。

「初めての旅を楽しんできなさい」

見送りに来てくれたお父様の言葉に頷き返す。

「はい。お父様もわたし達がいない間、お仕事ばかりせず、適度に休息を取ってくださいね」

「ああ、そうだな、気を付けよう」

わたしの言葉にお父様が小さく笑う。

お兄様もそれに頷いた。

「父上は仕事に集中しすぎて食事を抜くので、本当に気を付けてください。国王である父上が休まないと、家臣達も休めませんから」

「分かっている」

お父様は頷き、その斜め後ろに控えていたお父様の側近が何度も深く頷いていた。

十二歳になって王族として公務に出ることが増えた当初、お父様の側近に「どうか陛下に休まれるようおっしゃっていただけませんか⁉」と頼み込まれたことはまだ記憶に新しい。

元々仕事熱心な人だとは思っていたけれど、わたしとお兄様が王族として表舞台に立つまで、王族の公務を一手に請け負ってくれていたそうで、お父様は寝食を削って公務を行っていた。

だがそのせいで、上司であり主人である国王が働いているのに、部下である側近や家臣達が休むわけにもいかず、側近達もずっと働き詰めだったのだ。

お兄様とわたしが王族として公務を始めるまでと言っていたはずなのに、わたし達が公務に出るようになってもあれこれと仕事を続けるお父様に、ついに側近がキレたのは仕方がないことだろう。

それ以降、お兄様はお父様から公務を教わり、分担して仕事をこなしている。

わたしは王族としての公務は出来るけれど、国王もしくは王太子の仕事には手を出せない。

「お前達、我が国の王太子と王女を任せたぞ」

お父様の言葉に騎士達が剣を掲げ、お兄様とわたしの近衛騎士達が揃って「この命に換えましてもお守りいたします」と答えた。それにお父様が満足そうに頷いた。

馬車にわたし、お兄様、ルル、ミハイル先生の順に乗り込む。

そう、何とお兄様の側近の代わりにミハイル＝ウォルト先生が同行する。

お兄様が学院を卒業して側近達が正式に決定したら、ミハイル先生はまた相談役に戻るが、それまでは側近のような立ち位置でいてくれているらしい。

扉が閉まり、騎士達が配置につき、そしてゆっくりと馬車が動き出す。

窓からお父様に手を振ると、振り返してくれた。

後ろからはお兄様の従者達が乗った馬車や、リニアさんと他二名の侍女が乗った馬車、そしてそれぞれ荷物を載せた馬車がついてくる。そのため、騎士達もかなり大勢だ。

「お久しぶりです、ミハイル先生」

お父様が見えなくなり、窓のカーテンを閉めて向き直るとミハイル先生が微笑んだ。

ミハイル先生はわたしがファイエット邸にいた頃に家庭教師を務めてくれた人だ。

「ええ、本当にお久しぶりです。ですが私は色々な場所でリュシエンヌ様の功績を聞き及んでおりましたので、あまりそのような感じはしませんが」

「それは、その、お恥ずかしい限りです……」

「何も恥ずかしがることはありません。リュシエンヌ様は王族として素晴らしい功績を上げられていらっしゃるのです。むしろ誇るべきですよ」

と言われても、なかなかそういう気にはなれない。

苦笑するとミハイル先生は「リュシエンヌ様はいつも謙虚ですね」とニコニコ笑っていた。

……いや、前世の記憶のおかげな部分が多いから、わたしの功績って感じがしないだけで……。

お兄様がミハイル先生の言葉に頷く。

「そうだな、そこがリュシエンヌの良いところでもある。高い地位でいると、どうしても謙虚さを忘れてしまうからな」

「アリスティード殿下はもう少し謙虚になられたほうがよろしいのではございませんか？」

「馬鹿を言うな、多少の謙虚さは必要だが、王太子の腰が低くては他国に攻め入られるだろう」

二人とも、軽口を叩き合っている。

……何だかああいうの、いいなあ。

男同士の気安い感じっていうのが伝わってくる。

窓の外の騒めきにお兄様が気付いた。

そしてカーテンを開けていいか問われ、頷くと、ミハイル先生とルルがカーテンを開けた。

大通りの左右に大勢の人が立っているのが見えた。窓からわたし達の顔が見えるようになると、その騒めきは大きくなった。「王太子殿下！」「殿下お気を付けて！」と声が聞こえてくる。

五日前にわたしの同行が決まったため、恐らく王都の民達にはわたしのことは知らされていないのだろう。お兄様の向かい側に座るわたしを見た民が、驚いた顔をする。

……そうだよね。

わたしが国民の前に公式に出るのは年に数回だから覚えられていないのは当然だ。

でもすぐに笑顔で手を振られた。

「リュシエンヌ、手を振ってやってくれ」

お兄様に促されて手を振る。いっそう騒めきが大きくなった。

その中には「王女殿下だ」というものに交じって「初めて見た」という声もあった。

それについ笑ってしまう。とても素直で、分かりやすい反応だった。

けれど「行ってらっしゃい！」と声がすれば嬉しくなる。

「行ってきます！」

窓を開けて、手を振れば、民達が大きく手を振って返してくれる。中には子供を抱えている人もいて、小さな子が、よく分かっていない様子で、周りの人々の真似をして小さく手を振っている。

……可愛い。

わたしもお兄様も、王都を出るまで大通り沿いにいる人々へ手を振り続けたのだった。

おかげで少し腕が痛い。二の腕を摩っているとルルに「大丈夫〜？」と訊かれた。

「大丈夫。こんなに長く手を振ることがなかったから、ちょっと疲れちゃっただけ」

「腕貸してぇ」

「うん……？」

横にいるルルに腕を差し出すと、そっと掴まれる。

その大きな手が優しくわたしの腕をマッサージしていく。

「あー、ちょっと筋が張ってるねぇ」

痛すぎないけどちょっと痛いような力加減だ。

……気持ちいい。

思わず座席に背中を預け、ルルに完全に腕を任せてしまう。

ぐたっとするわたしにお兄様とミハイル先生がクスクスと笑っている。

どうせカーテンはもう閉めてあるのだから、多少気を緩めてもいいだろう。

ルルも、ふふ、と笑いながらわたしの腕をマッサージしている。

これが他のご令嬢と子息なんかであったなら、婚前なのにそんなに触れ合ってと言われるかもしれないけれど、わたしとルルは婚約を解消も破棄もしないため、気にすることはない。

……まあ、それでも人前ではここまでベタベタしないけどね。

わたし達のことを理解してくれている人の前だからこそ、普段通りに出来るのだ。

「これから向かう伯爵領はどのような場所ですか？」

お兄様が視察に行くバウムンド伯爵領はクリューガー公爵領より更に一日半街道を東に進んだ先にある領地だ。地図で見ると山の多い領地であった。

「ああ、今回はワイン造りとブドウ畑の視察だな。バウムンド伯爵領はワイン造りが有名で、なかなかに美味しいものを造っていて、毎年王家にも納めているほどだ」

「そうなのですね」

わたしはまだお酒を飲める年齢ではない。

この国は十六歳になれば飲酒が可能だが、お兄様も普段はあまり好んでは飲まないそうだ。付き合いで多少口にすることはあるようだけど、飲むのはその程度らしい。

「私達が飲むブドウジュースもあそこのものが多い」

「もしかして王家主催の夜会で必ず出る、あの甘くて少し渋みのあるサッパリしたものですか？」

「ああ、多分それだ」

普段は果実水をよく飲むわたしだけれど、夜会などでは周りのワインを飲む大人に合わせて、リンゴやブドウのジュースを口にすることが多い。その中に、甘いけれど、ほのかに渋みもあって、後味のスッキリとした美味しいブドウジュースがあるのだ。

それが夜会での密かな楽しみでもあったりする。

「わたし、あれが大好きです」

お兄様が目を瞬かせた。

「そうなのか？」

「そういえば、リュシーってよく夜会の時にあのブドウジュースを飲んでるよねぇ」

ルルが思い出した様子で言う。

それに頷き返す。

「周りがワインを飲んでるから、見た目だけでも似たようなものを持っていたほうが話の種になるし、何よりあのブドウジュースは凄く美味しいし」

「確かにあれは美味しいよねぇ」

と、ルルが笑う。

「そんなに好きなら厨房に言えば普段から飲めるぞ？」

お兄様に不思議そうに言われて首を振る。

「いえ、時々口にするから美味しいんです。毎日飲んでいたら一口目の感動を忘れてしまいます」

「なるほど、そういうものか」

「はい、そういうものです」

お兄様がふむ、と考えるように若干首を傾げる。

……その辺りの考え方は、お兄様とわたしは逆なのだろう。

お兄様は好きな物は頻繁に口にするし、気に入ったものもすぐに手元に置きたがる。わたしが時々接してゆっくり楽しみたいのに対し、お兄様は常に近くに置いて楽しみたいといった感じなのだ。

だからわたしの感覚はお兄様には分かりにくいのかもしれない。

「バウムンド伯爵領は他には何が有名なんですか？」

「そうだな、あそこは療養地としても有名だな。山から独特な臭いのする温かい水が湧き出ているんだが、それが病や怪我に効くと言われていて、貴族の間では観光と療養の両方の面で有名だ」

山から湧き出る独特な臭いの温かい水……。

「それって温泉ですかっ？」

「ああ、よく知っているな」

「あ、えっと、本で読みました。確か美容にも良いって書いてあったので」

「そういえばそのようなことも聞いたな」

……この世界にも温泉がある！

「一度行ってみたいです！」

全員がこちらを見た。

ルル以外の二人の不思議そうな顔に慌てて言い募る。

「大きい湯船なんですよね？　美容にも体にも良いなら、一度くらいは入ってみたいかなあって」

ミハイル先生が微妙な顔をする。

「リュシエンヌ様、恐らく王城や離宮の浴場のほうが温泉よりも広いと思いますよ」

「あ……」

王城や離宮には大きな浴場がある。ハッキリ言って、ちょっとしたプール並みの大きさで、離宮ではいつも一人でぽつんと入っているのだ。浴場には専属のメイド達がいるけれど、一緒に湯に浸かるわけではない。

あの広い湯船に一人というのは最初は贅沢であったが、最近は寂しさのほうが強い。

「それに王族となれば警備上の問題で貸し切りだから、他の客にも迷惑がかかるだろう」

「そうですね……」

それならば離宮の浴場のほうが良い。

誰にも迷惑をかけないし、広いし、効能はないけれど、専属のメイド達が全身を隅々まで磨いて、オイルマッサージなんかもしてくれるので、結果的には似たようなものかもしれない。

そんなふうにのんびりと話をしながら馬車は騎士達に守られながら街道を進んでいった。

そうして昼頃に一旦、休憩のために停車する。

ミハイル先生、ルル、お兄様、わたしの順に馬車を降りる。

小川がすぐ側を流れており、木々が開け、見通しの良い空き地になっている場所だった。

リニアさん達がテキパキと動いて木陰に布を敷き、昼食の用意を整えてくれる。

その間、わたしは固まった体を動かしたくて、騎士達の目の届く範囲の中で、ルルとのんびり空き地を歩いた。小川を覗き込むと小さな魚達がいた。

「ルル、魚がいる」

「本当だねぇ」

座り込んだわたしの横にルルも屈む。

ただの川魚だが、わたしは今生で生きている魚を見たのは初めてである。

ほとんどは料理になっているか、市場に並んでいるため、死んでいる。

十五年生きて、初めて生きた魚を目にしたのだ。感動もなかなかのものである。

ルルはそんなわたしを笑うことなく、頷いたり相槌(あいづち)を打ったりして、わたしの話を聞いてくれる。

「わたし、初めて生きてる魚を見たよ」

「あー、それはそうだよねぇ。お忍びも王都内だし、大きな川は橋を渡るくらいだしぃ？」

「水の中で鱗がキラキラして綺麗だね」

「うん、綺麗だねぇ」

リニアさんに呼ばれるまで、わたしとルルは小川を泳ぐ小さな魚を眺めて過ごしたのだった。

……綺麗だけど、あの魚、食べられるのかな。

こっそりルルに聞くと「あれはあんまり美味しくないヤツだねぇ」と教えてくれた。

「リュシエンヌ様、ご昼食の準備が整いましてございます」

リニアさんの声にゆっくりと立ち上がる。

ルルが手を貸してくれて、ドレスの裾についた土を払ってから、手を差し出された。

「段差、気を付けてねぇ」

「うん、ありがとう」

それに手を重ねて、川岸のでこぼこした土を踏み越え、小川から離れる。

元の場所に戻ると木陰には大きな布が敷かれ、昼食の入ったバスケットが置かれていた。

日差しが入らないようにきちんと頭上には大きなパラソルに似たものが差してある。

布の上なので靴を脱ぐ必要があった。

「私の肩に手を置いてください」

騎士達の近くだからか、ルルが外面を装備する。

言われた通り片膝をついたルルの肩に手を添える。

そうして、靴を脱がせてもらう。草の上に敷いた布の感触は柔らかかった。

わたしが座るとリニアさんが手拭きを渡してくれて、それで手を拭いて返すと、バスケットから軽食が出されて並べられていく。

ルルは靴を脱がずに、布の外へ足を投げ出すようにしてわたしの横へ座った。

「さあ、リュシエンヌ様、どうぞ」

手拭きで自分の手を綺麗にしたルルが、サンドイッチを一口食べた後、わたしへ差し出す。

「ありがとう」

受け取ったそれを一口かじる。

塩気のある肉と葉野菜とチーズ、トマトの挟まったそれは離宮の料理長が作ったのだろう。

わたしの好きなチーズを使ったソースが中に絡めてあった。

横でルルが同じものを食べている。

「美味しいね」

「そうですね」

心地好い風が柔らかく吹き抜けていく。

離宮の庭でピクニックをしたこともあるし、その時のほうが景色も良かった。

けれど、木々に囲まれた狭い空を眺める今のほうが、不思議と自由さというか、広さを感じる。

のんびり空を見上げながら昼食を摂っていると、お兄様とミハイル先生もやって来る。

「サンドイッチとスコーンか」

布の上に座り、靴を脱ぎながらお兄様が並べられた昼食を見やる。

ミハイル先生も靴を脱ぐと布の上へ上がってきた。

「こちらでお手をお拭きください」

「ああ、ありがとう」

リニアさんに布を差し出されて二人が手を拭く。

それから紅茶を差し出されて、それぞれ、それを受け取った。

喉が渇いていたらしく、お兄様は紅茶をほぼ一息で飲み干した。

ミハイル先生はゆっくり飲んでいる。

お兄様は紅茶をおかわりした後、スコーンへ手を伸ばし、ジャムとクリームを塗って食べた。

わたしがサンドイッチを食べ終えると、次にルルからスコーンを手渡される。

手に持つと、ルルがスコーンにクリームとジャムをぺたぺたと塗ってくれた。

それにかじりつけば、スコーンの香ばしさとジャムやクリームの甘い味が口の中に広がっていく。

……冷めても十分美味しい。

ルルがジャムとクリームを持ってこちらを見ている。

また塗ってもらい、今度はルルに差し出した。

わたしのしたいことに気付いたルルが、スコーンにぱくりとかじりついた。

「美味しいです」

「ルルもわたしのことばっかりじゃなくて、ちゃんと食べてね」

「分かりました」

ぺろりと口の端についたクリームを舐め、ルルが頷いた。

わたしはスコーンを手に取り、自分でクリームとジャムをつけ、かじりつく。

手が汚れたとしても拭けばいい。

わたしが自分でやり始めると、ルルもサンドイッチに手を伸ばし、食べ始める。

……本当に王都の外に出たんだなあ……。

視線を巡らせれば、少し離れたところで騎士達も各々に昼食を摂っている。

先に食べ終えた騎士達がまだ昼食を終えていない騎士と交代していた。

……なるほど、そうやって食事を順に摂っているんだ。

全員が一斉に食事をしてしまうと警備が手薄になってしまうため、少しずつ食事を摂り、交代制で済ませているようだ。わたしが知らないだけで、王城でもそうしているのだろう。

スコーンを食べ終えて一息ついていると、リニアさんが小さなカゴを持って見せた。

「リュシエンヌ様、果物はいかがですか？」

カゴにはリンゴやブドウ、オレンジなどの果物が入っている。

「オレンジが食べたいな」

「かしこまりました」

リニアさんがオレンジの皮を剥き、食べやすい大きさに切ってお皿に盛り、それを差し出される。

受け取って、渡された小さなフォークで一口大に切られたオレンジを口に運ぶ。

酸味があって、甘くて、サッパリしている。それにすごく果汁が多い。ジュースみたいだ。

「リニアさん、ありがとう」

リニアさんがニコリと微笑んだ。

「リュシエンヌ、私も一つもらって良いか？」

「はい、どうぞ」

お兄様にお皿を差し出せば、指でオレンジを摘み、お兄様はパクっと食べた。

……前から思っていたけれど、お兄様って結構庶民的な食べ方が好きだよね。

別に食事の仕方が汚いというわけではない。

ナイフやフォークを使っている時も所作は綺麗だし、案外、こうやって軽食を手で食べている時でも食べ方は綺麗なのだ。でも何となく、手で掴んで食べられるもののほうが好きそう。

「午後はまた夕方頃まで街道を走り、日が落ちる前には次の町に着く予定だ」

「今日はそこで一晩泊まるのですよね？」

「ああ、そうなるな」

クリューガー公爵領までは馬車で一日半かかる。だから、今日は途中の町で一泊することになる。

外泊自体が初めてなのだが、まさかそれが初の旅行でとなると期待は更に跳ね上がってしまう。

「まあ、あまり大きくない町だし、到着するのは夕方で、朝には出発するから見て回る暇もないが」

「そう、ですよね……」

さすがに町を見て回ることは難しいようだ。

……それに日が落ちた後に動き回るのも、警備の都合上、あまり良くないか。

ちょっとしょんぼりしてしまう。

そんなわたしにお兄様が言う。

「その楽しみはクリューガー公爵領に残しておけ。ウィルビリアはかなり大きいし活気もあるから、初の旅行はそちらで満喫したほうがいいさ」

「分かりました」

お兄様がそう言うなら、と頷き返す。

あとわたしはあまり体力がない。夜に出掛けて、半日だけと言っても睡眠不足で馬車の旅は体力的につらいかもしれない。わたしが体調を崩せば予定も崩れてしまう。

そう思うと下手なことはしないほうがいい。

「……さて、そろそろ出発の準備をするか」

昼食を食べ終えて、しばしの休息を取った後にお兄様がそう言った。

お兄様とミハイル先生が靴を履く。

わたしも、と思っているとルルが両腕を広げた。

半ば反射的に両腕を伸ばすとひょいと抱え上げられて、近くの切り株に近付いた。

「ハンカチ」

ルルの端的な言葉にリニアさんがサッと切り株の上にハンカチを敷いた。

そこに下ろされる。

「片足はわたしの膝に乗せてください」

そう言いながら腕を伸ばしてわたしの靴を取った。片足に靴を通され、紐が結ばれていく。

その間、空いたもう片足は膝をついているルルの足の上に乗せられている。確かにこれなら足は汚れないけれど、ルルの体温が足の裏から伝わってきて、何だかくすぐったい。

紐を結び終えると、その足にもルルが触れて丁寧に靴を履かされる。

きっちり紐を結び終えるとルルが立ち上がった。

「お手をどうぞ」

「うん」

差し出された手を取って立ち上がる。

周りの騎士達も少し慌ただしく動き回っていて、出発の準備が始まる。

わたしはルルと一緒に馬車に戻ることにした。

ルルの手を借りて馬車に乗る。

窓を開けて外にいるルル越しに、騎士達やお兄様達の様子を眺めて時間を潰す。

「……不思議だなあ」

ぼんやりと眺めつつ呟く。

「何がでしょうか？」

ルルがわたしと同じ景色を眺めながら問う。

「わたしがこうして王都の外にいることが。だって十五年間、一度も王都の外に出たことがなかったんだよ？　てっきりルルと結婚するまでずっとあのままだと思ってたし」

ルルと結婚して王都の外に出る。それまで、わたしはずっと王城の敷地内で過ごすとばかり思っていたし、わたし自身、最初はそれでいいと考えていた。

外の世界にあまり興味や関心がなかったし、今でも物凄くあるってわけではないけれど、でも、ファイエット邸から移ったばかりの頃からすると想像もつかなかった。

色んな人と接するようになり、あの頃より興味を感じるものが増えた気がする。

「私もそのほうが良かったのですが……」

「外出はあんまり嬉しくない？」

「リュシエンヌ様と二人きりが、私にとっては一番嬉しい時間ですから」

「それはわたしも同じだよ」

ルルの顔は見えない。

でも声は少し拗ねていて、わたしは思わず窓から手を伸ばして柔らかな茶色の頭を撫でた。

ピク、とルルの肩が一瞬動いたが、嫌がることはなかった。

「でもね、ルルと初めての場所に行くことが出来て嬉しい。さっきも一緒に小川を見たよね？　生きてる魚は初めて見たけど、ルルは笑わないでわたしの話を聞いてくれた。わたしとルルの大事な思い出が増えたでしょ？」

「……そうですね」

「それに結婚してルルがお仕事に行ってる間、わたしはルルとの記憶を思い出しながら待つの」

ルルが振り返った。灰色の瞳がジッと見つめてくる。

それにわたしは笑い返す。

「そうしたらルルが帰ってくるのが待ち遠しくなるから」

ルルが小首を傾げる。

「待ち遠しくなるのですか？」

「だって思い出したら会いたくなるでしょ？　もしかしたら寂しくなるかも。そうやって、ルルが帰ってきたら『おかえりなさい』って一番に出迎えるの」

ふっと灰色の瞳が緩められた。

「それは、いいですね」

多分、わたしに出迎えられるのを想像したのだろう。ルルがふっと笑った。

「あと一年もないけど、思い出をつくろう？」

「そうですね、思い出をつくりましょう」

頭に触れている手に、ルルの手が触れる。

その手を互いにキュッと握り合う。手袋越しに体温がじんわりと伝わってくる。

お兄様とミハイル先生が馬車へ戻ってきた。

「お兄様、ミハイル先生、お疲れ様です」

窓から離れて馬車の奥へ移動する。

そこにお兄様、ルル、ミハイル先生の順に乗り込んだ。

窓の外では騎士達が馬に乗ってそれぞれの持ち場へ移動し、馬車を囲む。

準備が出来たのか御者が小窓を開けた。

「出発してよろしいですか？」

外からした声にお兄様が返事をする。

「ああ、出してくれ」

「かしこまりました」

小窓が閉まり、馬車がゆっくりと動き出す。ガタゴト、と街道へ戻り、馬車が走る。

横のルルがわたしの手を取って握る。見上げれば灰色の瞳が見下ろしてきた。

「クリューガー公爵領、楽しみだね」

「そうだねぇ」

……沢山思い出をつくろうね。

＊　＊　＊　＊　＊

そうして街道を馬車で走ること、半日。

お兄様が言っていたように太陽が傾き、日が落ちる前に、本日の宿泊先である町に辿り着いた。

ダルトアの町に入ると人々が出迎えてくれた。大勢の人が道の左右にいて、わたし達はまた、王都を出る時と同じように手を振りながら入っていく。

そうして町の中で一番立派なお屋敷に到着した。どうやら町長の家らしい。

「王太子殿下、王女殿下、ようこそお越しくださいました！　狭い家ではございますが、どうぞごゆるりとお過ごしくださいませ!!」

恰幅の良い、随分と元気な中年男性が町長のようで、家族総出で迎えられる。

お兄様が苦笑しながら頷いた。

「ああ、またよろしく頼む」

「はい！　今回は王女殿下もご一緒とのことでしたので、いつも以上に整えてございます！」

「そうか、それは助かる」

それぞれの紹介を受けてから、わたし達は屋敷の中へ通された。

小さなホールを抜けて、廊下を上がり、三階にわたしとお兄様の部屋はあるようだ。恐らく客人用の部屋だ。お兄様と部屋は隣同士だった。他にもミハイル先生とルルの部屋もあった。

騎士達は別棟があるそうで、そちらへ泊まり、警備は交代して行われることになるだろう。

小さな町にしては随分と立派なお屋敷だ。

思わず屋敷について問うと、町長は笑ってこう言った。

「ここは王都に最も近い町ですから、貴族の方々もよく休んで行かれるのです！　そのため、大きな屋敷を建てて、皆様を歓迎出来るようにしております!!」

それになるほどと思う。

国の東に住む貴族達が王都を訪れるには、必ずこの街道を通る。

そして王都に住む貴族が東へ向かうにしても、やはり、この町で一泊することになるのだろう。

つまり、この町に貴族が寄る確率は高い。

そこで、町長の屋敷を大きく造ったのだ。

貴族となれば町で最も権力のある者が出迎え、歓待することとなるため、そうしたのだろう。

「晩餐(ばんさん)まで今しばらくございます！　時間になりましたら家の者が参りますので、それまでお部屋でお寛ぎください！　必要でしたら湯のご用意もしてありますので何なりとお声がけください!!」

町長はハキハキとそう言ってわたし達を部屋へ案内すると、腰を低くして去っていった。

それを見送ったお兄様がぼそりと呟く。

「悪い者ではないが、相変わらず騒がしいな」

それについ噴き出してしまう。

そう、町長は悪い人ではなさそうなのだ。

変な媚びを売らず、萎縮(いしゅく)もせず、けれど礼儀に欠けているわけでもない。気も好さそうだ。

ただ一つ問題があるとしたら、声が大きくて、そのせいかとても騒がしい。

「面白い町長さんですね。元気で、明るくて、ああいう人が束ねている町なら、きっと町の方々も明るく朗らかな感じなのでしょう」

「まあ、そうだな。裏表がなくて気は楽だ」

お兄様と顔を見合わせてもう一度笑う。

それから一日部屋へ下がることになった。わたしの部屋にはルルとリニアさんと侍女二人が来て、リニアさん達は持ってきた荷物のいくつかを部屋に運び入れる。

その間、わたしとルルは邪魔にならないように、窓際に椅子を動かして、二人で窓の外を眺めた。

町の家々の向こうに森があり、山があり、そこへ夕日が少しずつ沈んでいく。

空も、町も、わたし達もオレンジ色に染まる。

学院の帰り道で見る夕日と同じはずなのに、今見ている景色のほうが綺麗に見える。

「ルル、夕日って綺麗だね」

「そうだねぇ」

隣で同じように窓の外を眺めるルルが頷いた。

「夕日のオレンジ色って暖かい気がしない？」

「そうなのぉ？」

「うん、だって全部オレンジで、見た目的にも暖かいような感じがする」

「あー、火に当たってる時もこういう色になるよねぇ。それを思い出すからかなぁ？」

「そうかも」

ルルと二人で取り留めもないことを話す。最近はオリヴィエのことや原作のことを話し合うことが多かったから、こうして穏やかにお喋り出来る時間が何度もあるのは嬉しかった。

ルルと話している間に荷解きが終わり、わたしは別のドレスに着替えることになった。

今日は朝から旅用の簡素なドレスだったけれど、湯をもらって軽く湯浴みをして、汚れを落としたら普段着ているしっかりとした重いドレスを着る。

髪も整え、薄く化粧もして、装飾品を身に着ける。

準備を終えると扉が叩かれた。

リニアさんが出て、一度自分の部屋へ行っていたルルが貴族の装いで戻って来た。

わたしを見て灰色の目を細める。

「シンプルなドレスのリュシーもかわいいけどぉ、着飾ったリュシーはやっぱり綺麗だねぇ」

数年前まではよくかわいいかわいいと言ってくれていたルルだけど、最近はかわいいよりも綺麗という言葉をよく使ってくれるようになった。かわいいも嬉しいが、綺麗だねって言われるのも嬉しい。

特に今のわたしは大人に成長している途中だ。

大人っぽくしたいというか、ルルの横に並んでも恥ずかしくないような女性になりたくて、背伸びしたいと思うのである。だから綺麗のほうがかわいいより嬉しいのだ。

「ありがとう。ルルも普段からかっこいいけど、今の服はもっと素敵だね」

「ありがとぉ」

そんな話をしていると、町長の家の使用人がやって来て、晩餐へ招かれた。

廊下へ出ればお兄様とミハイル先生と会う。

わたしはルルにエスコートしてもらい、四人で使用人の案内を受けて食堂へ向かう。

食堂には既に町長達がおり、わたし達が入ると席を立って出迎えてくれた。

「大したものはご用意出来ませんが、今宵の晩餐を楽しんでいただけたら幸いです！　ささ、どうぞお席へ！」

そうしてお兄様とわたしが並んで座り、わたしの左隣にルルが、お兄様の右隣にミハイル先生が腰を下ろす。向かい側には町長とその家族達がいる。町長の夫人に、息子と娘が一人ずつ。

そしてテーブルの上には色々な料理が並んでいた。

それをミハイル先生とルルが取り分け、毒味を行い、お兄様とわたしが口にする。

町長達は毒味があっても嫌な顔一つしない。

それどころか町長に至っては料理についてあれこれと説明を始め出して、夫人に「あまり騒がしくしては、落ち着いて食事が出来ないでしょう」と諌められているくらいだった。

元気で明るい夫に、物静かで落ち着いた妻。子供達もしっかり教育を受けているようで、会話を聞きつつも、必要以上に交ざるようなことはしない。

主にお兄様と町長が町についての話をしている。

それを聞きながらわたしは料理を食べていた。

ルルはわたしの好みを熟知しており、わたしの好きそうなものを取り分けて、食べてみて口に合うものであれば渡してくれる。合わないものは自分の皿に避ける。

おかげで初めて来た場所でも美味しく食事が出来る。

時折、ルルが小声で「おかわりしますか？」「あれとこれではどちらがお好みですか？」と話しかけてきて、わたしもそれに小声で返す。

そんなことを何度か繰り返していたら、わたし達の様子に気付いた町長に「婚約者同士、仲睦まじくて羨ましいですな！」と言われた。

お兄様が「兄の私より仲が良いんだ」と返すと、冗談だと思ったのか「それは妬けますね！」とガハハと笑ったのだった。豪快な笑い声だが、明るくて、気持ちが良い。

町長の妻が「困った人ね」というような顔で少し眉を下げたものの、その表情はどこか楽しげで、きっと普段からこういう人なのだろうというのが分かる。

晩餐は町長の豪快な笑い声が響いていたが、和やかで、居心地の良いものだった。

食後はお兄様とミハイル先生は町長とシガールームへ、わたしとルルは町長の夫人や子供達とサロンへ行って、それぞれそこでしばらく談笑を楽しんでから自室へ戻った。

夫人も子供達も非常に礼儀正しかった。それでも子供達は好奇心旺盛で、王都のことや王城のこと、王女の暮らし、婚約者とのことなど、様々なことを訊かれた。

あまりにルルとわたしを質問攻めにするので母親に窘(たしな)められていた。

孤児院の子供達と変わらない。子供の好奇心旺盛な部分は可愛いと思う。

「ふふっ」

ドレスを脱ぎ、もう一度湯浴みをしている最中に、思い出し笑いをしてしまった。

リニアさんが微笑を浮かべて問うてくる。

「リュシエンヌ様、晩餐は楽しかったですか？」

それに頷き返す。

「うん、とっても楽しかった。町長さんは闊達とした方で場の雰囲気を明るくしてくれて、面白い方だったよ。夫人は物静かな方で、家族を優しく見守っていて、ご子息とご令嬢も礼儀正しくて可愛らしかった」

「それは良うございましたね」

わたしの体に湯をかけてくれながらリニアさんが微笑んだ。

……わたしには産んでくれた母親の記憶がないけれど、リニアさんみたいな人だったらいいな。

町長の夫人と子供達のやり取りを見ていて、少し羨ましくなったくらいだ。

ファイエット邸で暮らすようになってからは母親代わりのようにリニアさんやメルティさん達がいて、わたしの中ではリニアさんがそれに一番近い。いつも一歩後ろで見守っていてくれて、でもわたしが悪いことをすれば叱ったり窘めたりして、優しく世話を焼いてくれる。

メルティさんは歳の離れたお姉さんという感じだ。

ずっと仕えてくれている二人には、ルルとはまた違った親しさを感じていた。

「それでね、ご子息とご令嬢ともお話ししたけど、質問攻めにされちゃった。きっと王都の暮らしや王族のことを知りたかったんだと思う」

好奇心旺盛な、キラキラ輝く子供の目に見つめられると弱い。

リニアさんが納得したふうに頷いた。

「王都に近いと言ってもやはり町と王都では生活が違いますから、滅多に会うことの出来ない王女殿下とお話しする機会を得て、よほど嬉しかったのでしょう」

「うん、そうかも。でもルルは大変そうだった。ご子息とご令嬢に『どこで王女殿下と出会ったのですか？』『どんなふうに仲を深めたのですか？』『王女殿下のどこがお好きなのですか？』ってあれこれ訊かれて、珍しくちょっと困った顔してたよ」

それにリニアさんが腰に手を当てた。

「ニコルソンはいつも周りを困らせていますから、そういう経験をして、少しは行動を改めてもらいたいですね」

「まあ……！」

顔を見合わせてクスクスと笑う。

寝間着の準備をしていた侍女も、わたし達の会話を聞いて微かに笑っている。

ルルはわたしのことになると融通が利かないところもあって、そういうところで、リニアさん達が困ることもあるそうだ。侍女の中には王女であるわたしの傍でもっと仕えたいと思う者もいるが、ルルが常にわたしの傍におり、わたしの世話をあれこれ焼いてしまうため、王女様に仕えている感じがしないと不満も少し出ているようだ。

侍女長のリニアさんから言われてもルルはどこ吹く風で、あまり話を聞かない。

それどころか「今までオレの仕事だったのに横取りする気ぃ？」と逆に威嚇されるとか。

「最近では侍女達のほうが折れてくれているのですよ」

リニアさんは苦笑する。ルルに強く言わないのは、ルルと離れたくないというわたしの気持ちも分かってくれているからだろう。

「ありがとう。迷惑かけてごめんなさい」

わたしがルルに「他の侍女にも仕事を回しなさい」と言えば済む話なのだ。

でも、わたしはルルと離れたくない。ルルが傍で世話してくれるのが嬉しい。

だから、その言葉は言えないのだ。

「いいえ、リュシエンヌ様が謝られる必要はございません。ニコルソンは昔からああですから。あれでも丸くなって、大分マシになりましたけれど」

「ふふ、昔はリニアさんとルルとでよく喧嘩してたよね」

「あれは全面的にニコルソンが悪いのです」

実はファイエット邸時代の最初の頃は、リニアさんとルルはあまり仲が良くなかった。

わたしの前ではそれなりに話したりもしていたが、思い返してみると、それは仕事についてばかりだった。でもたまに意見が対立すると睨み合いが始まるのだ。リニアさんもルルも怒っていても、怒鳴ることはなくて、お互いに笑顔のまま淡々と言い合いをする。

だからこそ、最初は喧嘩なのか交渉しているのか判断出来なかったのだが、段々とそれが二人なりの喧嘩だと分かるようになった。

だけど十年も経てばさすがに色々と変わる。

リニアさんの言う通りルルの性格は丸くなったみたいだし、リニアさんもルルの言動の意味が理解出来るようになり、二人の喧嘩はほぼなくなった。ルルもリニアさんも互いに意見は同じらしい。全ては王女殿下のために。そこさえ一致していれば良いそうだ。

ちなみにルルに面と向かって意見を言える数少ない人物の一人がリニアさんでもある。

「さあ、そろそろ上がりましょうか」

侍女二人が体を拭くための布を用意する。

わたしは頷き、湯船から出る。優しく体を拭いてもらいながら考えた。

……ルルなりに信用してるから、結婚後も連れて行ってもいいって思ってくれたんだよね。

あのルルにそう思わせるなんてリニアさんもメルティさんも凄い。

メルティさんも最初はルルをちょっと怖がっていたものの、今ではハッキリと物申せるようになっていた。いつからそのようになったかは覚えていない。

気付けば、リニアさんもメルティさんも、そんなふうに変わっていた。

……十年でわたしは何か変わったのかな。

外見しか成長していない気もする、と香油を塗られながら内心で唸る。

香油を使ったマッサージを受けて、体や髪を乾かし、寝間着に着替える。

そうするとタイミングを計ったように扉が叩かれ、ルルがやって来る。

「髪を梳かしに来たよぉ」

そんなルルにリニアさんが苦笑して櫛を手渡し、侍女二人も微笑んでいた。

それが少しおかしくて、わたしは笑ってしまった。

旅先でもルルの行動はブレなかった。

クリューガー公爵領到着

「王太子殿下、王女殿下、短い時間でしたがとても楽しい時間を過ごさせていただきました！　道中お気を付けて！　またいつでもお越しくださいＩＩ　我々はいつでもお待ちしておりますＩＩ」

そんな、町長の大きな声と共にわたし達は町から出発した。

来た時と同じく、町の人々は朝早くから通りに出て、見送りをしてくれた。

お兄様とわたしはそれに手を振って応えた。

町長の言葉に「帰りも寄ると分かっているだろうに」とお兄様が呆れたふうに呟くものだから、噴き出さないようにするのが大変だ。それくらい町長の見送りは熱烈だった。

お兄様との別れ際の握手では、泣きそうな顔をしていて、お兄様がちょっと困っていた。

あのまま町の外まで見送りについて来るのでは、と一瞬勘繰ってしまうほどで、でもあれだけ名残惜しげにしてくれると何だか嬉しい気持ちになる。

何故、町長があの男性なのか分かった気がした。きっとダルトアの町の人達からも慕われているのだろう。

わたし達の馬車はまた森の中の街道を進む。

半日ほど走り、昼過ぎ頃にクリューガー公爵領に到着する予定である。

「リュシエンヌをクリューガー公爵領へ送り届けて、少し休憩したら、私達は出発する」

「お兄様とも数日のお別れですね」

お兄様も公務で視察に出ることが何度かあったが、初めての場所でというのは少し不安もある。

でもルルもいるし、リニアさん達侍女もいて、護衛の騎士達もいて、エカチェリーナ様もいる。

だからきっと寂しくはないだろう。

わたしの言葉にお兄様が少し眉を下げた。

「ああ、そうだな」

多分、一緒にクリューガー公爵領を回れなくて残念だと思っているのだろう。

「お兄様、視察、頑張ってくださいね。美味しいワインやブドウジュースがどんなふうに造られて、どんな人達が働いているか、戻ってきたら聞きたいです」

「分かった、リュシエンヌに教えられるようにしっかり視察してくるからな」

座席から少し腰をあげると手を伸ばして、お兄様がわたしの頭に触れる。

それにわたしは笑って頷き返した。

お兄様なら真面目に視察をするだろうから帰ってきた時、恐らく色々と教えてくれるはずだ。

そしてわたしもお兄様とお父様に色々とお話を出来るくらいには見て回りたい。

馬車がガタゴト、と街道を進んでいく。

午前中の旅も、何事もなく過ぎていったのだった。

＊　＊　＊　＊　＊

ガタゴト、と小さく馬車が揺れる。

そろそろ体が固まってきたなと思い始めた頃、馬車の前方から車体を二度叩く音がした。

ミハイル先生が小窓を開ける。御者と短く言葉を交わすと小窓を閉めた。

「ウィルビリアの外壁が見えてきたそうですよ」

お兄様が「予定より早いな」と懐から時計を取り出して言った。

試しに窓の外を眺めてみたが、わたしからはまだ木々しか見えない。

しかしもうすぐ到着するのだろう。

「エカチェリーナ様は一足先に来ていらっしゃるのですよね？」

「ああ、リュシエンヌが来るからと張り切っているようだ。手紙に書いてあった」

「お兄様にもお手紙が届きましたか」

「リュシエンヌのために領地に戻るから、視察の見送りはそちらでと連絡が来たな」

……お兄様もエカチェリーナ様もそれでいいの？

疑問が浮かんだが、お兄様は特に怒っている感じも不機嫌な様子もないので、気にしていないのだろう。見送りをしないというわけではないからか。

「エカチェリーナ様にお会い出来るのが楽しみです」

「そうか、多分エカチェリーナも同じだと思うぞ」

お兄様が笑う。

「そうであったら嬉しいです」

馬車の揺れの間隔がゆっくりと広がっていく。

窓の外を見れば、石造りの堅牢そうな外壁が木々の上から覗いていた。

……もう着いちゃったんだ。

長いようで短い一日半の旅だった。

外壁はあっという間に大きくなり、わたし達を乗せた馬車は外壁の下で一度停まった。

外から微かに話し声がして、また馬車が動き出す。

森ばかりだった景色が一転して、家々が立ち並ぶ町へと変わった。

ここでも住民達が通りでわたし達を待っており、こちらへ向かって歓声を上げて手を振った。

ウィルビリアの街並みは王都とは違っていた。

白や柔らかなアイボリー、淡い水色などの寒色系の壁に緑色の屋根が軒を連ねている。窓枠は茶色や白、濃い緑などだ。王都は暖色系で纏まっているため、その色の違いが面白い。建物の造りは変わりがないようだ。

寒色系の街並みは夏のこの時季はとても涼しげで、上空から見たら緑の屋根は周りの森と混じって見えるかもしれない。家の前や窓には植物が飾ってあり、窓からも住民達が手を振っていた。

お兄様とわたしも手を振り返す。馬車はゆっくりと通りを進んでいった。

目指すは町の中心部にある、やや小高い場所にあるお城なのだろう。

外壁と同じく武骨なお城への道には、また壁があって、それは内壁と呼ばれているらしい。外壁と同じ造りだが、内壁はお城をぐるりと囲んでおり、町とお城の敷地を分けるようにあった。

「堅牢な町ですね」

「随分と昔の話だが、ここまで他国に攻め入られたことがある。その時、この町で他国の兵を押し止め、王都を守ったそうだ」

「そんな古くから……」

そう聞くと、何故お城の造りが武骨でいくつも壁があるのか分かった。

もしもの時、また王都を守るために、最後の砦となることを考慮して造られているのだ。

「クリューガー公爵家は代々忠誠心の厚い家で、前王家ですらクリューガー公爵家には平時より武力を持つことを許し、何度も王家の血を入れることで、王家も信頼を得ようとしていたようだ」

「まあ、前国王は違ったみたいだが」とお兄様が言う。

改めてエカチェリーナ様は名家のご令嬢なのだなと感じていると馬車が停まった。

御者がまた車体を叩き、ミハイル先生が対応する。

「到着したようです」

お兄様が頷き、ミハイル先生が小窓を三度叩いた。

少しして馬車の扉が外側から開かれる。

ミハイル先生、ルル、お兄様、わたしの順に馬車を降りた。

お城の正面入り口に横付けされた馬車から降りると、お城の使用人達がズラリと並んでいた。

先頭にエカチェリーナ様によく似た女性、エカチェリーナ様と男の子、その後ろに数名の大人達がいる。数名の大人は恐らく公爵家の家臣だろう。

「王太子殿下と王女殿下にご挨拶申し上げます」

女性とエカチェリーナ様、男の子が礼を執ると、周りの大人や使用人達も揃って頭を下げた。

「この度は我がクリューガー公爵領へお越しくださり、恐悦至極に存じます。夫である当主ユースウェルド＝クリューガーに代わりまして、妻のエルネティア＝クリューガーと娘エカチェリーナ、息子のルイジェルノが歓迎いたします」

「ようこそお越しくださいました、アリスティード様、リュシエンヌ様」

「王都からご訪問してくださり、ありがとうございます！」

エカチェリーナ様によく似た女性の言葉に続いて、エカチェリーナ様と弟君だろう男の子が言った。女性も弟君もエカチェリーナ様と同じ金髪に金眼で、女性の方は四十代くらいでエカチェリーナ様が成長したらこのようになるのではといった見た目だ。

弟君は、歳は十歳前後だろうか、まだ幼さの残る可愛らしい顔立ちをしている。ハキハキとした話し方は少し緊張しているからか。それが少し微笑ましい。

「出迎え感謝する。今回、私は泊まらぬが、妹のリュシエンヌをよろしく頼む」

「はい、心得てございます」

「アリスティード様、この命に換えましてもリュシエンヌ様をお守りいたします」

「ああ、だが、婚約者であるそなたも私にとっては大事な人間だ。そこは忘れないでほしい」

エカチェリーナ様の言葉にお兄様が苦笑すれば、エカチェリーナ様が「まあ……」と僅かに頬を染めた。お兄様とエカチェリーナ様が微笑み合い、それを見た周囲の者達が微笑ましそうな顔をして、空気が和やかなものへと変わる。

エルネティア様が、こほんと咳払いをした。

「ここまでの道中でお疲れでしょう。王太子殿下もしばし休んでいかれてはいかがでしょうか？」

「そうだな、お言葉に甘えさせてもらおう」

それにお兄様が頷いた。

「ではエカチェリーナ、お二方の案内を頼みましたよ」

「はい、お母様。さあ、どうぞ中へ」

そしてエカチェリーナ様と目が合った。

数日ぶりですねと意味を込めて微笑むと、ニッコリと大輪のバラのような笑顔で微笑み返された。

……それをお兄様にも向けてあげてください。

でもそんなエカチェリーナ様をお兄様は目を細めて、穏やかな表情で見つめていた。

クリューガー公爵家はお城である。中は思っていたよりも派手さはないが、置いてある調度品や家具はシンプルだが高価なのが見て取れる。

必要以上の華美さは持たず、その実利を優先する感じがファイエット邸を思い起こさせた。

広いホールの階段を上がり、廊下を抜け、右へ左へと曲がっていく。

……一人では迷子になってしまいそう。

初めて王城の中を歩いた時もそうだった。

ルルのおかげで大丈夫だったが、一人だったら確実に迷っていただろう。

ここでも恐らく使用人が案内してくれると思うが、うっかり逸れないように気を付けよう。

そして一つの扉の前に立つとエカチェリーナ様がそれを押し開けた。

「改めて、アリスティード様、リュシエンヌ様、ようこそ我が家へお越しくださいました」

そこにはティータイムの準備が出来ていた。

予定より少々早く着いたのに、既に完璧に整えられている。

「軽食を多めにご用意しております」

「それは助かる。あまり食べすぎると午後の旅がキツくなるからな」

室内に入り、ルルに椅子を引いてもらって座る。

お兄様はミハイル先生が、エカチェリーナ様は弟のルイジェルノ様が椅子を引いて差し上げていた。弟に椅子を引いてもらえてエカチェリーナ様は嬉しそうだった。

「数日ぶりですが、アリスティード様もリュシエンヌ様もお元気そうで何よりですわ」

メイドが紅茶を淹れると、お兄様とわたしに複数あるティーカップの中から好きなものを選ばせてくれる。それから残りを他の人間が取っていった。

「エカチェリーナ様もお元気そうで良かったです。お会いするのがとても楽しみでした」

「わたくしもリュシエンヌ様とお会い出来る日を心待ちにしておりましたの。いろんな場所をご案内して差し上げたくて、ここ数日、ずっと落ち着きませんでしたわ」

「ふふ、今日からしばらくの間、よろしくお願いしますね」

二人でニコ、と笑い合う。

それからエカチェリーナ様が横に座るルイジェルノ様を手で示す。

「リュシエンヌ様は弟と会うのは初めてですわよね？」

「はい、そうですね」

紅茶に口をつけていたルイジェルノ様がティーカップを戻し、背筋を伸ばす。

「改めまして、クリューガー公爵家の嫡男ルイジェルノ＝クリューガーと申します。歳は十歳です。お初にお目にかかります」

ピシッとした様子はどこかエカチェリーナ様と似た雰囲気を感じさせる。

「初めまして、リュシエンヌ＝ラ・ファイエットです。エカチェリーナ様とは良き友人としてお付き合いさせていただいております」

「王女殿下は姉上ととても仲が良いとお聞きしました」

「はい、わたしは大切な友人だと思っています」

「そうなのですね。姉上をよろしくお願いいたします」

ぺこりとルイジェルノ様が頭を下げる。

……なかなか礼儀正しくて良い子だなあ。

エカチェリーナ様が横で嬉しそうにニコニコしている。こういう弟がいたら可愛いだろう。

「こちらはわたしの婚約者であり、護衛であり、侍従でもあるルフェーヴル＝ニコルソン男爵です」

「ルフェーヴル＝ニコルソンです。どうぞお見知りおきください」

ルルが座ったまま一礼する。

「はい、ニコルソン男爵もクリューガー公爵領を楽しんでいかれてくださいね」

ニコッとルイジェルノ様が微笑んだ。

「ルイ、妹は初めての旅で王都の外も初めてだ。分からないことも多いだろうから、気にかけてやってくれ」

「はい、アリスティード義兄上（あにうえ）」

お兄様に声をかけられるとルイジェルノ様の表情がパッと明るくなる。

……あ、なるほど？

ルイジェルノ様はどうやらお兄様を、もう既に兄として慕っているらしい。

まあ、学院を卒業したらお兄様とエカチェリーナ様はいずれ結婚するのだから、今からそう呼んでも不思議はない。お兄様も満更でもなさそうだ。

お兄様とエカチェリーナ様が結婚したら、わたしとルイジェルノ様は親戚関係になる。

「では、わたしのことはリュシエンヌとお呼びください。わたしもルイジェルノ様とお呼びしても？」

「はい、もちろんです、リュシエンヌ様」

その後、お兄様とミハイル先生は一時間ほど滞在し、出発することとなった。

お兄様達は、今夜はクリューガー公爵領内の別の村に泊まるらしい。

エカチェリーナ様とルイジェルノ様と共に見送りに出る。

エルネティア様や使用人達も出てきて、出迎えの時と同じような光景が広がった。

騎士達も少し休息を取れたようだ。クリューガー公爵領にはわたしの護衛として二十人ほどが留まり、残りの騎士達はお兄様の護衛に赴くことになる。

「短い時間だが世話になった。公爵夫人、妹のことをよろしく頼む」

お兄様の言葉にエルネティア様が頷いた。

「はい、心得てございます。王女殿下が穏やかにお過ごしになられるよう、全力を注がせていただきます」

「はは、夫人がそう言ってくれるなら安心だな。エカチェリーナとルイジェルノも、リュシエンヌに色々と教えてやってくれ」

「はい、もちろんですわ」

「はい、頑張りますっ」

お兄様がわたしを見る。

「数日の間だが羽を伸ばしてくると良い」

「お兄様も視察、頑張ってくださいね」

「ああ、リュシエンヌに話すために色々見て回ってくるよ。それでは、行ってくる」

「はい、行ってらっしゃいませ、お兄様」

少し名残惜しそうにお兄様が馬車に乗る。

そしてミハイル先生も乗り込み、扉が閉められる。

お兄様は何度か視察に出ているし、お兄様と離れることには多少なりとも慣れているはずなのに、何故かいつもより寂しさが募る。

窓からお兄様が顔を覗かせた。

「そんな顔をするな。私が戻ってきた時に、どこを見て回ったか話してくれるんだろう？」

「……はい」

「楽しみにしているからな」

お兄様が「出してくれ」と言う。

動き出した馬車にわたしは思わず声をかけた。

「お兄様、お気を付けて！」

お兄様は嬉しそうに笑って手を振った。

わたしは馬車が見えなくなるまで手を振り返す。

隣にきたルルがわたしの手をそっと握ってくれたので、それを握り返した。

……大丈夫、ルルがいるからね。

そんな気持ちを込めてルルに笑いかける。

ルルもニコ、と笑って大丈夫だとわたしを励ますように頷いたのだった。

＊　＊　＊　＊　＊

今日は疲れもあるだろうから、ということで予定を入れず、休息を取ることになった。

わたしの部屋はお城の上階である四階の、王族専用の貴賓室だ。部屋の広さはわたしの離宮の自室と同じくらいで、侍女や護衛達の控えの間や応接室、専用の浴室、小さなサロンといった必要な部屋が周りにある。四階には貴賓室が四部屋もあるそうだ。

それだけ、このクリューガー公爵領を王族もよく訪れていた証しだろう。

わたしはルルとエカチェリーナ様、ルイジェルノ様、そしてエルネティア様とティータイムを過ごすことになった。

「改めまして、エカチェリーナとルイジェルノの母、エルネティア＝クリューガーと申します。王女殿下のお話はエカチェリーナより、よく聞き及んでおりますわ」

穏やかな微笑を浮かべて挨拶をされる。

エカチェリーナ様に似ているからか、ほぼ関わりのなかった相手でも緊張はない。

「リュシエンヌ＝ラ・ファイエットです。公爵夫人はわたしの十二歳の誕生パーティーの時に祝いに来てくださいましたね」

「ええ。夫の代わりに領地の経営を行っておりまして、あまりここを離れられず無作法をしてしまい申し訳ございません。本来であれば両殿下の誕生パーティーや夜会は毎年出席しなければならないのに……」

「いいえ、お気になさらないでください。代わりに毎年素敵な布を贈っていただけて、そのお気持ちだけで十分嬉しいです。公爵家より贈られた布で作ったドレスはどれも着心地がとても良くて、以前より気になっておりました。今回は視察を受け入れてくださり、ありがとうございます」

「そんな、勿体ないお言葉ですわ。我が領地でよろしければ、どうぞお好きなだけご覧ください」

……ああ、そっか。

どうして夫人に親近感が湧くのか分かった。

話し方やちょっとした仕草がエカチェリーナ様とそっくりなのだ。

いや、この場合はエカチェリーナ様が母親であるエルネティア様によく似ているということだ。

現に二人が並んで微笑んでいる姿は瓜二つだ。

そして幼いルイジェルノ様も二人に似ていて、三人並ぶと、なるほど家族なのだと納得する。

「お母様、ご安心ください。わたくしが責任を持ってリュシエンヌ様をご案内いたしますわ。我が公爵領を訪れて損はなかったと思っていただけるよう、最善を尽くしますもの」

胸を張って、そこに手を当ててエカチェリーナ様が言う。

エルネティア様が「あなたがそこまで言うならば大丈夫ね」と笑みを深くする。

それにルイジェルノ様も僅かに身を乗り出した。

「僕も案内に同行します！」

お兄様にわたしを頼まれたからか、ルイジェルノ様が意気揚々と名乗り出たが、エルネティア様が「あら」と小首を傾げた。

「ルイジェルノ、あなたはお勉強があるでしょう？　今日だって王太子殿下と王女殿下をお迎えするからと言って授業を休みにしたではありませんか」

「う……」

図星を指されたようでルイジェルノ様が言葉に詰まる。

そのしょんぼりした様子にわたしは声をかけずにはいられなかった。

「ルイジェルノ様、よろしければ後でこのお城を案内していただけますか？　町の案内はエカチェリーナ様にお願いしておりますが、このお城の中も是非見てみたいのです」

そう言えばルイジェルノ様の表情がパッと明るくなる。

「はい、案内させていただきます！」

「よろしくお願いしますね」

ルイジェルノ様が大きく頷く。

先ほど休みにしたとエルネティア様がおっしゃっていたので、ルイジェルノ様も今日であれば案内出来るようだ。喜ぶルイジェルノ様にエルネティア様が苦笑した。

その金の瞳が申し訳なさそうにわたしを見たので、わたしは微笑み返す。

このお城の中を見学したいのは本音である。だから気に病む必要はありませんよ、と意味を込めて微笑んだわたしに、エルネティア様はどこか安堵した様子で微笑んだ。

「良かったですね、ルイジェルノ」

「はいっ」

本当に嬉しそうに笑うルイジェルノ様に、提案したわたしまで嬉しくなってくる。

話が落ち着いたところで、わたしは隣に座るルルを紹介することにした。

「もうご存じとは思いますが、こちらはニコルソン男爵で、わたしの婚約者です」

「ルフェーヴル＝ニコルソンと申します。数日間、どうぞよろしくお願いいたします」

ルルが座ったまま胸に手を当てて礼を執る。

エルネティア様も頭を浅く下げて礼を執った。

「ニコルソン男爵のお噂もよく聞き及んでおります。王女殿下のお側に忠誠心厚く、お強い、男爵のような方がいらしてくださってとても安心しておりますの。滞在中はどうぞゆっくりしていってくださいな。多少羽目を外しても我が領内であれば構いませんわ」

お強い、の部分がやや強調された言葉にルルの笑みが深まった。

……もしかしてルルの正体を知ってる？

チラっとルルを見れば目だけで肯定される。

……まあ、それもそうか。

大抵の貴族ならば王女の婚約者について調べようとするだろう。

前に聞いたが、ルルが許可した家にはルルの情報が闇ギルドから売られているそうだ。

当然、どこに売られたかルル自身も把握している。

エカチェリーナ様がルルについて知っているのだし、母親であるエルネティア様も知っていてもおかしくない。ルイジェルノ様も既に知っているのか、ニコニコとした表情を崩さない。

ルルは外面用の笑みを浮かべたままこう言った。

「ありがとうございます」

ただ『多少羽目を外しても良い』という言葉に関しては少し嬉しそうだった。

＊＊＊＊＊

和やかにティータイムを終えると、エルネティア様はまだお仕事が残っているそうで、エカチェリーナ様とルイジェルノ様に後を任せて戻って行った。

ルルだけでなく、エカチェリーナ様とルイジェルノ様も一緒にいてくれて両手に花状態である。

そしてそのままルイジェルノ様にお城の中を案内してもらった。なかなかに複雑な造りで、基本的に目的地に着くには遠回りをしなければいけないので、どうしても歩く距離が長くなる。

そのため今日は蔵書室と庭園を案内してもらうことにした。

「たった二つだけですか……？」

残念そうな顔をするルイジェルノ様に、エカチェリーナ様が言う。

「五日もあるのだから、少しずつ案内すればいいのよ。そうですわよね、リュシエンヌ様？」

「ええ、また明日もお願いしますね」

わたしが頷けば、ルイジェルノ様は嬉しそうに笑った。

「分かりました」

そういうことで、わたし達はお城の蔵書室と庭園を見学することとなった。

ルイジェルノ様のお話では蔵書室は二階にあるらしい。階段を上ったり下りたり、廊下を進んだり曲がったりで、わたしは自分がどの階にいるのかも分からなくなりそうだった。

そうして到着した蔵書室は両開きの重厚な扉の向こうにあった。

二階、と言っていたけれど、それは正確には二階と三階の両方を使用した広い場所だ。

舞踏の間かと思うほど広い室内に、壁際以外にも大きな本棚が並び、居心地の良さそうなソファーやテーブルが至る所に配置されている。蔵書室内は火気厳禁なので、光魔法を使用したランタンが沢山あり、窓は少ないが、ランタンの光が十分室内を照らし出していた。

「ここが蔵書室です。クリューガー公爵領でも随一の蔵書量でして、歴史学や経済学から最近流行りの小説まで色々な種類の本があるのです」

少し自慢げにルイジェルノ様が言う。

「それは凄いですね。ルイジェルノ様もよく利用されていらっしゃるのでしょうか？」

「はい、そうです。勉強で分からないところがあったり、もっと知りたいことがあったりした時にここで調べています。物語を読みたい時もここにあるものを読んでいます」

「どのような本をお読みになられるのですか？」

「えっと、冒険や騎士の物語が多いです」

男の子らしいなと思う。

……そういえば、わたしはこの世界に来てから、そういう小説はあまり読んでないなあ。

「リュシエンヌ様はどのような本をよく読まれますの？」

エカチェリーナ様の問いに素直に答える。

「魔法書ですね。既存の魔法を調べたり、魔法理論を学んだり」

「まあ、リュシエンヌ様は本当に勤勉家でいらっしゃいますわ。だから魔法に造詣が深いのですね」

エカチェリーナ様の目が輝いた。

……勤勉家とは言い過ぎな気もするが。

ルイジェルノ様に見上げられる。

「魔法がお好きなのですか？」

それに頷き返す。

「ええ、とても好きです。わたし自身は使えませんが、だからこその憧れと言いましょうか？　自分にとっては未知のものですから。それを探究してみたいと思うのです」

「そういえばリュシエンヌ様は色々な魔法を作り出しておられますよね。特にあの空中に文字を書ける魔法が僕は好きですっ」

「ありがとうございます。今、その魔法を改良しているので、また新しい魔法式が出来上がった時はルイジェルノ様にご連絡いたしますね」

ルイジェルノ様が「うわあ、楽しみです！」と思わず声を上げて、司書らしき男性に「お静かにお願いいたします」と言われて慌てて口に手を当てた。

そんなに喜んでもらえるなら頑張らないと。今のその魔法は蛍光色の線を空中に描くだけだが、改良して、文字を点滅させたり動かしたり出来るようにしたいのだ。

やがては図形や地形図など立体的なものを表示する魔法に応用出来たらいいなと考えている。

「もちろん、エカチェリーナ様にもご連絡します」

「まあ、それは楽しみですわ」

そわそわしていたエカチェリーナ様も嬉しそうに頬を緩めて頷いてくれた。

「リュシエンヌ様も滞在中にお読みになりたい本がありましたら、遠慮せず借りてくださいませ」

少し照れた顔を隠すように背けて、エカチェリーナ様が言った。

「いいのですか？」

「ええ、何でしたら今ご覧になって何冊か借りていかれてはいかがでしょう？　魔法学の本も沢山ございますのよ？」

「是非お願いします」

魔法学と聞いて反射的に言葉が出ていた。

即答のわたしにエカチェリーナ様がキョトンとし、それからクスクスと笑う。

「魔法学はこちらですわ」

エカチェリーナ様に案内してもらう。

魔法学の本は多く、案内してくれたエカチェリーナ様が「ここからあちらの棚までがそうですわ」と示してくれたが、到底五日間では読み切れない。

とりあえずタイトルに目を通し、その中から気になったものを厳選し、ルルに取ってもらう。

……まずは五冊だけにしよう。

わたしの選んだ本のタイトルにエカチェリーナ様もルイジェルノ様も感心したような顔をする。

「そのような難しい本を読まれるのですか？」

ルイジェルノ様がまじまじとルルの手元を見上げた。

「はい、この本は王城にもありませんでしたから。読み終えたらまたお借りしてもいいでしょうか？」

「え？　ええ、それは構いませんが……。まさかそちらの本、今日中に読むおつもりですの？」

「いえ、さすがに今日中には無理ですが、今日明日で読めると思います」

エカチェリーナ様が目を丸くした。

「わたくし、五日かけてもそちらの本を読み終える自信がありません。魔法学に関しての本だけです」

「わたしも好きなものでなければそこまで早くは読めません……」

「それでも凄いことですわ」

でもそれは多分、前世の記憶があるからだ。

前世でも本が好きでかなり読書量は多かった。

だから読書という行為自体に慣れているし、自分なりの効率的な読み方もあるし、集中力が続く。

学院に通って気付いたけれど、この世界の人は集中力も努力で身につけなければならない。

前世では読書は娯楽の一つだったが、この世界では読書はどちらかと言うと勉強の意味合いが強く、物語もそれなりに多くあるけれど、娯楽というほどには人々に浸透していない。

そもそも平民が気軽に買えるほど本は安くない。平民の識字率もまだ低いだろう。

生活に困らない程度には読み書きは出来るだろうが、難しい文章などは恐らく無理だ。

それに読書出来るほど集中力も続かないと思う。

……いつか、前世みたいに平民も当たり前に学院へ通えるような国になれたらいいのに。

「ニコルソン男爵、そちらは司書に渡してくださいな。後ほどリュシエンヌ様のお部屋に運ばせておきます」

とのことで、本は司書に任せた。

そして次の庭園へと向かう。

中庭までの道のりは二階分と言っても、やはり長く、内心で案内してもらう場所が二箇所だけで良かったなと安堵した。もしこれ以上見て回ろうとしたら足が痛くなってしまいそうだ。

「……まあ……」

案内してもらった庭園は美しかった。

日が傾いて、夕暮れに近い時間帯。

オレンジになりかけた空の下には左右対称の美しい庭が広がっていた。

中央に噴水が配され、そこから東西南北に道が広がっている。その道に沿うように、やや背の高い花を囲うように低木が植えられたスペースがいくつもある。低木の囲いは三角形だったり四角形だったりとバリエーションがあり、大きな木が生えている場所は円になっている。季節的には花よりも緑が多い。

でもその数少ない種類の花がむしろ良いアクセントになっていて、花の色と新緑の対比が美しい。

わたしの離宮の庭園も美しいが、そちらは芸術品のような整え方をされており、美しいとは思うがどこか物のような淡々とした感じというか、冷たさがある。

それに比べてこちらの庭園は同じく整っていても、遊び心というか、温かみが感じられる。

その違いは何だろうと思って気付く。花の種類だ。

わたしの離宮は大輪の花が多い。でもここは、それとは逆に小ぶりの花が多い。

「この庭園の花は小さいものが多いですね」

わたしが言えば、エカチェリーナ様が頷いた。

「ええ、我が家の庭園の花は領地に生えているごく一般的なものなのです。お母様が派手な花よりもそちらのほうがお好きで、そうしているのですわ」

「僕も庭園の花が好きです」

「わたくしもよ」

それが感じ方の違いに繋がっているのだろう。

庭園の花に近寄って見てみる。小さな花達はそれぞれが小さな花畑のようだ。

「どの花も可愛いね」

隣に立つルルを見上げれば、ルルが頷いた。

「そうですね。……ここの花は摘んでもよろしいですか?」

「少しなら大丈夫ですわ」

ルルにエカチェリーナ様が返す。

するとルルが近くにあった白い花を一輪摘み、わたしの髪にそっと挿す。

そして手を離してふわっと笑った。

「ああ、やっぱり似合いますね」

わたしも一輪摘んで、ルルの胸元に挿す。

「ありがとう、ルル」

お揃いになったことでルルの笑みが深まった。

そんなわたし達をエカチェリーナ様が黙って見守っていて、ルイジェルノ様が少しだけ頬を赤く染めて見ている。それに気付いたのは少し後の話である。

その後は部屋に戻って、摘んだ花を一度水切りして花瓶に挿しておいてもらった。

そうして髪に飾り直してルルとお揃いで夕食の席に行くと、気付いたエルネティア様に微笑ましそうな顔をされた。

……やっぱりお揃いっていいな。

この旅の間に、ルルと二人でお揃いのお土産を買いたくなった。

ウィルビレン湖

翌日、朝食後にわたしは外出用のあまり華美でないドレスに着替えていた。

今日はウィルビレン湖に行く予定である。

昨日の夕食の後にエカチェリーナ様とお話しして、この五日間の予定を大まかにだが決めたのだ。

一日目はウィルビレン湖。

二日目は織物市。

三日目は宝飾市場。

四日目は旅芸人の道。

五日目はエカチェリーナ様お薦めの場所で、まだ秘密である。

どこも楽しみで、この五日間はあっという間に過ぎてしまいそうだ。

……お父様やお兄様に話せることも沢山ありそう。

歩きやすいヒールの低い靴を履いて、薄く化粧をして、髪を整え、装飾品のリボンをつける。

最後に日傘を持ったら、旅行中のご令嬢風な装いが完成だ。

今日はルルも従者ではなく、貴族の服装だ。

「リュシー、今日も綺麗だよぉ」

差し出された腕に手を添える。

「ありがとう、ルルも凄くかっこいいよ。髪も編み込んであって、その髪形も好き」

いつもは後ろで三つ編みにしているだけの髪形のルルだが、今日は編み込みをしてあり、普段より少し気合が入っていた。こう言ってはあれだがルルの整った顔もあり、華やかさが増す。

「今日は王都以外での初のお出掛けだからねぇ。いつもより身綺麗にしないとって思ってぇ」

「嬉しい。編み込みでお揃いだね」

「そうだねぇ」

わたしも今日は髪を編み込んで上げてある。外で動くので、髪を下ろしていたら邪魔になってしまうということで、編み込んで纏めたのだ。そうすると普段よりもちょっとだけ大人っぽく見える。

……少しはルルと釣り合って見えるかな。

「それじゃあ行こうかぁ」

「うん」

ルルにエスコートされて部屋を出る。案内役のメイドに導かれてお城の正面入り口へ向かえば、先に来ていたエカチェリーナ様がわたし達に気付いて微笑んだ。

「リュシエンヌ様」

エカチェリーナ様も昼用の露出の少ないドレスを身に纏い、手に日傘を持っている。

「お待たせしました」

「いいえ、わたくしも今来たところですわ。さあ、馬車の用意も出来ております。今日はウィルビレン湖の視察に参りましょう」

エカチェリーナ様の侍女らしき女性が大きなバスケットを持っている。

それが何か訊くと「昼食ですわ」とエカチェリーナ様が言う。

向こうでピクニックをするつもりらしい。

わたし、エカチェリーナ様、ルルが馬車に乗る。もう一つの馬車にエカチェリーナ様の侍女とリニアさんとが乗っており、護衛の騎士達は馬に跨って馬車を囲んでいる。

少々目立つが警備上は仕方がない。

「ウィルビレン湖はとても大きいと聞きましたが、湧き水というのは本当ですか？」

エカチェリーナ様へ問うと頷き返された。

「ええ、ウィルビレン湖は周辺の山から流れ出る湧き水で出来上がっておりますの。それがいくつかの川となってウィルビリアの中を通っているのですわ」

「どれぐらいの大きさですか？」

「そうですわね、我が家の城が三つ入ってもまだ余るくらいでしたかしら？」

「それはかなり大きいですね」

王城よりは小さいと言ってもお城である。

それが三つ入ってもまだ余るということは、相当な大きさの湖だ。

そこから川がいくつかあるならば、一日に流れる水の量も一体どれほどになるか。

こんこんと湧き出る水を想像して、それだけでも十分凄いなと感心した。

井戸を掘れば大量の水が出るわけではないし、魔法で出る水も一応飲めるが美味しくない。

そのため、水の少ない領地と水の多い領地で戦争が起こったことも昔はあったそうだ。

けれど、クリューガー公爵領はそういった問題とは縁遠かったのだろう。

今では色々と調べられて、魔法で生み出した水は飲料水としては美味しくないけれど、植物を育てることには問題なく使えると分かっている。

そのおかげで水の少ない領地では作物は魔法で生み出した水を使用し、飲み水だけに普通の水を使用するようになって、多少は水問題が解消されているようだ。

「ウィルビレン湖は別名『ブルーサファイア』と呼ばれているほど美しいのですわ。水は浅い部分では淡く、深い部分では宝石のブルーサファイアのような美しい青に見えるのです」

「そんなにハッキリと色が分かるんですね」

「ええ、話を聞いた画家達がよく訪れては、ウィルビレン湖の絵を描いて帰って行きますの。貴族の間でウィルビレン湖の絵画は人気だそうですわ」

わたしの案内されたお城の部屋からも湖は見えるけれど、夜だったので、湖は見られなかった。

朝は朝で、公爵家の朝食に招かれていたので準備で忙しなく、見ている暇がなかったのだ。

それに見てしまったら楽しみが半減すると思って我慢していた。だから余計に楽しみである。

湖の話や夏期休暇の初日はどうだったかという話をエカチェリーナ様とお喋りしているうちに、馬車はいつの間にか町を出て、湖に到着した。

馬車が止まり、扉が開けられる。ルル、エカチェリーナ様、わたしの順に降りた。

「……綺麗……」

ぶわっと風が吹き抜ける。目の前にウィルビレン湖が広がった。

視界に収まりきらないほどに大きな湖には小さな島が点在しており、澄んだ青い水がまるで空の青さを切り取ったように揺れている。

湖の周囲には転落防止の木製の柵が設置されており、そこには遊歩道が続いていた。

新緑の緑が映える山に、快晴の空、本当に宝石のように青々とした湖には他の観光客だろう人が小船を浮かべて遊んでいる。

「本当に、絵画のようですね……」

反対側のずっと遠くの湖辺には建物が密集していた。

「あそこは何ですか？」

「あちらは一般の観光客向けの場所ですわ。こちら側は貴族などの富裕層が泊まる別荘などがあるので、警備の関係も兼ねて区分けしておりますの」

そういえば、そのようなことを聞いた気がする。人気の観光地なのに人気がないなと思っていたが、わたし達は貴族向けの区域にいるから人がいないのだ。

「湖を初めて見ました。……大きくて、綺麗で、青くて、本で読んだ海みたいだね」

後半をルルに言えば、ルルが小首を傾げた。

「海はもっと大きいよぉ？」

「そうなんだ」

前世のわたしの住んでいた場所の海はあんまり綺麗じゃなかった気がする。

この世界の海はきっと綺麗なのだろう。

「わたくしも海は見たことがありませんわ」

「エカチェリーナ様も？」

「ええ、この国は内陸部にありますもの。海を見るには基本的に他国に出る必要がございますわ」

そうなると、わざわざ海を見るためだけに国境を越えるというのも面倒な話である。

……まあ、海の話はともかくとして。

この美しい青い湖は確かに一見の価値ありだ。

日傘を差して、しばらくの間そこで湖を眺めた。

貴族達が絵画を買い求める理由が分かる。

この景色を切り取って残しておきたい。そう思わせるほど美しい。

「リュシエンヌ様も船遊びをされませんか？　ニコルソン男爵が一緒ならば大丈夫でしょう」

湖に船を浮かべている人々をエカチェリーナ様が手で示す。

……船遊びかあ。わたし、泳げるかな？

前世では泳げたけれど、今生では泳いだことが一度もないため、今も泳げるか分からない。

……でも船には乗ってみたい。

「ルル、いい？」

ルルが頷いた。

「いいよぉ」

公爵領に滞在中、ルルは普段通りに過ごすと決めたらしく、言葉遣いも聞き慣れたものだ。

外面ルルはいつもと違ってそれはそれでドキッとするが、やはり、普段のルルのほうが好きだ。

こうして緩い口調を聞いているとルルと旅行に来たという実感が湧いてくる。

「ではこちらへ。船遊びが出来るように準備をしてあります。船は二人乗りなのでリュシエンヌ様とニコルソン男爵とでお乗りください」

「エカチェリーナ様は侍女の方と乗るのですか？」

「いいえ、わたくしは一人で船を漕げますので」

エカチェリーナ様は得意げに微笑んだ。

……さすがエカチェリーナ様。

船着場に移動して、そこにいた管理人らしき人に船を出してもらう。

先にルルがひょいと船に乗ると手を差し出される。

ゆらゆら揺れる船とルルとを交互に見てしまう。

「ゆっくり乗ればひっくり返らないからぁ」

「うん……」

ルルの手を借りてゆっくり乗り移る。

ゆら、と船が揺れて体勢を崩しそうになった。

「おっと」

ルルの腕がしっかりとわたしの腰を抱き寄せる。

船の揺れはすぐに収まった。

「リュシー、大丈夫だよぉ。顔を上げて〜」

促されて顔を上げれば、ルルはもう片手で船着場の棒を掴んで船の揺れを押さえていた。

ルルが船を怖がっている様子はない。

「そこのところに座れる〜？」

「う、うん……」

「腰を低くしてぇ、そうそう～、船の真ん中辺りを意識して座ってぇ」

言われた通り、船の座れそうな場所に腰を下ろす。

小さな船で、確かに三人乗るのは難しそうだ。

ルルがわたしと向かい合うように反対側に腰掛けると、小船の左右についていた棒を掴んだ。パドルだ。それをゆっくりと動かした。スーッと流れるように船が動き出す。

「わ、動いた！」

思わずはしゃぐわたしにルルが「あんまり身を乗り出さないようにね」と目を細めて笑う。

船はゆっくりと岸を離れて湖の中を進んでいく。

湖を外から見るのと中から見るのとでは景色が違い、中から見ると、山が一際大きく見える。

そして逆に湖が小さく感じた。周りのものが外で見ている時よりも、どことなく大きく見えて、湖は外から見ていたよりも小さく感じるのだ。これは面白い発見である。

「ルル、船を漕ぐのが上手だね」

船がスイーッと水面を滑るように進む。

「そ～ぉ？　まあ、船も何度か乗ったことがあるからねぇ。漕ぐのも沈めるのも出来るよぉ」

「ここで沈んだら泳げないよ」

「その時は風魔法で岸まで飛ばすからぁ、待機してる騎士達に受け止めてもらってねぇ」

そこでわたしを抱えて泳ぐと言わないところにルルの人生経験の豊富さが感じられた。

……そうだよね、ドレスが水を吸ったらとんでもなく重くなるから、抱えて泳ぐのは難しい。

だから落ちそうになる、もしくは落ちたら、ルルが魔法で岸まで飛ばして、それを護衛騎士達にキャッチしてもらうのが一番早くて良い方法なのだろう。

「でも出来ればやりたくないなあ」

「あはは、そうだねぇ」

わたしの言葉にルルも同意する。

それに湖に落ちたら安静にしていてくださいとか、今後の予定はなしでとかになりそうで嫌だ。

「湖の真ん中近くまで来たよぉ」

いつの間にか大分岸から離れていた。

湖を見れば、魚が泳いでいる。

「……綺麗だね」

キラキラと光を反射させる水面はどこまでも青い。

新緑は鮮やかで、時折吹く風が心地好い。

離れた場所に見える観光客向けの区画が賑わっているのが見えた。

そこにいる、誰かも知らない人がこちらへ手を振った。

顔すら判別出来ないけれど、わたしも手を上へ伸ばしてゆっくりと大きく振り返す。

向こうにいた知らない誰かも、もう一度手を振った。

「うん、綺麗だねぇ」

そう言ったルルの目は私を見ていた。

その言葉の意味を瞬時に頭が理解して、頬が赤くなる。

「ルル、わたしが言ってるのは湖のことだよ？」

「湖よりもリュシーのほうが綺麗に見えるよぉ。綺麗な景色の中にいるリュシーも凄くいいねぇ」

伸ばされた手が頬に触れる。

わたしの頬を包み、親指が目元を優しく撫でる。

「うーん、キスしたいけどぉ、ここで立ったらちょ〜っと危ないから我慢かなぁ」

残念そうにそう言ったルルが頬から手を離し、わたしの手を握る。

それにわたしも握り返した。

「いいよ、しても。落ちたら魔法で飛ばしてくれるんでしょ？」

ルルの目が丸くなり、あはは、と笑う。

そして体勢を低くしたままわたしに近付くと、顔を寄せて囁いた。

「転覆なんてさせないよぉ」

ふわりと優しく、触れるだけのキスが唇に落とされた。

船は微かに揺れたが、それだけだ。

顔を離したルルがニコッと微笑む。

「ありがとぉ」

わたしの手の甲にも軽く唇を押し当てて、ルルが元の位置に戻る。

わたしの顔はきっと赤くなっているだろう。

……ただのキスなのに。

ルルとすると気恥ずかしくて、でもそれ以上に嬉しくて、舞い上がってしまいそうになる。

それでいて、終わると少し残念で。

……ずっと触れ合っていたいなんて、はしたない、かなあ？

手を伸ばせばルルが握ってくれる。

「もっとルルに触れていたい」

ルルが嬉しそうに笑った。

「オレもそうだよぉ。でも結婚するまでは、ね」

慰めるように手を握られる。

わたしはそれに頷き返した。

エカチェリーナ様の乗った船が近くに来た。

「ニコルソン男爵、漕ぐのが速すぎですわ！」

遅れてやってきたエカチェリーナ様がルルに文句を言ったが、ルルは「そ～ぉ？」とどこ吹く風である。それがおかしくて、わたしは笑ってしまった。

「ウィルビレン湖はいかがですか？」

エカチェリーナ様の問いへの答えは決まっている。

「とても素敵な場所ですね」

ルルとの思い出がまた一つ増えた。

そっと自分の唇に触れる。まだそこに感触が残っているような気がして、わたしはまた顔を赤くしてしまい、エカチェリーナ様に熱があるのではないかと心配されてしまった。

事情を知るルルは愉快そうに笑っていた。

ルルに船を漕いでもらい、岸へ戻る。

それから昼食を摂ることになった。

エカチェリーナ様の提案で、湖畔に突き出た船着き場に布を敷いて、そこで食べることにした。

反対側の湖畔からは遠くて見えないし、周りに人気もなく、見晴らしの良い場所なので警備的にも問題なさそうだ。

エカチェリーナ様の侍女とルルが昼食の準備をしてくれて、わたし達は湖畔で昼食を食べる。

これから湖の周りを散策するので、軽く摘める食べ物が多いのが嬉しい。

ルルに渡されたお皿を受け取る。

サンドイッチにスコーン、くるみたっぷりのパウンドケーキ。

まずはサンドイッチから。

……あ、これ野菜たっぷりだ。

塩気のあるハムに、たっぷりの葉野菜とトマト、キュウリ、スライスした玉ねぎ、チーズが入っている。パンには薄くバターが塗ってあり、野菜から出た水分でパンが柔らかくなってしまわないよう工夫がされていた。粗く挽いた胡椒たっぷりで、チーズとハムとの相性が抜群である。

野菜も沢山なので食べるとシャキシャキする。

「美味しいです」

「お口に合って何よりです。ここに来る時はいつも、料理長がこれを作ってくれるのですわ」

スコーンにたっぷりのジャムをのせてエカチェリーナ様が食べている。

ルルはくるみのパウンドケーキを頬張っていた。

どうやら口に合ったようで、それればかり食べているルルに、お皿を寄せる。

「わたしのも食べていいよ」

「ありがとぉ」

ルルはフォークとナイフでわたしのお皿からくるみのパウンドケーキを取った後、一口大に切って、それをフォークに刺してわたしへ向ける。

「はい、あーん」

言われるまま口を開けてパウンドケーキを食べる。

しっとりとしたパウンドケーキはバターの味がして美味しく、沢山入ったくるみの香ばしさとカリカリとした食感の違いが楽しい。確かにルルの好きそうな味だった。

エカチェリーナ様が「それればかり食べられると、わたくしの分がなくなってしまいますわ」と自分の分を慌てて取り分けていた。結局ルルはパウンドケーキをほぼ一本食べてしまった。

パウンドケーキの代わりにわたしはもう一つサンドイッチを手に取る。

離宮で食べる手の込んだ料理も美味しいし、ソースなども好きだが、シンプルな味付けで食材の本来の味や甘みを感じられるのも好きだ。

ルルが今度はスコーンに手を伸ばしている。

「以前から思っておりましたけれど、ニコルソン男爵は健啖家ですのね。何でも召し上がりますし、食べる量も多いですし」

エカチェリーナ様の感心したような言葉に同意して、わたしも頷く。

「やっぱり体が大きいと食事量も多くなるの？」

「どうだろうねぇ、仕事によっては食事をするのも難しい時もあるから、食べられる時に食べておくっていうのはあるかもなぁ」

「そっか」

暗殺とか間諜とか、時間になったら食事が出来るようなのんびりした職業ではないだろう。

ルルは仕事を減らしたけれど、相変わらず、椅子で寝ているようだ。

わたしが寝るまで傍にいて、闇ギルドの仕事を済ませたら戻ってくる。

そして、朝、わたしが起きた時には枕元にいるのだ。

椅子で眠って体が疲れないのか疑問だが、ルルいわく「座り心地が凄く良いから寝やすいよぉ」とのことだった。熟睡すると何かあった時にすぐに対処できないから椅子のほうがいいらしい。

昼食の半分以上がルルの胃に納められた。

エカチェリーナ様がそれに「あれでも普段は控えていらしたのね……」と驚いていた。

片付けを侍女に任せて、わたし達は食後にゆったりと紅茶を飲んで胃を休める。

「心地好い風ですね」

山から吹き下ろす風だろうか。やや涼しくて、夏の暑さが出てきた今頃には嬉しいものだ。

紅茶を飲みつつ景色を眺める。

ただそれだけなのに、贅沢をしている気分になる。こんな綺麗な景色をまるで独り占めしているような気がして、不思議と満ち足りた気持ちになれる。特に会話がなくてもつらくはない。

一杯の紅茶を、時間をかけて飲み、休憩した後にわたし達は散策に出掛けることにした。

ルルにエスコートをしてもらいながら、エカチェリーナ様の案内で穏やかに湖辺の道を歩く。

「あそこに見えるのが貴族用の別荘の一つですわ。この辺りはクリューガー公爵家の敷地で、ああいった建物がいくつかあり、観光にいらした貴族の方々がよく泊まっていかれるのですわ」

「他の貴族の方が所有しているわけではないのですね」

「ええ、観光や避暑地と申しましても大抵は長くても一週間ほどの滞在ですから、屋敷を所有するより、その間だけお金を払って泊まったほうが安く済みますもの。それに毎年来る方は、毎回違う屋敷に泊まって、その違いを楽しんでいるようですわ」

クリューガー公爵家の事業の一つなのだろう。

洒落たコテージのような木造の別荘は、確かに維持費が色々とかかるだろうし、他領に別荘を持つとなると地価もそれなりのものだと思う。ずっとそこに住むならばともかく、年に一、二度くらいしか来ないのであれば、むしろ宿のように料金を払って泊まったほうが互いに良いこと尽くめなのかもしれない。

「もう少し先に貴族向けのお店があるのですが、寄って行かれませんか？　ウィルビレン湖のお土産を売っておりますのよ」

「いいですね、行きたいです」

五分ほど歩くとすぐに貴族向けのお土産屋だろう建物が見えてきた。

白を基調として青が差し色に使われた建物は、青い扉を潜ると中は思ったよりも広かった。

色々なお土産が並んでいる。

……あ、魚のヌイグルミもある。

思わず手に取ると「それはこの湖でよく取れる魚ですわ」とエカチェリーナ様が教えてくれた。

なるほどと思いながら棚へ戻した。

ヌイグルミ以外にも、この湖の小さな絵や、その絵を飾る小さな額縁、湖の色によく似たブルーサファイアを使った装飾品、ウィルビリアの特産品らしきお菓子やウィルビレン湖をイメージした波模様のハンカチなど様々なものがあった。

その中で置物の一つに目が留まった。

小さな湖と山、周囲の建物などを精巧に模した小さな模型である。

それが小さなガラス瓶の中に収まっていた。

……何だっけ、こういうの？

ボトルシップのようなそれが可愛らしい。

全て手作業で作っているからか、よくよく見比べるとどれも微妙に違いがあって面白い。

お値段はやや高いけれど、お土産にちょうど良さそうだった。

「これを三つください」

そう言えば、店主の男性がわたしの選んだ三つの置物を丁寧に運び、クッション材らしき綿を敷いた箱に詰め、綺麗なリボンでラッピングまでしてくれた。

「三つも買うのですか？」

「ええ、お父様とお兄様と自分用を」

「ご自分用も？」

驚くエカチェリーナ様に頷く。

「思い出の品があれば、それを見た時、楽しかった記憶をすぐに思い出せますから」

エカチェリーナ様がうんうんと頷いた。

「自分用というのもよろしいですわね。お土産というと誰かに渡す物と考えがちでしたが、自分用を選ぶのも楽しそうですわ。……そういった物も考えてみましょう」

とエカチェリーナ様が考えるふうに言った。

「ここのお土産もクリューガー公爵家が？」

「全てではありませんが、一度我が家でどのような物か確認してから販売しております」

「そうだったのですね」

だから「考えてみる」に繋がったのだろう。

これで更に新しいお土産が出来たら楽しそうだ。

お土産屋さんに並んだ物を見て回った後、わたし達は店を出ることにした。

買った物はお城に運んでくれるそうだ。

ちなみにお金はルルが持ってくれているので、わたしが支払いをすることはない。

お父様がそれなりの額を用意して持たせてくれたのだが、あまりに額が大きくて、怖くて自分では持てなかったのだ。王女が自由に使えるお金の一部だと言われたものの、湯水のように使うのもどうかと思う。

ただお父様は「旅先である程度金を落とすことは経済を回す上で必要なことだ」と言っていた。

全部使い切る気はないけれど、お土産と、本当に欲しい物があったら買うことにする。

わたし達は一時間半ほど辺りを散策してから、馬車が待っている元の場所へ戻ってきた。

「それでは、そろそろ帰りましょうか」

というエカチェリーナ様の言葉に頷いた。

馬車に乗り込み、流れ出す車窓の外を眺める。

……初めて見に来た湖がここで良かった。

こんなに綺麗な湖なんて、前世でもそうはなかっただろうし、行くとなればかなり大変だろう。

それがたった一日半で来られる場所にある。

「リュシエンヌ様、今日は楽しかったでしょうか？　つまらなくありませんでしたか？」

エカチェリーナ様に頷き返す。

「とても楽しかったです。こんなに素敵な湖を見ることが出来て、本当に来て良かったと思います」

そう返せばエカチェリーナ様がホッとした顔をし、それから嬉しそうに微笑んだ。

隣に座るルルと手を繋ぎ、一緒に車窓の外にある湖を眺める。

青い湖面がキラキラと輝いて綺麗だった。

ブルーサファイアという別名に、お兄様の青い瞳をわたしは思い出していた。

……お兄様も一緒だったら良かったのに。

それだけが少し残念だった。

＊　＊　＊　＊　＊

お城に帰るとルイジェルノ様が出迎えてくれた。

勉強を早く終えて、待っていたらしい。

恐らく今日もお城の中を案内したいのだろう。

「おかえりなさい」

キラキラした金の瞳に見上げられる。

「ええ、ただ今戻りましたわ」

「お出迎えありがとうございます」

わたし達の言葉にルイジェルノ様がニコッと笑う。

そしてそわそわしているのが微笑ましい。

「あの、今日の案内ですが……」

「ルイジェルノ様さえよろしければ今からお願いしてもよろしいですか？」

「はい、もちろんですっ」

表情を明るくしてルイジェルノ様が頷いた。

「リュシエンヌ様もニコルソン男爵も沢山歩きましたよね？　だから今日は一つだけ、僕のお気に入りの場所を案内しようと思います」

ルイジェルノ様の案内で、お城ではなく、それを囲っている城壁へ向かった。

わたし達を見ても警備の騎士達は慌てず、扉を開けて城壁の中へ入れてくれた。

城門にある階段を上がって行く。

「ここが僕のお気に入りの場所です」

そう言いながらルイジェルノ様が外へ続くだろう扉を押し開けた。

ぶわっと風が通り抜けて行く。

そして視界が広がった。どこまでも広がる空。その下にあるウィルビリアの街並み。

町の北に広がる大きなウィルビレン湖。町を二重に囲む内壁と外壁。町を囲むように広がる森や山。夕方近くになって、山に太陽がかかってきたからだろうか、緑色の屋根で統一された可愛らしい家々には既に少しずつ明かりが灯っている。

「後ろを見てください」

促されて後ろを見れば、武骨な石造りのお城。

「まるでこの城が町を見守っているみたいで好きなんです」

……なるほど、言われてみればそうだ。

少し高い場所にあるこのお城は他よりも高く建てられており、それが町全体を見守っているというのは間違いではないだろう。

「ルイジェルノ様はこの町がお好きなのですね」

「はい、生まれ育った大切な町です。いつか、大人になったら今度は僕がここを守るんです」

「そうですね、その役目は恐らくルイジェルノ様にしか出来ないでしょう」

エカチェリーナ様はお兄様の下に嫁いでしまう。そうなれば嫡男であり、公爵家に残された者として、ルイジェルノ様が何れは公爵家当主となり、ウィルビリアの町を守ることになる。

ルイジェルノ様はきっと、もうその覚悟を決めているのだろう。

「僕はこの町を、クリューガー公爵領の民を守ります」

まだ十歳などと子供扱い出来ない立派さだ。

「町や領民を大切に思っていらっしゃるルイジェルノ様であれば、きっと出来ますよ」

風がまた吹いて、少し肌寒く感じる。山からの風だろうか。

……でも、もう少しだけ眺めていたい。

ルルが近付いてきて後ろから抱き締められる。

そのおかげか寒さが和らいだ。

「ありがとう、ルル」

「どういたしましてぇ」

それから日が沈むまで、わたし達はその広大な景色を眺め続けた。

この瞬間を記憶に焼き付けたくて。ルルの体温を感じ続けたくて。

エカチェリーナ様もルイジェルノ様も、目を細めて、愛おしそうに町を見下ろしている。

見上げれば、ルルと目が合った。

わたしやルルも、互いを見る時にあんなふうな目をしているのだろうか。

……ルル、大好き。誰よりも愛してる。

微笑むルルにわたしも笑って寄りかかると、抱き締める腕の力が少しだけ強くなった。

それが、わたしの気持ちに返事をしてくれたみたいで嬉しかった。

昼寝と織物市

クリューガー公爵領に到着して二日目。今日は織物市を見に行く予定だ。

だが行くのは午後からで、午前中は時間が空いているため、借りた本を読むことにした。

王城の図書室にない本ばかりなので楽しみだ。

泊まっている部屋のソファーに座り、本を開く。

ルルはわたしの横に座っている。片腕をソファーの背もたれに乗せて、もう片手でわたしの髪を弄っているが、そういうのはわりといつものことなので特に気にならない。

読みながら本のページを捲っていく。

……うん、著者が違うけど内容は王城にある本と似てる。

最後のページを見れば、見覚えのある本のタイトルがいくつか書かれていた。

……やっぱり参考にしたのはあの本かあ。

それならと流し読みしていく。

横から、ふあ、と微かな声がした。

見れば珍しくルルが欠伸をしているところだった。

「ルル、眠いの？」

声をかけるとルルが振り向いた。

「ん〜、ちょっとねぇ」

そう言いながらもう一度欠伸をこぼす。

「もしかして、あんまり寝てないの？」

ルルはクリューガー公爵領に来てからも、変わらずわたしが眠るまで傍にいてくれるし、起きた時も一番に挨拶をしてくれる。

「まあ、そうだねぇ」

よくよく見ればルルの目の下に薄っすらと隈が出来ていた。

近くで見なければ気付かないほどだが、確かに隈がある。

それにハッとした。

こう見えて結構警戒心が強いのがルルなのだ。いつもと同じように椅子に座って眠っているとばかり思っていたけれど、もしずっと眠らずに起きていたとしたら……？

ここに到着したのは一昨日だ。

つまり、三日間徹夜しているということになる。

しかも徹夜したまま、昨日は一日船を漕いだり歩いたりしていたということでもある。

「ルル、ちょっとお話をしましょう」

「……何で急に丁寧な口調なのぉ？」

何か感じ取ったのかルルが若干身を引いた。

その分、ずいっと体を寄せる。

「正直に言って。公爵領に来てから寝てる？　ちゃんと休んでる？」

ルルが頬を掻き、視線を逸らして首を傾げた。

「あ〜、えっとぉ、寝てないかもぉ？」

「やっぱり！」

思わず声を上げたわたしにルルが「怒らないでぇ」と両手を上げて言う。

怒らない理由がなかった。いくらわたしのためと言っても限度がある。

ルルが体調不良になってまで守られても、そんなの嬉しくない。

「ねえ、ルル。ルルが無理してでもわたしを守ろうとしてくれているのは分かる。わたしのためだってことも。何事にも絶対はないから」

そっと手を伸ばしてルルの頬に触れる。

具合があまり良くないのか少し体温が高い。

「でもね、わたしにとってはルルが一番なの。わたしの命よりも大事なの。無理をして命を削らないで。その分、一緒にいられる時間が減っちゃうかもしれない。……そうなったら悲しいよ」

ルルがハッとした様子でわたしを見た。

そして頬に触れるわたしの手に、自分の手を重ねて、すりっとわたしの手に頬を寄せた。

まるで大きな猫みたいだ。

「ごめん、リュシー。公爵領が危険ってわけじゃない。むしろ他の領地に比べたら安心出来ると思う。でもここはリュシーの離宮じゃない」

ルルが言う。

ここはわたしの離宮でも王城でもない。まだ来たばかりでルルもこの城の全てを知っているわけではないし、どのような人間が働いて、わたしのことをどう思っているかも分からない。

お父様やお兄様の庇護下から離れている今、わたしが狙われる可能性もある。

だから心配で目が離せない。何かあった時にすぐに対処出来る位置にいたい。

そういうことだった。

「……ルルも不安なんだね」

「も?」

「実を言うとね、わたしもちょっと不安だったの」

初めて王都を出た。王城の外、お父様やお兄様のいない場所にいる。

不安だし、心配もあるけれど、でもルルがいるから耐えられる。

もしルルがいなかったら、不安ですぐに王都へ引き返してしまったかもしれない。

「初めてお父様とお兄様と離れるから。でもね、結婚したらそうなるよね？　ルルだってお仕事に行くよね？　……わたしは、今、その練習をしているんだと思ってるよ」

きっとわたしはその時になったら不安で仕方がなくなるのだろう。

お父様もお兄様もルルもいなくて。一人だったらルルと同じように夜は眠れないかもしれない。

でも、それにもいつかは慣れなくちゃいけない。

だから今はその練習中。わたしの感じている不安は多分、杞憂なのだ。

「ルル、少し休んで」

膝の上に乗せていた本をテーブルに置く。

そして、代わりに膝を叩いてみせる。

ルルが不思議そうに首を傾げた。

「横になって、ここに頭を乗せて」

ソファーの端に移動してもう一度膝を叩く。

灰色の目が丸くなった。

それから、恐る恐る体を横に倒して、わたしの膝の上に頭を乗せた。

足の上に乗ったルルの頭にそっと触れる。ルルの肩がピクリと動いた。

「大丈夫、わたしはここにいるよ。控えの間にリニアさん達侍女や騎士達もいるから、何かあっても大丈夫。だから、ね、ちょっとだけ寝よう？」

見下ろせば、仰向けになったルルと目が合った。

安心させるように出来るだけ柔らかく微笑んだ。

ルルの胸元に優しく手を置き、一定のペースで動かして、ゆったりとしたリズムをつくる。

そのリズムに合わせて歌う。

それは誰もが聞き慣れた讃美歌だ。女神を讃える聖なる歌。

相変わらず楽器は何一つ出来ないけれど、歌だけは褒められ続けた。

だから歌にだけは自信がある。ゆっくりと、静かに、囁くように。

……ルルが眠れますように。

ただそれだけを願って歌う。わたしにとってルルの傍が一番安心出来るように、ルルにとっても、わたしの傍が一番心安らげる場所であってほしい。

わたしはルルが眠りに落ちるまで歌い続けた。

気付けば、膝の上のルルは寝息を立てていた。

「良い夢を」

どうかルルが良い夢を見られますように。

＊　＊　＊　＊　＊

リュシエンヌが歌っている。

透き通る声が、控えめに、静かに、囁くように、誰もが知る賛美歌を歌っている。

それに合わせて胸の上の手が優しく体を叩く。

今までの人生で一番聞き慣れた声だ。

疲れもあってかやや強張っていた体から、ゆっくりと力が抜ける。

綺麗な声だな、とルフェーヴルは思った。

恐らく誰が聞いても美しいと感じるだろう。

昔からリュシエンヌは歌が上手かった。

楽器は全く扱えないのに、歌だけは音楽教師ですら感心するほどに上手い。

だがリュシエンヌ自身は歌にあまり関心がないようで普段は滅多に歌わない。

それなのに、今、リュシエンヌは歌っている。

ルフェーヴルのために。子守唄として。

ルフェーヴルは歌に誘われるまま目を閉じた。

膝枕なんて誰かにしてもらったことがなかった。

幼い頃、まだ娼館で暮らしていた時でさえ、そんな記憶はない。

抱き締められることはあっても。頭を撫でられることはあっても。

誰かの足に頭を預けるなんて初めてだった。

リュシエンヌの細い足にルフェーヴルの頭は重いはずなのに、一言も不満を漏らさない。

胸を優しく叩かれるのも、頭を預けるのも、どちらも急所であるはずなのに、不快感はない。

それは相手がリュシエンヌだからか。

ウトウトと微睡(まどろ)み、感じる睡魔に抗えずに眠りに落ちる。

完全に意識が途切れる寸前、リュシエンヌの声がした。

「良い夢を」

そしてルフェーヴルは眠りについた。

＊＊＊＊

主人の紅茶のおかわりが必要だろうと、リニアは新しい紅茶を用意して部屋の扉をそっと叩いた。

主人であるリュシエンヌは集中力が高い。

そのため、読書中はノックをしても気付かずに反応しないことが多い。

だからリニアは主人から前もって許可を得ていた。

静かに扉を開け、視線をソファーに巡らせて、そしてリニアは固まった。

ソファーにはリュシエンヌと、その婚約者であり、侍従でもあるルフェーヴルがいた。

ただ、問題はそこではない。

主人であるリュシエンヌがルフェーヴルに膝枕をしているのだ。

それだけでも驚くことなのに、あのルフェーヴルが、リニアが部屋の扉を叩いて開けても、ピクリともしない。ちょっとの物音でも聞き逃さないルフェーヴルが。

ソファーの上で横になり、リュシエンヌの膝に頭を預けて、まるで幼い子供のようによく眠っているのが遠目にも分かった。膝枕をしているリュシエンヌも眠っている。

……あれは昼寝でいいのかしら。

二人があまりにも気持ち良さそうに眠っているので、起こさないよう、音を立てずに扉を閉めた。

また頃合いを見て新しい紅茶を淹れようと考え、控えの間に戻ると、共に公爵領に来ていた後輩の侍女二人が不思議そうに首を傾げた。

「あれ、リニアさん、どうされましたか？」

「リュシエンヌ様、紅茶は要らないと？」

その問いにリニアは首を振った。

「いいえ、リュシエンヌ様はニコルソンとお昼寝中だったわ。よく眠っていらしたから起こさずに戻ってきたのよ」

二人の侍女の目が輝いた。

この二人、あまり似ていないが実は双子である。そしてまだ二十代前半で、仕事は出来るのだけれど、恋愛に関することが大好きなのだ。この二人は伯爵家のご令嬢だったが、リュシエンヌとルフェーヴルの様子を夜会などで見かけて「これだ！」と思ったらしい。

驚くことに、二人の恋愛模様を知るためだけに難しい試験を乗り越えて侍女としてやって来た。

「まあ、それはどのような光景でした？」

「二人でお昼寝！　同衾（どうきん）ですか⁉」

二人の鼻息が荒くなる。

それにリニアは呆れを含んだ息を吐いた。

「いいえ、リュシエンヌ様がニコルソンに膝枕をしていらしたわ」

「まあまあまあまあ……！」

「ああ、その様子を見たいです！　見に行ってもいいですか？」

「やめなさい。リュシエンヌ様はともかく、ニコルソンを起こすと後が怖いわよ？」

リュシエンヌの侍女、そして離宮のメイド達はルフェーヴルを恋愛対象として見ていない。

何故ならルフェーヴルはリュシエンヌしか見ていないからだ。

そして、ルフェーヴルに近付こうとする女は皆、リュシエンヌの警告を受け、それでも諦めないと別の場所に飛ばされる。

以前、リュシエンヌの警告を無視してルフェーヴルを誘惑しようとしたメイドがいたが、即刻クビとなった。主人の婚約者に色目を使うなど、使用人として失格だ。それ以上に他の使用人達にとっては、自分達がそのような人間と同じだと思われないか、ということのほうがよほど心配だった。

だがリュシエンヌはそうではなかった。

そのメイドをクビにした一方で、使用人達に「他の人はそうではないと分かっているわ。いつも頑張って働いてくれてありがとう」と優しく声をかけた。

それにどれだけの使用人が安堵したことか。

ちなみにリュシエンヌは侍女達に自分の恋愛について騒がれても、特に気にしていないようだ。

……まあ、気にしていたら侍女達の前であんなにべったりしないわよね。

侍女達の中には二人の大恋愛に憧れて、まるで劇の俳優のファンのように二人のことを見ている者もいる。この二人もそういった類いである。

とにかく、リュシエンヌとルフェーヴルの恋の行方や普段の様子が知りたくて仕方ないのだ。

「ああ、私が持っていけば良かったですわ……！」

双子の姉のほうが心底残念そうに言う。

「その場面を画家に描いてもらいたいです！　お二方のイチャイチャを見たくてここまで頑張ってきたのに！」

妹のほうが悔しそうに言う。仕事も出来るし、普段は気の利く良い娘達なのだが、これだけが問題だ。それでも主人達に聞こえないように小声で騒いでいる辺りは器用である。

「ほら、紅茶でも飲んで落ち着きなさい」

紅茶をティーカップへ注げば、二人は騒ぐのをやめて素直に近付いて来た。

それぞれにティーカップを渡すと椅子に戻り、静かに飲み始める。

……こうしていればご令嬢らしいのだけれど。

存外、元気いっぱいな双子にリニアは苦笑しつつ、自分用の紅茶を用意して席に着く。

左右から感じる視線に気付かないふりをして、ティーカップに口をつけたのだった。

＊　＊　＊　＊　＊

午後になり、昼食を摂ったわたし達は予定通り織物市へ行くことになった。

昨日と同様に動きやすいドレスに着替えて、薄く化粧をして、髪を編み込んで纏めてある。

ルルも貴族らしい格好をしているけれど、普段着というか、ちょっとラフな格好だ。

エカチェリーナ様とその侍女と、そしてわたしとエカチェリーナ様両方の護衛の騎士達も来るため、なかなかの大所帯になる。他の騎士達も少し離れた場所から周辺を警戒してくれるそうだ。

市の少し手前で馬車を降りる。

「申し訳ありません。市の周りは人が多くて、そこまで馬車が入れませんの」

エカチェリーナ様が申し訳なさそうに言う。

「いいえ、街並みも見たかったので丁度良いです」

白や淡い水色、アイボリーの壁に、緑の屋根。そんな可愛らしい家々が軒を連ねる様は見ていて楽しいし、それを歩きながら間近で眺められるなら、少しの距離くらいなんてことはない。

ルルと手を繋ぎ、エカチェリーナ様に案内してもらいながら織物市までの短い距離を歩く。

家は柱や窓枠など、それぞれ色が違っていて、白と言っても明暗があって、実はそれぞれ微妙に色合いが違う。窓辺に飾られた花などが良いアクセントになっていて、更に可愛く見せてくれる。

楽しく眺めていたら、あっという間に織物市に到着した。

織物市は非常に賑わっていた。通りの左右に並ぶ家は一階がお店になっているようで、通りのずっと向こうまで、店が身を寄せ合うように並んでいる。

道の左右は色んな布でカラフルになっており、それだけで賑やかな明るい雰囲気が感じられる。

そこを人々が通り、店先を覗き、時には店主と値段を交渉しているらしい声や複数人で買い物に来たのだろう人々の「あの布がいい」「この布がいい」と話す声などが重なって更に賑やかさが増している。

どの店の人も華やかな布で作った服を身に纏い、自身を広告として見せているらしい。

「凄い活気ですね」

ワイワイと響く声は途切れることがない。

「そうですわね、ここはウィルビリアの中でも随一の賑やかな場所かもしれません」

クスッ、とエカチェリーナ様が笑う。

騎士達に警護されながら、人の流れに乗って市場へ入っていく。

とりあえず市場を軽く見て回り、気になるものがあれば戻る道の途中で購入することにした。

お店によって一色染め、刺繍入り、染めと刺繍、模様の染めなど特色があるようだ。そこから更に模様やモチーフの違い、染めの色味や使われる布の違いなど、店によって個性がある。

どの布も綺麗で目移りしてしまう。

……あ、あのお店の布はお父様とお兄様に似合いそう。

そのお店の場所を覚えつつ、歩きながら通りの店先を覗いていく。

……どれもこれも素敵だなあ。

よくよく見るとお店によってお客さんの年齢層が違うようだ。

若者向けのお店は明るい色が多い。壮年者向けのお店は白や黒などのシンプルな色から、暗めの色が多い。でも後者のほうが華やかな刺繍や柄が目につく。

若者向けのほうはあまり派手になりすぎないものが多くて、年齢で似合うものが変わるのだろう。

「あら、あの布はリュシエンヌ様にきっとお似合いですわ」

「あちらの布はエカチェリーナ様に似合いそうですね。あ、あの布はルルに似合うと思う」

「どれぇ？」

「あれ、あのお店の布」

あれこれと話しながら市場を巡る。

そして市場の端まで辿り着いた。

「それでは戻りながらお買い物をいたしましょう」

「そうですね」

エカチェリーナ様の言葉に頷いた。

来た道を戻り、覚えていたお店の一つに立ち寄る。

「ほら、ルル、この布見て」

黒く染められた布に紅い花が描かれている。

ルルが布を手に取って体に当てる。

「似合う～？」

「似合う！」

前世の記憶にあるチーパオとか作ったら絶対に似合いそうである。

……この布で作ってもらえないかなあ。

ルルが「これ買おうかなぁ」と言う。

「わたしのお金で買う」

「え？」

「それでルルに似合いそうな服を作るの。色違いの布があるから、お揃いでまた衣装を作ろう？」

黒地に紅い花の布の横に対のように置いてあった、白に紅い花の布も手に取る。

男性は黒をよく着るからいいだろう。

わたしは白地に紅い花の布でチャイナドレスっぽいものを作って、揃えて夜会でまた着たい。

「いいねぇ」

想像したのかルルが目を細めて笑う。

「せっかくだからお揃いの布を何枚か買って行こうよぉ。夜会はいつもお揃いにしちゃう〜？」

「それいいね、そうしよう」

夜会やお茶会、パーティーなどでいつもお揃いの衣装でいれば、わたしとルルがどれほど親しいのか周りにも伝わるだろう。

……それでオリヴィエが諦めてくれたらいいんだけど。

小さく頭を振る。

……今日はそういうことは考えない、考えない！

せっかくの楽しい時間なのだ。

この旅の間はオリヴィエに関することは忘れて、めいっぱい楽しむことにしているのだから。

「他にも布を探してみよう？」

「そうしよっかぁ」

その後、いくつかのお店でお揃いの布を購入した。購入したものは後でお城へ届けてくれるということなので、わたし達は荷物を気にせず買い物が出来る。

自分達用の布を購入したら、今度はお父様とお兄様へのお土産の布を購入する番だ。

先ほど見て回っていた時に目星をつけておいたお店へ向かう。

そこはグラデーションや一色染めの布に動物や植物の刺繍を施した布が売っているお店だった。

店先には様々な色の布が置かれており、どの布にも丁寧な刺繍が施してあり、それを見ているだけでもうっとりとしてしまいそうだ。

「いらっしゃい」と声をかけてくれた中年の店主の女性も綺麗な植物の刺繍がされたワンピースを身に纏っており、その手元には作りかけの刺繍と布があった。

「こんにちは。素敵な刺繍が多いですね。このお店の刺繍は店主さんがご自分でされていらっしゃるのですか？」

店主の女性が笑う。

「いやいや、あたしのもありますけどね、近所の奥さん達が縫ったものが多いんです。夫が働いている間に妻が家で刺繍をして、それを収入の足しにするのがこの辺りの昔からの嫁仕事なんですよ」

「嫁仕事……」

「そうですよ、だから刺繍の上手さで結婚相手が決まることもあるので女の子はみぃんな一生懸命勉強するんです」

貴族の女性も刺繍は必須である。夫の小物にイニシャルや家紋、夫の好きなものを刺繍するのは妻の仕事なのだ。だから貴族の女性は全員刺繍を学ぶ。わたしも刺繍は習っていて、出来るけれど、このお店に並んでいるほどの腕前には到達していない。

繊細な刺繍もあれば、豪快に縫い上げた刺繍もあり、個性があるのは縫い手が違うからだろう。

「どの刺繍も丁寧に刺してありますね」

夫を待つ間、夫を支えるために縫う。きっと色々な気持ちがこもっているはずだ。

「あたしも近所の人も刺繍が大好きなんです。だから、どんなものでも買う方が喜んでくれるような、そんな刺繍に出来たらと思って刺しています」

店主が嬉しそうに笑う。

あの刺繍の一刺し一刺しに心がこもっている。

わたしはずっと気になっていた布を手に取った。

真紅の一色染めに宙を舞う鷲が刺繍されている。

鋭くキリリとした顔立ちの鷲が、両翼を広げ、堂々たる姿で描かれている。

それを見た時、わたしはお父様を思い浮かべた。いつもわたし達を見守ってくれて、堂々とし、包容力のあるお父様はこの大きく気高い鷲のようだと思ったのだ。

「これと、あとこれも買います」

もう一枚は綺麗な澄んだ青色に若い獅子が刺繍で描かれている。整った顔立ちの獅子が悠々と寝そべってこちらを眺めており、やはりこの獅子も堂々とした姿をしていた。

……お兄様は若獅子って感じ。

「どなたかへの贈り物ですか？」

「ええ、父と兄に」

「それはきっと喜ばれるでしょうねえ。何せ可愛い娘が選んだものですから」

と、店主が愉快そうに笑った。

「あの、この刺繍に付け足しをしていただけませんか？」

どちらも素晴らしい刺繍である。

でもお父様とお兄様に贈るなら、どうしても刺繍してほしいものがあった。

「付け足しって、何を刺すんですか？」

店主が不思議そうに首を傾げた。

「この鷲と獅子に王冠を被せてほしいんです」

わたしの言葉にエカチェリーナ様がサッと店主に近寄り、何事かを耳打ちする。

すると店主が目を丸くして驚いた顔をした。

小声で「えっ、お、王女殿下……!?」と言うので頷き返す。

「面倒かもしれませんが、お願い出来ますか？」

そう訊くと店主が何度も頷いた。

「数日お時間をいただけるのであれば……！」

「ウィルビリアには後三日滞在するのですけれど、間に合いますか？」

「ええ、ええ、十分でございます！　出来上がり次第、お届けいたします！」

「ありがとうございます。よろしくお願いします」

ぺこぺこと頭を下げる店主を手で制して、安心させるように微笑んだ。

それに店主も分かったのかホッとした顔をする。

「ねぇ、この布も買っていかな～い？」

ルルの声に振り向けば、その手に布があった。

白地に淡い青緑のグラデーションで染められた薄い布に、白い糸と青緑の糸で美しい植物の刺繍が刺してある。白地には青緑の糸で、青緑の部分には白い糸で、刺繍されている植物の図案は緻密で繊細だった。わたしもエカチェリーナ様も思わず、ほうっと感嘆の溜め息が漏れる。

細かな刺繍なのに重さを全く感じさせない。

それどころか軽やかな印象すら受けた。

「これ絶対リュシーに似合うよぉ。確か誕生パーティーで着るのは淡いレモンイエローだったよねぇ？　この布で作ったショールかボレロを羽織ったら凄く綺麗だと思うんだけどぉ」

「どうかなぁ？」とルルが言う。

エカチェリーナ様の目が光った。

「まあ、それは素晴らしい案ですわ。夏の時季に爽やかなレモンイエロー、そしてそこに差し色でこの布を使えば更に涼しげで華やかになること間違いありません」

「だよねぇ？　絶対リュシーに似合うよねぇ？」

「ええ、絶対お似合いになりますわ」

普段はそれほど話さないルルとエカチェリーナ様がこの時ばかりは何故か訳知り顔で頷いていた。

ルルがわたしに布を当て、エカチェリーナ様が「まあ、素敵！」と声を上げている。

……ルルが選んでくれたから買おうかな。

たとえ似合っていなくても、ルルが選んでくれたものなら、それだけで凄く価値があるのだ。

「すみません、こちらの布も買います」

「では、二枚の刺繍が終えましたら一緒にお届けいたしますね」

半ば押されるように買ったわたしに、店主が微笑ましそうに目尻を下げた。

ルルに振り返る。

「ショールかボレロを作るにしても余るだろうから、それでルルのハンカチとか髪を纏めるリボンとかにして、お揃いにしよう？」

誕生パーティーは衣装を合わせていないから、小物をお揃いにすればいい。

ルルが「いいねぇ」と笑った。

「オレ、この刺繍結構好きだよぉ」

「そうなの？」

「なんかぁ、繊細で綺麗だけど、力強くて、リュシーみたいだなぁって思ってねぇ」

その言葉に嬉しくなる。

ルルから見たら、わたしはこの美しい刺繍のように見えるというのだ。

こんなに綺麗なものにたとえられて嫌な気分になるはずもない。

思わずルルに寄り添った。

「ありがとう。これからもそう思ってもらえるように頑張るね」

綺麗だと、美しいと、そしてそれだけではなく力強さもあると、そう感じてくれている。

「リュシーはリュシーのままでいいよぉ」

……ルルは本当にわたしを甘やかすのが上手だなあ。

こほん、と咳払いしてエカチェリーナ様が「さあ、そろそろ次に参りましょう」と言う。

店主が口に手を当てて微笑ましげに目を細め、護衛の騎士達は周囲を警戒するように視線を彷徨わせていた。どうやらイチャつき過ぎたようだ。

それから別のお店にも寄って、リニアさん達や王都で留守番している他の侍女達のためにハンカチやリボンなどのちょっとした小物を沢山購入した。

いつもわたしのお世話をしてくれているから、それくらいのお土産は用意したっていいだろう。

今日一日でかなり色々と買ってしまった。

だけどどれも素晴らしい品であったので、購入したことに後悔はない。

……お父様とお兄様、喜んでくれるかな。

出来れば喜んでほしいなと、帰りの馬車の中で思いながら車窓を眺める。

人が多くて疲れてしまったらしく、帰りの馬車の中で、わたしはルルに寄りかかって転寝(うたたね)をしてしまった。その間、ルルは機嫌が良さそうだったらしい。

後でエカチェリーナ様がこっそり教えてくれた。

わたしもルルとお揃いの衣装を作る布などを買えたので、とても機嫌が良かった。

武器工房と武器屋

次の日の予定は宝飾市場だ。この日は午前中から出掛けることになった。

エカチェリーナ様の取り計らいで午前中に剣を製作している工房を、午後に装飾品の工房を見学させてもらえるそうだ。昼食はウィルビリアでも大人気のレストランを予約してあるらしい。

わたしは今日も動きやすいドレスで髪を纏め上げている。

侍女達は「もっと美しい装いを……」と言うけれど、ただでさえ袖が長くて首まで詰まっているドレスを着ているのに、更にフリルやレースがたっぷりあしらわれていたら暑くて堪らない。

それにそういうドレスは動き難い。

そのことを分かっているからわたしの要望通りシンプルで上品なドレスを用意してくれているのだが、それでも、王女なのだからもう少しくらい着飾ってもいいのではと言いたいのだろう。

でもわたしはあまり豪奢なドレスは着たくない。

重たいし、動きにくいし、風潮に合っていないし、何よりわたしは目立たないほうが良いのだ。

今日見学に行く工房には前もって事情が説明されているものの、町の人々全員がわたしのことを知っているわけではない。王女だからとかしこまられても息苦しい。

「到着いたしましたわ」

馬車が停まり、降りた場所はあまり人気のない場所だった。

どうやら賑わっているお店のほうは後で見るようで、先に工房を見学する予定のようだ。

お城のように石造りで飾り気のない、頑丈そうな建物がひしめき合っている。

「リュシエンヌ様は剣を触ったことがございますか？」

「いいえ、ありません」

「では後ほどお店のほうでいくつか見せていただきましょう」

話しながらエカチェリーナ様と共に目の前の建物の扉へ向かう。

エカチェリーナ様の侍女が扉をノッカーで叩く。

すぐにガチャリと扉が開き、中から大柄な男性が姿を現した。

訪問者であるわたし達を見ると胸に手を当てるだけの略式の礼を執った。

「ようこそお越しくださいました。工房長の息子のツェフリーと申します。父のアレグレットはただ今手を離せず、皆様には大変失礼をいたしまして……」

慣れていないのか酷く緊張した様子である。

その大柄な体格に似合わず、気が小さいようだ。

あまりにもぺこぺこと頭を下げるものだから、わたしは思わずそれを手で制してしまった。

「リュシエンヌ＝ラ・ファイエットです。お顔を上げてください。むしろ忙しい中、見学を許してくださりありがとうございます。それから話し難いようでしたら普段通りに喋ってくださっても大丈夫ですよ」

「え」と工房長の息子が目を丸くする。

そしてエカチェリーナ様をチラっと見た。エカチェリーナ様がそれに頷き返す。

「リュシエンヌ様がこのようにおっしゃっておられるのです。話しやすい言葉遣いで構いませんわ。それに、そんなにかしこまっていては説明も満足に出来ないでしょう」

わたしがエカチェリーナ様の言葉に頷くと、ホッとしたような顔で工房長の息子が頭を掻いた。

「あ、ありがとうございます。実はこういうことはあまりしたことがなくって、丁寧な言葉遣いとか苦手で……」

「わたしは皆様の普段の様子を見たいので、是非、他の方々もいつも通りにしていただけたら嬉しいです」

「それは難しいと思います。王女殿下だし――……あ、すみませんっ」

慌てて謝る工房長の息子にわたしはつい笑ってしまった。

「ふふ、構いませんよ。普段通りにと言ったのはわたしの方ですから」

「そ、そう言っていただけると助かりま――……」

大柄な体躯の向こうから「いつまで突っ立ってんだ！　中に入ってもらえ！」と怒鳴り声がした。

思わずわたしまでビクリと肩が跳ねた。

エカチェリーナ様が「あの声は工房長ですわ」と教えてくれる。

声の感じから、工房長がなかなかの職人気質なのが分かった。

工房長の息子が恐縮した様子で背中を丸める。

「……父のところまでご案内します」

そのしょんぼりした姿は少し可哀想だった。

扉を開けて脇へ避けてくれたので、騎士、エカチェリーナ様、わたし、ルルの順に入る。

エカチェリーナ様の侍女は馬車で待機するらしい。

工房があまり広い場所ではないので、大人数で入ると迷惑がかかってしまうからだ。

入った瞬間、ムワッとした熱気に包まれる。

当然だが、この工房には剣を作るために炉があるはずだ。恐らくその熱気で室内が暑いのだろう。

工房長の息子が扉を閉める。

「こちらです」

入った部屋には既に出来上がった剣の刃の部分が並んでいた。

これから柄の部分をつけるのだろう。

騎士達が使う一般的な両刃の剣もあれば、まるで三日月のような形の物や、蛇腹になったような物など色々な種類があった。一口に剣と言っても多種多様な形だ。

……面白いなあ。蛇腹の剣なんて扱える人がいるのだろうか。

通り過ぎながらそんなことを考える。

案内されて奥へ向かうと更に空気の熱が増す。

石造りの部屋には大きくはないが炉があり、そこに、やはり大柄な体躯が背を丸めるようにして火の灯った炉の様子を眺めている。

「工房長で父のアレグレットです」

ツェフリーさんが言った。彼はきっと父親に似たのだろう。

用意されていた椅子へ座らせてもらう。

「今ぁ目が離せねぇんだ」

そう工房長に言われて頷いた。

「お気遣いなく。見学させていただいているのはわたしのほうです。工房長様は普段通りにお仕事をなさってください」

「そいつぁ、ありがてぇ」

言いながらも工房長は炉から目を離さない。

離れた場所にいるわたし達でさえ暑いのだから、炉の前にいる工房長は暑いを通り越して熱いだろう。とても汗をかいている。それでも真剣な眼差しで炉を見つめている。

不意に工房長が動いた。分厚い手袋をはめた手で炉から出ている棒を掴み、それを引っ張り出すと、足元に置かれていた型へその中身を流し入れる。熱く熱され、液体になった鋼が型へ流れ込む。

……へえ、剣ってこうやって作るんだ。

前世の記憶では、日本刀は熱した玉鋼を何度も叩いて、何度も折り曲げて、作り上げられるものだったはずだが、こちらの剣は違うらしい。

鋼を流し入れると、その型を水の入った縦長の器に沈める。

ジュワワワァッと型に触れた水が沸騰するように泡立ち、蒸気となる。

そこでようやく工房長が振り向いた。

「すまねぇな、鋼は気難しくてよぉ。ちょっとでも目を離すと熱しすぎちまうし、溶け具合が悪くても形成しにくくてなあ」

分厚い手袋をつけたまま工房長が言った。

「いいえ、謝罪は不要です。先ほども申し上げましたが、わたしはお仕事の間にお邪魔させていただいている身です。どうぞお仕事を優先なさってください」

「そうか……。まあ、その、なんだ、王女殿下には狭いし暑苦しいところだろうが、好きなだけ見ていってくれ」

「ありがとうございます。そうさせていただきます」

頭を掻いた工房長は落ち着かない様子で頷き、溶けた鋼の様子を確認している。

わたしは工房の中に置かれた椅子に腰掛け、エカチェリーナ様と並んで工房の中を眺める。

あまり広くはない工房の中。

鋳造（ちゅうぞう）した鋼の様子を確かめている工房長の他にも、何人かの職人がいた。

もう一つの炉で鋼を熱しては打ち、叩いて、鋼を鍛えている者。

刃をつけるために研ぎをしている者。冷えた型から剣を取り出している者。

それぞれが、それぞれに、仕事を行っていた。

最初はわたし達のことを気にしていたふうだったが、工房長がギロリと睨みを利かせると、彼らはそそくさと仕事に戻っていった。ちょっと申し訳ない。

……突然王女が来たら落ち着かないよね。

「うちの息子に気になったことは何でも訊いてくれや。こいつには色々と叩き込んでるからな」

「はい、分かりました。……よろしくお願いしますね」

工房長の息子が慌てた様子で何度も頷いた。

それに父親である工房長がやや呆れ顔をしながらも、彼自身も己の仕事へ戻っていった。

「剣の製作についてお聞きしたいことがあるのですが、よろしいですか？」

工房長の息子が頷いた。

「は、はい」

「お父君は溶かした鋼を型に流し入れておられますよね？　そしてあちらでは鋼を叩いて延ばしているようですが、どちらの製作のほうがより一般的ですか？」

「叩いて延ばすほうが一般的です」

工房長の息子の話によると、叩いて延ばす製法を鍛造(たんぞう)、型に流し込む製法を鋳造というそうだ。

他にも製造方法はあるが、主に行われているのはこの二種類らしい。

その二種類の中でも鍛造、叩いて延ばして成形する方法が多いということであった。

「魔法で剣は作れないのでしょうか？」

　魔法で鋼を弄って作れば簡単に量産出来そうだ。

　工房長の息子が首を振った。

「作れますけど、脆くなります。魔法で作った剣は一度か二度打ち合っただけで折れたり大きく欠けたりするんです」

「その理由は分かりますか？」

「いえ、それは分からなくて……。申し訳ありません」

　それはまた面白い。

　鍛造や鋳造したものは強く、魔法で作ると脆い。一体何が足りないのだろうか？

「魔法で成形だと脆くなる……？　そのまま鋼を剣の形にするだけじゃあダメなのかな？　だとしたら魔法を使って熱した後に魔法で成形したらどうなるんだろう。それとも叩く工程がやっぱり必要だったりして……」

　日本刀は叩く工程が重要とされている。

　しかし工房の様子を見るに、叩く工程はあまり重要視されていないように思える。

　本当に叩き延ばして剣の形にするといった感じだ。

　それに鋳造でも問題なく作れるということは、叩く工程は省いても良いということで。

　では火魔法で思いっきり熱した鋼を、別の魔法で成形して、魔法で生みだした水か風で冷やしたらどうなるのだろうか。熱を加えるという部分が重要な気がするが……。

「リュシー、リュシー？　気になるのは分かるけどぉ、戻っておいでよぉ」

ルルの声にハッと我へ返る。

「あ、申し訳ありません」

顔を上げればエカチェリーナ様と工房長の息子が目を丸くしており、ルルだけは慣れた様子で笑っていた。集中すると周りが見えなくなってしまうのがわたしの悪い癖だ。

「鍛造と鋳造で何か違いはあるのですか？」

「あります」

鍛造のほうは強度の高い剣が作れる。ただし叩いて作るため、製作時間がかかる。

鋳造のほうは鍛造に比べると強度が低い。ただし型抜き方式なので製作時間は短い。

「でも作る剣によって強度は違います」

鍛造のほうが強度はあると言っても、細身であればどうしたって強度は落ちる。

逆に鋳造と言っても厚みのある剣ならば強度は高くなる。

「後は工房の方針や剣の種類によりますね。絶対に鍛造しかやらないという職人もいます。それに使い捨てのナイフなんかは鋳造で大量に作るほうが楽だし同じ物を安定して作れますから」

「なるほど」

武器を作る工房は何も剣だけが売りではない。

先ほど見た様々な形の剣以外にも槍やナイフなど、他にも作るものがあるだろう。

それぞれに合わせた製作方法で作るということだ。

その後も工房で作っている物について教えてもらったが、なかなかに興味深いことが多く、暑い室内でのことだったが非常に楽しかった。

エカチェリーナ様が「そろそろ品を売っているお店のほうも見に行きませんと……」と声をかけてくれなかったら、時間を忘れていたかもしれない。

普段、触れることのない武器の製造について聞くのは面白くて、有意義なものになった。

「とても面白かったです。今日はありがとうございました」

「いえ、こちらこそ、王女殿下に来ていただけて光栄です。……親父も挨拶くらいしたらどうだ！」

そんな工房長の息子の言葉に「工房では工房長と呼べと言ってるだろうが!!」という怒声が返ってくる。そして工房長がこちらに背を向けたまま、ひらひらと手を振った。

エカチェリーナ様が「もう、王女殿下に対して不敬ですわ！」と少し怒っていたが、わたしはその気安い感じが嬉しかった。

工房を出るとすぐにエカチェリーナ様の侍女がやってきて、わたしとエカチェリーナ様だけ馬車に乗せられ、化粧直しをしてもらった。

……まあ、今日はほぼお化粧してないけどね。

武器を作る場所は当然鋼を扱うので暑いと分かっていたため、ほぼ化粧はしないで来たのである。

エカチェリーナ様の侍女が素早くお化粧を施してくれた後、ルルが乗り込んできた。

「リュシーは化粧をしなくても綺麗だけどぉ、化粧するともっと綺麗になるよねぇ」

というルルの言葉に、これからはきちんとお化粧をしてもらおうと決意した。

馬車が動き出し、通りに出る。

今しがた見学した工房で作られた剣を売っているお店に今度は行くのである。

お店は近くて、馬車で通りに出て少し走ったところにあった。

剣の形をした看板が吊り下げられていて分かりやすい。

馬車から降りて、お店へ向かう。

エカチェリーナ様の侍女が扉を押し開ければ、カランと扉に取り付けられたベルが鳴った。

「らっしゃい！」

武器屋へ入ると快活な声がした。

壁には様々な剣や槍、ナイフ、それ以外にも見たことのない武器が所狭しと並んでいる。

……あ、あの棘のついた鉄球みたいなのは前世の漫画で見たことがある。

武器から視線を外して声の主へ目を向ける。

「ようこそお越しくださいました！　王女殿下にお会い出来て光栄です！　エカチェリーナ様もお久しぶりですなあ!!」

成人男性にしては小柄だけれど、がっしりとした体格の中年男性だった。

剃っているらしく頭髪はなく、満面の笑みで出迎えてくれた。

「こんにちは、リュシエンヌ＝ラ・ファイエットと申します。少しの間ですがよろしくお願いいたします」

「これはご丁寧にどうも！　店主のルグルムです！　ええ、ええ、こんなところでよろしければ、いくらでも。お好きなだけご覧ください!!」

がはは、と笑う店主にエカチェリーナ様がこっそり「少々暑苦しいですが悪い方ではないのです」とフォローを入れてきて、まるで旅の一日目に泊まった町の再現みたいで少しおかしかった。

……エカチェリーナ様、お兄様と同じことを言ってる。

けれどエカチェリーナ様がそう言うのであれば、そうなのだろう。

エカチェリーナ様が店主に注意する。

「もう少し声量を下げてくださいませ。いつも申し上げておりますが、あなたは声が大きいですわ」

「仕方ないでしょう、ここに来るのはみんな気の強い奴らばっかりなんですから！　ただでさえ背が低いってえのに、小声で話していたら下に見られて値切られるんでさあ！」

「せめてリュシエンヌ様とお話しする時くらいは控えなさい。あまり荒事とは関わりのない方なのですから」

「おっと、そりゃあそうだ！」

随分と親しげな様子に首を傾げる。

「お二人はお知り合いなのでしょうか？」

「ええ、こちらは我が家に武器を納めてくださっているお店の一つなのですわ。先ほどの工房で作った剣を、こちらのお店が我が家へ納入し、騎士達の手に渡るのです」

……だからさっきの工房でもエカチェリーナ様はどこか慣れた様子だったんだ。

「領主様に剣を納めさせていただけるなんて大変名誉なことです！　商人としてもありがたいことです！　領主様と取り引きしているとなれば商人としても箔がつきますからな！」

あけすけな物言いだけれど嫌な気分にならないのは、裏表のなさそうな人だからか。

エカチェリーナ様も仕方ないなというふうに苦笑している。

「まあ、そんなことは置いておいて、好きなだけ見てってくださいよ！　分からないことがあれば何でも訊いてください！　うちにある武器についてなら、何だって答えられますからね！」

ドン、と自分の胸を叩いて店主がニッと笑う。

そのお言葉に甘えて、店内を見て回ることにした。

まずは剣。剣と言っても色々種類がある。

一般的な両刃の剣でも長いのと短いのがある。それに日本刀のような片刃のものもあれば、先端部分だけ両刃で後は片刃というものもある。形も真っ直ぐな物、三日月のように反った物、僅かに反った日本刀に近い形の物、先の尖った物、刃の部分が幅広の物、蛇腹の物と様々だ。

みんな形状が違うのも面白い。

「剣の種類が多いですが、それぞれにどのような特徴があるのでしょうか？」

「まず使い方が違うんですよ！」

一般的な直刀とよばれる真っ直ぐな剣は最も使いやすい。切る、突く、叩く、薙ぎ払う、防ぐ、どの動きにもある程度使える。

先の尖った剣や細身の鋭い剣は突き攻撃に特化している。鎧の隙間へ刺突攻撃をするのに適した武器だ。ただ細身の物ほど折れやすいという欠点がある。

刀身が幅広の剣は大振りだが、それ故に相手を切り裂くことに長けており、場合によっては切断することすら可能で、力のある者ならば投擲も出来る。先の尖った物は突き技にも使える。

刀身が大きく反っている湾刀は武具をつけていない者との戦いに秀でている。もし防具を身につけていても、その薄い刀身を隙間に走らせることで切りつけることも出来る。湾刀の外側で切りつけ、内側は鎌のように使い、鋭い先端で突き攻撃を行う。

蛇腹の剣は鞭のようにして使う。剣と言っても打ち合いや薙ぎ払いには使えず、刺突系の攻撃や受け流しに使用したほうがいいらしい。ただ扱いが難しいのでこれを購入した人はまだ数人しかいないらしい。

「剣だけでも色々あって驚きました」

「使う人間の体格や腕力、俊敏さなどによって選ぶ剣は変わります！　剣を扱う人間の数だけあるようなものですな！」

「それは凄いですね」

こんなに種類があると迷ってしまいそうだが、そこは購入者と店主が話し合って、自分に合う武器を選ぶのだろう。

「試しにどれか持ってみますかっ？」

店主に問われて考える。

「では、わたしでも持てそうな剣を選んでいただけますか？」

「かしこまりました！」

店主は鼻歌でも歌い出しそうなくらい上機嫌だ。

沢山置かれている剣をザッと見て、迷いなく壁に飾られていた一本を取った。

「こちらはいかがでしょう？　儀礼用のもので刃はついておりません。多少装飾で重みはございますが、細身ですから王女殿下でもお持ちになれるかと！」

差し出されたそれをルルが受け取る。

シャリンと高い音を立てて剣が鞘から引き抜かれた。

その刃を確認すると、鞘へ戻し、ルルからわたしへ恭しく差し出される。

わたしはそれを両手で受け取った。

……見た目より重い。

持ち手が半月のようになった、サーベルみたいな剣だ。紅い鞘は金で縁取られている。持ち手は植物をモチーフにしており、鞘と同じ紅で統一されていた。

ルルの動きを真似て、鞘から剣身をゆっくり引き抜いた。

直刀の両刃だが確かに刃の部分が丸くなっており、物を切るのは難しいだろう。

……綺麗な剣だなあ。

鏡のような剣身に、繊細な植物のモチーフで飾られた持ち手。

細身の剣は美しいけれど、打ち合うには些か心許ないし、装飾が非常に多い。

儀礼用という意味がよく分かった。とても美しい剣だ。

「重いですね」

剣身を鞘へと戻す。

「この剣を購入したいのですが」

「どなたかへの贈り物でしょうか？」

「いえ、わたしが個人的に欲しいのです」

ルルへ剣を返す。

「美しい剣なので、部屋に飾りたいと思います」

儀礼用と言ってもわたしが剣を携える場面はない。

本当にただの観賞用である。観賞用だからこそ使われない剣。でもそれでいい。

ルルが店主へ剣を渡す。

「では、後ほどお届けいたします！」

「お願いします。それと他の武器をもう少し見させていただいてもよろしいでしょうか？」

「もちろんですとも！　僭越ながら並んでいる武器についてご説明いたします！」

そうして店主は武器について語ってくれた。

バトルアックスと呼ばれる斧。刃の形状にもいくつか種類があるらしい。意外なことにバトルアックスは騎士達の武器の一つで、補助的なもののなのだそうだ。

次に槍。槍もやはり先端の穂先の刃に種類があるそうだ。こちらは二種類で錐のような形と、剣身のような形とがあり、馬に乗った状態からの攻撃に向いている。剣と同じくらい、槍も騎士達のよく使う武器の一つだ。

それからメイス。棍棒（こんぼう）の先端を金属で強化した武器だ。前世でよくあるものだと球体に棘がついたもの、いわゆる星形（モーニングスター）タイプのあれだ。メイスは鎧を着た敵を想定して作られた武器らしい。

他にも色々な武器を教えてくれた。

店主は武器が好きらしく、放っておいたら延々と武器について語れるのではないだろうか。

粗方の武器を簡単に説明してもらったところで、店の隅に置いてある物に目がいった。

「あちらにあるのは何ですか？」

何やら革製品のような物が置かれている。

「ああ、あれは武器の携帯用ホルダーですね！　武器を扱う者は両手がいつでも使える状態でなければなりません！　そのためにこういうものを使うのです！」

サッと取って来て見せてくれた。

かなりしっかりとした生地の革だ。

「こちらは帯剣用のホルダーです！」

剣を入れるホルダーに大きな輪がついている。

「これは肩にかけるものです！　ただ肩かけタイプは剣が動くので、好まない人も多いです！　駆け出しの冒険者などはそれを知らずに安い肩かけタイプを購入してしまうことが多いのですよ!!」

手に持っていたホルダーを元の位置へ戻す。

そして別のホルダーを手に取った。

そちらもホルダーに輪がついているが、輪の大きさはこちらのほうが小さい。

「腰に吊るすタイプです。このほうが、剣がズレにくいため好まれますね！　騎士の皆様もこのタイプをよくお使いになられます！　更にこういったものもございまして、こちらはより剣がズレにくくなっております！」

もう一つは輪が二重になっていて、下側の輪からホルダーへ革が一本繋がっており、それのおかげでホルダーがある程度固定されるようになっていた。しかも小さいポーチがついている。

「こちらのほうが使い勝手が良さそうですね」

「ええ、当店のホルダーの中では一番の人気商品でございます！」

ニコニコと店主が嬉しそうに言う。

そしてそれらを元の場所に戻し、また別のホルダーを取った。

「こちらは双剣用です！　このように二箇所にホルダーがありまして、一本は前に、もう一本は後ろに差すことで、両手で同時に引き抜いても互いに障りがないようになっております！」

自分の腰に当てて見せてくれる。

「そういった方はいらっしゃるのですか？」

「はい、意外と多いですよ！　普段は長剣を使っていても、いざという時のために短剣も携帯しておきたいという方も購入されますので！」

「なるほど」

剣を二本持つけれど二刀流である必要はない。普段は長剣で戦うが、たとえば戦いの途中で剣が折れたり、欠けたり、弾かれた時のために、代わりの武器を用意しておくということだ。

戦いにたった一つの武器だけで出るのは確かに不安だ。

しかも見たところ、後ろのホルダーは短剣用なので、恐らくホルダーをつけても正面からは短剣が見えない、もしくは見え難いだろう。対人戦での不意打ちにも使えそうだ。

ホルダーも色々な種類があって面白い。

「ナイフ用のはないのぉ？」

そこでルルが初めて言葉を発した。

店主は一瞬目を丸くし、それから頷いた。

「もちろんございます！」

「見せて〜。そろそろ新しいのが欲しかったんだよねぇ。もうかなり古いしぃ」

「ナイフ用ということでしたら、こちらはいかがでしょう⁉　頑丈だけれど軽い革に、出来る限り多くのナイフが仕込んでおける構造になっております！　最近出たばかりなんですよ！」

店主がすぐに別のホルダーを持ってくる。

一つではなく複数だ。小さな輪に二箇所ホルダーがあるタイプ、クロスした輪にいくつものホルダーがついたタイプ、腰につけるのだろう輪に横向きにホルダーがついたタイプと様々だ。ルルはそれらを見て、革に触って確かめる。

「いいねぇ、全部買うよぉ」

と、あっさり言った。

「ルルもホルダーを使うの？　魔法は？」

「魔法だと取り出すのに時間がかかるからねぇ。普段から武器は身につけてるんだよぉ」

ほら、とルルが上着の前を開けた。

するとそこには左右の肩にかけたホルダーがあり、小ぶりなナイフが何本か差してあった。

なるほど、言われてみればルルはいつもこれを身に着けていた。

店主が喜色交じりの声を上げた。

「おお！　なんと！　ナイフを主な武器として扱っている方にお会いしたのは初めてです‼」

「まあ、そういうのって普通は表に出てこないからねぇ」

……そういうのって、もしかして暗殺者のこと？

「随分と使い込まれておりますな！　きちんと手入れもされていて、さぞかし長くお使いになられているのでしょう！」

「そうだねぇ、もう五年以上は使ってるかなぁ」

「先ほどの剣と共にお届けしますかっ？」

「あ～、いや、ここで替えてくよぉ。今朝、革が一本切れちゃってさぁ、丁度良かったぁ」

ルルがそう言って、上着を脱いだ。

シャツの上から両肩を通し、後ろでクロスした革に、細身のホルダーがついている。

ナイフは刃渡り十五センチもないだろう。脇にホルダーがあり、ホルダーには留め具がついている。そのおかげでホルダーが逆さになってもナイフが落ちないようになっていた。

それを外すと新しいホルダーを装着し、古いほうから手慣れた様子でナイフを入れ替えていく。

あっという間にそれを終えるとルルが上着を着直し、今度はその場に屈み込んだ。

ブーツに手を伸ばすと、そこから細い輪のホルダーを二本ずつ、両足から外していった。

そこにもナイフが差してある。

……一体何本持ってるんだろう？

ルルがホルダーを交換している間、店主が目を輝かせながらそれを眺めていた。

十年一緒にいたけれど、ルルがこうやって武器をわたしに見せたのは初めてかもしれない。

ホルダーは見たことがあるものの、わたしの前で武器を出すことはまずない。

全て交換し終えるとルルが軽くその場で動作確認をするように体を動かした。

「いかがでしょうかっ？　どこか気になる点はございますか？」

「いいやぁ、ないよぉ。凄くいいねぇコレ」

「ありがとうございます！」

ルルが魔法で収納していた財布代わりの巾着を取り出し、それをそのまま店主へ放った。

店主はそれを受け取ると、中から金貨を一枚と銀貨を何枚か取り出し、ルルへ返した。

袋を一度投げたルルが「安いねぇ」と言う。

「良い物を適正な値段でお客様にご提供するのが、この店の売りですから！」

店主は今日一番の笑顔でそう言い切った。

ルルは「良い買い物が出来たよぉ」と機嫌が良さそうだった。

……わたしも一本くらい、ナイフを身に着けたほうがいいのかなあ。

そう思ったが、多分ルルは「オレがいるから要らないよぉ」と言うだろう。

ドレスの内側とかにつけるタイプはちょっと憧れだったのだけれど、わたしの傍には護衛(ルル)が常にいるため、使う機会は来ないと思う。

そんな感じで武器屋の見学は終わったのだった。

昼食のひとときと宝飾工房

武器屋を出て馬車に乗る。

時間は昼前で、馬車は通りを戻り、街の中央地区の大通りにあるレストランへ向かう。

何でも元々はクリューガー公爵家のお城で働いていた料理人が独立して始めたお店だそうで、貴族などの富裕層向けらしい。ウィルビリアには貴族も観光に訪れるため、貴族向けのお店が結構あるようだ。

馬車が店の前に停まる。

白地に緑の屋根、窓枠は柔らかな水色で、色は周辺の建物とあまり変わらないけれど、レンガ造りの建物はどこかオシャレで高級な雰囲気が漂っている。

「ここのお料理はとても美味しくて、わたくしも好きなのです」

エカチェリーナ様が自慢げに言う。

扉の前に控えていた従業員が丁寧に扉を開けてくれ、入り口を潜って中へ入る。

ホールがあり、一瞬どこかの邸宅に来てしまったのではと思う。

そのまま従業員の案内でホールを抜け、廊下を進み、建物の奥へ通される。

恐らく一番奥だろう部屋の扉を従業員が開ける。

通された部屋は広く、真ん中に大きな丸テーブルが鎮座しており、椅子が三つ置かれている。飾り棚や絵画などで品良く纏められた部屋は、壁際には暖炉があり、寝転がれそうな長椅子やソファーもあって、ゆっくりと寛ぐことが出来そうだ。

脇に別の扉があり、エカチェリーナ様の侍女にそこへ通される。

ドレスを脱ぎ、濡らしたタオルで全身を拭う。

それから侍女が新しいドレスを持って来てくれた。

汗をかくと分かっていたため、着替えを用意してくれていたようだ。

ドレスを着て、髪とお化粧を直して部屋に戻る。

ルルが引いてくれた椅子に座る。

今度はエカチェリーナ様が入れ替わりで隣室に入っていき、しばらくして着替えて戻ってくる。

エカチェリーナ様の椅子は侍女が引いていた。

「すぐにお料理をお持ちいたします」

静かに控えていた従業員が礼を執ると下がっていった。

ルルがわたしの右隣の椅子に座る。

「午前中の見学はいかがでしたでしょうか？」

先に用意されていたグラスと飲み物をルルがわたしとエカチェリーナ様に注いでくれた。

わたしの分はルルが一口飲んで確かめた。

そしてちょっとだけ多く注いでくれたので、多分、わたし好みの味だったのだろう。

「とても面白かったです。特に武器屋の店主の方は博識で、話も面白くて、あのままだったらきっとお昼を食べ損ねてしまったでしょう」

「ふふ、それには同意いたします。あの店主は少々暑苦しいのですけれど、武器に関しては非常に詳しいので勉強になりますわ」

グラスに口をつける。

……あ、リンゴのジュースだ。炭酸が結構強めで、サッパリとして美味しい。

「ルルもホルダーを新調出来て良かったね」

「うん、これ柔らかい革で凄く馴染んで動きやすいかもぉ。今度からはあの店で買おうかなぁ」

「そんなに気に入ったんだ？」

「今まで使ったホルダーの中では一番だねぇ」

だからなのか、ルルの機嫌が良さそうだ。常に身に着けるものだから、こだわりとかありそうだけれど、ルルがそう言うということはかなり良い品なのだろう。ルルが嬉しそうでわたしも嬉しい。

部屋の扉がノックされる。

そして給仕だろう従業員達と料理人らしき人が現れ、給仕が料理を並べている間に、料理人が自己紹介と料理について教えてくれた。

元々お城の料理人だったのでエカチェリーナ様とも面識があるようで、どちらも笑顔だった。

料理は近くの山で採れた山菜、ウィルビレン湖から流れる川の魚、そして周辺の森で獲った鹿など、領地のものがふんだんに使われているそうだ。

給仕達は料理を並べると礼を執り、下がっていく。

料理人も料理の紹介を終えると「ごゆっくりお楽しみください」と礼を執って戻っていった。

室内にはエカチェリーナ様とわたしとルルだけ。気兼ねせずに食事が出来そうだ。

ルルが立ち上がると自分の料理の盛られた皿を全て、わたしの方へ寄せ、自分も椅子ごとズリズリとわたしの真横へ来る。

自分の皿の料理を全て一口ずつ食べていき、頷くと、わたしのものと皿を全て交換した。

「リュシーこれ美味しいよぉ」

そう言いながら、料理の一つをルルが切り分け、一口大にしたそれをフォークで刺して差し出される。れる。ぱく、とそれを口に入れる。

ほうれん草とベーコンを使ったキッシュだ。細かく刻んだニンジンも入っているらしい。

やや濃い味でまったりとしている。

わたしが食べている間、ルルが自分の分を切り分けて、ぱくぱくと食べていた。

……ルルって早食いだよねえ。

それでいて食べかすを落とさないのが凄い。

わたしが口の中のものを呑み込むと、また一口分、差し出される。

「……自分で食べられるよ？」

ルルが目尻を下げて笑った。

「知ってるよぉ。でも、今日はリュシーに食べさせてあげたい気分なんだぁ。リュシーは嫌〜？」

「嫌じゃないよ」

よく分からないが、ルルがわたしの給仕をしたいと言うのであれば、それでも構わなかった。

エカチェリーナ様がルルにやや呆れた目を向けたものの、わたしが嫌がらなかったからか、何も言わずに自分の料理を食べている。

ルルが差し出したキッシュをまた食べる。

……懐かしいなあ。

たまにあーんはするが、こうして食事を全て食べさせてもらうのはもう随分と久しぶりだった。

ファイエット邸に来た当初はこうだった。食事の作法が分からないわたしに、ルルは、甲斐甲斐しく世話を焼いてくれた。ルルの手から食事をするのがあの頃は当たり前だった。

前菜のキッシュは数口ほどで終わった。野菜と卵、ほうれん草にベーコン。まったりと濃厚なチーズとクリームの味は数口だけでも沢山食べた感じがする。

次はスープだ。ルルが掬ってすぐに差し出したので冷製らしい。茹でたとうもろこしを丁寧に裏漉ししたスープは野菜本来の甘みと旨みがする。暑い時季の冷たいスープは食欲が増す。

「このスープ美味しいねぇ」

わたしに食べさせている合間にルルも食べる。

「わたし、とうもろこしのスープ好き」

「あとカボチャのスープも好きでしょぉ？　リュシーは細かく切ったカリカリのパン耳が入ってると喜ぶよねぇ」

「あれがカリカリのうちに食べるのもいいけど、スープを吸って柔らかくなったのも好きなの」

コーンスープもカボチャのポタージュも、クルトンが入っているものが一番好きだ。

あれがあると食感が変わって楽しいし、香ばしさも出るし、見た目も良い。

個人的にはトマトスープやクルトンたっぷりのサラダも好きだ。

「リュシーって食感の違うものが入ってる料理が好きだよねぇ。サンドイッチも肉だけとか卵だけじゃなくて、野菜が数種類あるほうがよく食べるしぃ」

ルルの言葉に頷く。

「うん、確かにそうかも」

わたしは食事が好きだ。沢山は食べられないけれども、食べることが好きだ。

どうしても、幼い頃の後宮での生活が忘れられないからかもしれない。

食事が出来るということはとても素晴らしくて、幸せなことなのだ。

「リュシーが美味しそうに食べてるところ見るの、好きなんだよねぇ」

またスープを差し出されて口に含む。

ルルはそっとわたしの口からスプーンを引き抜いた。

昔もそうだったが、ルルは人に食べさせるのが上手いと思う。

食べさせてもらっていてこぼれたり、落としたり、食器が歯に当たるということがないのだ。

いつも口に入れると食器がするりと抜けていく。

そして口の中のものがなくなると、タイミング良く、次の一口が差し出される。

「美味しい？」

「美味しい」

スープを終えたら魚料理だ。見たところ香草を使ったムニエルらしい。

ルルが一口大に切り、骨を除ける。香りからしてバターがたっぷり使われている。

差し出されたそれにかじりついた。

……うん、これも美味しい。

もぐもぐと味わっていると視線を感じた。

横を見れば、ルルがニコニコしながら片手で頬杖をついてわたしを見ている。

唇の端についたバターを拭われる。口にものが入っているため言葉は出せなかったが、浅く頷くと、ルルは「どういたしましてぇ」と言った。ありがとうという意味の頷きが通じたようだ。

視線を動かすとエカチェリーナ様と目が合った。

呆れられるかと思ったが、エカチェリーナ様は微笑ましそうに目を細めるだけだった。

「リュシー、はい、あーん」

食事は始終、そういった感じである。

わたしは結局ルルに全て食べさせてもらった。

何が凄いって、わたしの食べられる量をルルは正確に分かっていて、出された料理を良い具合に差し出してくるのだ。そうして全ての料理を食べられるように配分してくれた。

おかげでデザートまでしっかり食べることが出来た。

わたしが食べ終えると、ルルが自分の分を食べつつ、わたしの残った料理も綺麗に平らげていく。

食後にまたリンゴジュースを飲みつつ、今度はわたしがルルの食事風景を眺めた。

動かす手が速いし、咀嚼して呑み込むまでも短くて、でも不思議と食べ方は綺麗で。

まるで流れ作業のようにルルは食事をする。

「ルル、美味しい？」

表情は変わらない。

「美味しいよぉ」

言いながら、口の端についたソースを指で拭い、ペロリと舐め取った。

それから口元と手を拭っている。

しばらくルルの食事を見て、気付く。

……ああ、そっか、ルルは一口が大きいんだ。

しかも食べる速度が一定だ。だから、あっという間に料理が消えていく。

ティータイムの時もそうだけど、ルルが食事をしていると何となく目が向いてしまう。

ルルは自分の分とわたしの残りを時間をかけずにぺろっと食べてしまった。

そして小さく、くぁ、と欠伸をこぼす。

「ルル、眠い？」

「ん～、ちょっとねぇ」

またルルが欠伸をこぼす。昨日の昼も同じ光景を見た。

「エカチェリーナ様、午後の見学までまだ時間はありますか？」

「ええ、一時間ほどございます」

椅子から立ち上がり、ルルの手を引く。

長椅子の端に座ってわたしは自分の膝を叩いた。

するとルルの頭がすぐに乗ってくる。

……膝枕、気に入ったのかな？

よしよしと頭を撫でる。

ルルの灰色の瞳が眠そうに見上げてくる。

「リュシー、歌ってぇ」

甘えるような声に少し感動してしまった。

いつもは甘えさせてくれる側のルルだが、甘えてもらえるのも嬉しい。

「いいよ」

ルルの胸にそっと手を置く。ゆったりと拍子を取って胸元を優しく叩く。

見上げてくるルルに笑いかけ、そして昨日と同様に女神の賛美歌を歌い始める。

レストランなので声は抑えて。囁くような声だがルルに聞こえればいい。

ルルの瞳がとろとろと閉じていく。

そして瞼が完全に落ちて、少しして、寝息が聞こえてくる。

それでもしばしわたしは歌い続けた。

やがてルルの体から完全に力が抜けると、わたしは歌うのをやめた。

エカチェリーナ様が口に手を当てて、まじまじとわたしとルルの様子を見ていた。

そうして一時間ほど、ルルは昼寝をしたのだった。

＊　＊　＊　＊　＊

ルルが目を覚ました後。

わたし達はレストランを出て、午後の見学先である宝飾工房に向かった。

宝飾市場の中にあり、販売店と工房が一体となっている。購入する人間が宝飾品の制作段階からお店に並べられるところまで、見られるということだ。ただ販売するだけでなく、そうやって作業を見せることも売りにしているらしい。そういうこともあって貴族の利用も多いそうだ。

宝飾市場の手前で馬車を降りる。

一寝入りしたからかルルはいつもに増して身軽そうだ。

少し足が痺れたけれど、ルルの機嫌の良さそうな様子を見ると、またやってあげたいと思う。

宝飾市場はお昼過ぎにも拘わらず人で混んでいた。通りの左右には露店やお店が並び、ネックレスに指輪にピアス、ブレスレット、アンクレット、ブローチにカフスにと装飾品がこれでもかと並ぶ。それが下品に見えないのは、一つ一つがとても質の良いものだからだろう。

面白いことに、お店によって売り物の値段が違うようだ。

明らかに高価そうな装飾品を扱っている店もあれば、平民でも背伸びをすれば買えそうなちょっとした物を売っている店もあり、店によってデザインなども異なっている。

織物市と同じく、それぞれのお店で上手く住み分けが出来て、購入層が違うのだろう。

「こちらが見学先の工房ですわ」

工房の前にはお腹の出た恰幅の良い男性が佇んでいた。

きちんとした格好で、薄い髪を丁寧に整えてあり、鼻の下にちょっとだけ髭がある。

ニコニコと笑みを浮かべていて気取った感じはない。

「ようこそ、お越しくださいました」

「ささ、中へどうぞ」と扉を開けて招き入れられる。

白を基調とした清潔感のある建物は貴族向けだからか金の彫刻などで繊細な飾りが随所に散りばめられている。赤い質の良い絨毯が敷かれ、広い室内は間仕切りでいくつかに仕切られていた。

仕切られた場所にはテーブルが置かれている。

そして左手側に商品が並んでいる。どれもガラスケースの中に納めてあった。

お店の奥もショーウィンドーのように壁がガラス張りになっており、その向こうの様子が窺える。

「王女殿下と公爵令嬢にご挨拶申し上げます」

丁寧な仕草で男性が礼を執る。

「私、この店の店主を務めておりますエルドウィッヒと申します。本日は貸し切りとさせていただきましたので、どうぞごゆっくりご見学ください」

だから人がいないのかと納得する。

今は夏で、観光シーズン真っ盛りのはずなのに、人気店にお客がいないことが不思議だった。

わたし達がゆっくり見学出来るように配慮してくれたのだろう。

他の貴族がいては確かに落ち着かないので、申し訳ない半面、ホッとした。

「ご配慮いただきありがとうございます。リュシエンヌ＝ラ・ファイエットと申します。本日はよろしくお願いいたします」

「これはご丁寧にありがとう存じます」

「こちらへどうぞ」と言われて行けば、奥のガラス張りの前にソファーとテーブルが置かれていた。

恐らく今日のために移動させたのだろう。

中年の穏やかそうな女性がおり、店主の妻だと自己紹介をしてソファーに腰を下ろしたわたし達に紅茶を淹れてくれた。

ガラスの向こうには職人達がおり、各々に黙々と作業を行っている。

見られることに慣れているようだ。

そしてここでも奥の方に小さな炉がいくつかあるのが見えた。

「あちらにいるのが金細工職人達です。彼らは私の店で働いていますが、金細工ギルドに加入しており、私の店はそこで紹介していただいた職人達を雇っているのです」

「ギルドに所属していない職人はいないのですか？」

「ええ、ここにはおりません。ギルドに加入するには一定の腕前が必要なため、ギルドに所属する職人達の方が安心して雇うことが出来ます。加入していないということは、腕前があまり良くないということでもありますね」

なるほど、と頷き返す。

ギルドが両者を仲介することで、雇用側も職人側も安心出来る。

「ですが、貴族お抱えの職人などはギルドから脱退することもございます。ギルドはあくまで仲介役ですので、終身契約を結んだ後などは不要になりますから」

「職人も終身契約が出来るのですか？」

終身契約とは主に騎士達が行うものだ。王や貴族など、自身の仕えるべき主人が出来た時に行うもので、一度その契約をしてしまうと騎士のほうから解消することは許されない。

主に王族の近衛騎士がよく行う。

「はい、出来ますよ。ただ職人の意思というよりかは、貴族の方々が腕の良い職人を手放したくなくて囲うために結ばれることが多いのですが」

そう言って店主は苦笑した。

終身契約は主人からしか解くことは出来ない。

でも一度結べば、職人のほうも安定した収入を得られるようになるのだから悪い話ではない。

だけどあまり掘り下げたい話ではなさそうだ。

「あそこに炉がありますが、あれで金を溶かすのですよね？」

「はい、そうでございます。あの炉で溶かした金を鋳造し、叩いて成形し、溶接をしたり彫刻を施したりいたします。……ああ、丁度作業をしておりますね」

炉で熱していた金を、職人の一人が分厚い手袋をして引っ張り出し、型に流し込んでいる。

装飾品用だからか、剣を作っていた工房よりも炉も小さいし、溶かした物の量も少ない。

熱された金が液体になって流れ落ちていく。

「型に入れたものが冷めたら、あのように叩いて成形します」

別の職人が既に冷めて型から取り出された金を小さなハンマーで丁寧に叩いている。

どうやら角などを丸くしているらしい。同時に少し延ばしているようだ。

「そこから更に重ね付けをしたり、彫刻を施したり、宝石をはめたり、色々な作業があります。鎖を作る者もおります」

更に手で示されたほうを見れば、ある程度形の出来上がったものに細工を行っている。

少し熱して曲げたり折ったりしている人、彫刻のために少しずつ削っている人、別々の部品を溶接している人、更に別の型にはめて絵柄を浮き立たせている人、細長い金を作り、そこから鎖を作る人。他にも職人達がいて、慌ただしく動いている人や他の人の補助をしている人もいる。

たった一つの宝飾品を生み出すだけでも、恐らく何人もの職人の手を渡っていくのだろう。

「午前中に武器工房で剣作りの見学をさせていただきましたが、金細工はそれに通ずるところが多いですね」

「そうですね、装飾品は武器と同じくらい古くから人々の手で生み出されておりますし、同じ金属から作られるものなので似通った点も多々あるかと思います」

ガラス越しに職人達の動きを眺める。

その表情は誰もが真剣で、炉がある部屋は暑いのか、汗をかいている。

それでも誰も集中力を途切れさせていない。

「そういえば、魔法で剣を作ると脆いと聞きましたが、装飾品もそうなのでしょうか？」

「ええ、そうですね、魔法で生み出すことは可能です。ですが、殿下がおっしゃられた通り、魔法で作った物はどれも一様に長持ちしないのです」

「やはりそうなのですね……」

剣がそうなので、装飾品もそうだろうとは思っていた。

「こちらで作った装飾品を見せていただいてもよろしいでしょうか？」

「もちろんです。どのような物をご覧になられますか？」

「……ではピアスとマントの留め具を」

「かしこまりました」

店主と夫人が商品を取りに離れる。

わたしはチラっと斜め後ろにいるルルを見上げた。

……ルルってたまにピアスをしてるんだよね。

それで、ずっと考えていたことがある。

……ルルとお揃いのピアスをつけるか、一つのピアスを二人でつけたい。

今でも十分お揃いにしているが、それでも、わたしは足りないと思ってしまう。

ルルと同じものがほしい。ルルと同じものを身につけていたい。

「オレもちょっと見てくるねぇ？」

「え？　あ、うん」

ルルの唐突な言葉に一瞬反応が遅れた。

それでも頷けば、ルルが並べられた商品を見に歩いていく。

……ビックリした……。

ルルがわたしから自ら離れるなんて滅多にない。

入れ替わるように店主と夫人が戻ってくる。その手には大量の箱があった。

「お待たせいたしました」

テーブルの上に小さな箱が沢山並ぶ。

まずはピアスだ。

……でもルルは向こうに行っちゃったんだよね。

まあ、ルルもわたしと同じで、わたしの選んだものなら何でも喜んでくれるだろう。

「ご自分用ですか？」

「はい、それと婚約者の分も」

「なるほど」

わたしがチラッとルルを見れば心得たように店主が頷き、わたしとルルを見て、いくつかのピアスを戻した。残っているピアスは金、銀、それからプラチナのような色味のものだ。宝石はどれも琥珀であるのはわたしの瞳の色に合わせてか。

「これは何で出来ているのでしょう？」

プラチナのようなものを手で示す。普段は装飾品を身につけないわたしだけれど、お父様が用意してくれた装飾品の中にはこれと同じ色の物が結構あった。

これまではプラチナだと思って気にもしなかったけれど、改めて見るとどこか透明感があって、プラチナとは違うような気がしたのだ。

「それは魔鉱でございます。魔石と同様に長い年月の間に魔力を含んだ特別な鉱石で、金や銀にくらべると魔石との親和性が高く、主に魔道具に使用されるものです。そちらの琥珀も魔石でして、魔法を付与することが出来るのです」

魔石に付与出来る魔法は精々一つか二つだが、いざという時のためにあって困るものではない。

何かしらわたしを守護する魔法を付与したものを、お父様は用意してくれていたのかもしれない。

……分かりにくいなあ。

でもそんなお父様の愛情表現が嬉しい。

「こちらを一つください」

ドロップ形の土台に同じくドロップ形の琥珀がついた魔鉱のピアスを示す。

「箱にお包みしましょうか？　それともすぐにお使いになられますか？」

「すぐに使います」

そう言えば、エカチェリーナ様の侍女が動いた。

わたしの耳につけているピアスを外してくれる。

「右耳だけつけてください」

侍女が頷いて右耳のピアスだけつけてくれた。

「ルル」と呼べば、振り向いたルルが戻ってくる。

右耳を見せてから、ルルにピアスを渡す。ルルはすぐにわたしの言いたいことを理解して、自分の耳につけていた小さな丸ピアスを両方外し、左耳にだけピアスをつけた。

店主と夫人がそれぞれ鏡を持って見せてくれる。

同じピアスを片耳ずつつけたわたしとルルがいる。

「リュシー、左手ぇ出してぇ」

言われるがまま、左手を差し出す。

ルルがわたしの手を掴むと、そっと指に何かを通した。

……指輪……？

わたしの左手をルルが満足そうに見た。

「うん、似合ってるよぉ」

指には植物をモチーフにした繊細な指輪がはまっていた。ピアスと同じ魔鉱で、所々に小粒のダイヤモンドがあしらわれている。あまり派手でないのはわたしの好みを考えてくれたのだろうか。

「オレからのプレゼントだよぉ」

その言葉に思わず立ち上がってルルに抱き着いた。

人前だとか、お店の中だとか、そんなことはもうどうでも良くなっていた。

……ルルが指輪をくれた！

この世界にも結婚指輪というものがある。

でも、指輪はファッションという感覚が強く、婚約指輪という概念はない。

だから指輪を異性から贈られるのは結婚指輪だけで、それ以外は装飾品でしかなかった。

「ありがとう！　凄く嬉しい!!」

そして結婚指輪は王家が用意することになっていた。王女に相応しいものをと、お父様が手配してくれているそうで、ルルからはもらえないと思っていた。

「結婚式は別のやつになるけどぉ、それまではこれをつけててねぇ」

「うん、毎日つける！」

「もちろん、これもオレとお揃いだよぉ」

ルルが左手を見せる。

すると同じものがもう一つ、ルルの左手の薬指にはまっていた。

わたしは嬉しくて仕方がなくて、もう一度ギュッとルルを抱き締めた。

わたしの誕生日までもう一ヶ月もない。十六歳になればルルとわたしは結婚する。

式は卒業後になるけれど、婚姻届は受理されて、わたしはルルの妻となる。

結婚式はお父様の選んだものをつけて、それ以外ではルルの選んだこの指輪をつけていよう。

「リュシーは何を選んでたのぉ？」

ルルの言葉に我へ返る。

店主も、夫人も、エカチェリーナ様も微笑ましげにわたし達を見ていて、ちょっと頬が熱くなる。

ソファーに戻って腰を下ろした。

「後はお父様とお兄様のマントの留め具を選ぼうと思って」

昨日の織物市で買った布は、実はマントに使ってくれたら良いなと思っている。

だからここではマントの留め具を買いたいのだ。

「どのようなマントかお聞きしてもよろしいでしょうか？」

「父の布には赤い生地に鷲の刺繍が、兄の布には青い生地に金の若獅子の刺繍が施されています」

「では、こちらなどはいかがでしょう？」

店主が手で示したのは大きな留め具だった。

金に大粒のルビーがついたものと、金に大粒のブルーサファイアがついたもの。

どちらも飾り紐がついている。あの布達をマントにしてこの留め具を使うところを想像する。

きっとお父様もお兄様も、とてもかっこいいだろう。

「この二つにします」

購入を即決すると、ルルが商品の代金を支払った。

「ご購入ありがとうございます」

「いいえ、こちらこそ今日は見学をさせていただき、ありがとうございました」

「またウィルビリアに立ち寄ることがございましたら、是非いらしてください。いつでもお待ちしております」

見学と購入を終えて店を出る。

……今日も沢山買い物をしちゃったなあ。それに一番嬉しいものをもらっちゃった。

明るい日差しに手をかざせば、左手の薬指にルルからもらった指輪が輝いている。

差し出されたルルの左手にも同じものが輝いていた。

旅芸人の道

四日目の午後。わたし達は旅芸人の道へ向かっていた。

お父様が話していた旅芸人の道は現在もあり、以前よりもそこで芸を披露する者が増えたため、狭い道から広い道へ場所を移したらしい。

そのおかげで皆が周りを気にせずのんびり楽しめるようになり、集客力が上がったそうだ。

馬車で旅芸人の道の手前まで行く。

馬車から降りて、ルルにエスコートしてもらい、エカチェリーナ様の先導で道へ足を踏み入れた。

まず目に入るのが、通りを横切るように吊るされた、三角形を逆さまにした形の鮮やかな飾り布だ。それが何重にも連なって垂れ下がっている。

馬車が立ち入れないように柵があり、その向こうでは既に旅芸人達が自分達の芸を披露していた。

小さな可愛らしい花を風魔法で浮かせて客に花の雨を降らせている者、笛を吹きながら器用に玉に乗っている者、動物達が芸人の指示で輪を潜ったりジャンプしたりしているところ。

中にはわたしが開発した空中に文字を描く魔法を使って、お客の似顔絵を描いている者もいる。

……面白い使い方をするなあ。

色々な人がいて、どれも興味深くて目移りしてしまう。

「ここで一番の芸を見ましょう」

エカチェリーナ様がそう言って奥へ歩き出す。

周りの芸も十分面白いと思うのだが、更に上がいるのかと驚きと期待でワクワクする。

周りにいる人々も明るい笑顔を浮かべて芸人達の披露する芸を見ていた。

所々に飲み物や食べ物の屋台があった。芸を見ながら飲んだり食べたり出来るようだ。

わたし達は更に通りの先に進んで行く。

そうして大分進んだ先でエカチェリーナ様が立ち止まった。

「ここの芸人が最も面白いのですわ」

そう言って手で示された場所は大勢の人が集まっており、なかなか割って入るのは難しそうだ。

それでもエカチェリーナ様が近付くと、気付いた観客達が「おや、エカチェリーナ様こんにちは」「どうぞ前へ」と脇に避けてくれる。

エカチェリーナ様がお礼を述べつつ、わたし達を手招いた。

わたしとルルも避けてくれた人達の隙間を縫って進んで行く。

そうして、何と一番前に到着した。最前列には板張りの簡素な長椅子があり、そこにエカチェリーナ様、わたし、ルルで腰掛ける。後ろは騎士達が固めていた。

わたし達に気付くと旅芸人がやりかけの芸を止めて声を張り上げた。

「皆様、こちらに麗しきお嬢様方がお越しくださいました。もしよろしければ最初から芸を披露したいのですが、いかがでしょう？」

芸人の言葉にお客達が頷いたり「いいぞ」と声をかけたりして、最初から行われることになった。

「それでは拙い芸ですが、どうぞごゆっくりお楽しみください」

恭しく礼を執った芸人が顔を上げる。

「まずは火噴きをご覧あれ！　古に存在したドラゴンのごとく、華麗なる炎の息吹を演じてみせましょう！」

芸人の男性が口を開き、口内に何もないことを観客へ見せる。

そして口に手を当てるとサッと顔を上へ向けた。

ふうっと強く息を吹けば、ボワっと炎が噴き上がり、観客がわっと声を上げる。

芸人が息を吹く度に炎が上がる。

そして芸人が別の手に持った粉を投げ、そこへ息を吹きかけると炎の色が変わる。

赤から黄色、緑に青、紫に濃いピンクと色が移り変わっていく。

「うわあ、綺麗……」

恐らく炎色反応を使っているのだろう。色がくるくると移り変わっていくのが美しい。

近くにいた子供が拍手している。

「わー、すごーい！」

思わず頷いてしまう。

手品のタネは何となく分かるけれど、こういうのは、それが分かっても面白いのだ。

火を噴き終えると芸人がまた口を開く。

「さあさあ、お次は花の雨だよ！　この暑さを忘れて一時の涼を降らせてみせよう！」

芸人の頭上に魔法式が浮かび上がり、小さくカラフルな花達が落ちてくる。

芸人が指先を振ると、その花達が風に舞う。

ふわっと花の良い匂いが広がり、小さな花が頭上からひらひらと降ってくる。

「リュシエンヌ様、こちらを」

エカチェリーナ様が日傘を開いて寄ってくる。

首を傾げていると霧雨のようなミストシャワーが頭上から花と共に落ちてきて、観客達が「涼しい」「冷たい！」と笑い合う。暑い夏にミストが心地好いのだろう。

横にいたルルが「うわっ」と慌ててわたしに身を寄せてきたのがちょっとおかしかった。

僅かな時間のミストシャワーが終わる。

エカチェリーナ様が日傘を閉じた。

「さぁて涼しくなったところでお次は宙に浮く水晶をご覧にいれましょう！　手は触れていないのに浮かぶ水晶、いかがかな？」

今度は水晶玉を取り出した。

それを体の前へ持ってくる。その周りを芸人の手がくるりと回る。

そして、周りに何もないと確かめるように両手を動かした。

水晶はまるで宙に浮いているように、その場に留まっており、芸人が驚いた顔をする。

「おおっと、この水晶は活きがいい！」

浮いた水晶が右に左に、上へ下へと動いていくので、芸人が捕まえようと慌てて手を伸ばしている。その慌てた様子に観客から笑いが起こる。

ようやく水晶を捕まえると、まだ暴れる水晶を魔法式の中へ何とか押し込んだ。

……これ前世でも見たことある気がする。

懐かしさと面白さに思わず見入ってしまった。

「はあ、やっと仕舞えた……。さて、気を取り直して、今度は見えない壁を作り出してみよう！

当然、皆様にも私にも見えません！　でも触れることは出来るでしょう！」

そう言って芸人が一歩脇へ避ける。避けたかと思うと横を向き、歩き出す。

でもすぐに何かにぶつかったように後ろに弾かれる。

伸ばした手が中途半端な距離で止まった。

広げられた掌がぺたぺたと何かに触れるように動いていく。

……本当に壁があるみたい。

ぺたぺたと壁に触れている芸人が何とか見えない壁を押そうとしたり、壊そうとしてみたり。

そのコミカルな動きにまた笑いが広がった。

ようやく壁を壊せたらしく、足元で踏み砕く仕草をすると芸人が頭を掻いた。

「いやあ、いつもより硬くて苦労しました！　おかしいなあ、普段はもっと柔らかいんだけど……」

「柔らかい壁なんてあるもんか！」

「あっはは、それもそうですね！」

お客の野次に芸人が明るく返し、そしていくつも芸が続いていく。

……そっか、何でこんなに面白いのか分かった。

この旅芸人の芸は魔法も僅かに使っているけれど、魔法を使わないものが多いのだ。

だから純粋に見ている側も驚くし、どうやっているのか不思議で面白く、次は何を見せてくれるのだろうという期待感が湧く。次から次へと旅芸人は芸を披露していき、いつの間にか一時間も過ぎていた。

「以上、ありがとうございました！」

結局、終わるまで目を離せなかった。

終わった後に、床に置かれた箱へお客が銅貨や銀貨を投げ入れており、この世界にも投げ銭という概念があるのかと目を丸くした。ルルにお願いして銀貨を数枚、投げ入れてもらう。

わたし達は椅子から立ってその場を離れる。

人混みから出るとエカチェリーナ様の侍女が待っていて、飲み物を渡された。

ルルが一口飲み、頷いたので、わたしも飲む。

思った以上に喉が渇いていたようで一息で飲み干してしまった。

「あの旅芸人、凄かったね。あれって魔法じゃなくて自前の技術だよね？」

ルルを見上げれば頷き返される。

「そうだねぇ、あれは魔法じゃなかったねぇ」

恐らく魔法を大きく使ったのは花の雨くらいだ。前世の大道芸を思い出す。

「あ、エカチェリーナ様、これをやりませんか？」

似顔絵を描いてくれる人のところで立ち止まる。

空中には蛍光色の線で人々の似顔絵が浮かんでいて、時間が経てば自然に消える。

絵画が主流のこの世界において、これで絵を描くというのはなかなかに画期的だ。

「似顔絵ですか？」

「ええ、一緒に描いていただきませんか？」

「まあ、喜んでお受けいたしますわ」

エカチェリーナ様が嬉しそうに笑った。

「こんにちは、おばさま。わたしとお友達の似顔絵を描いていただけませんか？」

そう声をかけるとニッコリ笑顔で頷き返された。

「ええ、もちろん。少しお時間をいただきますが、よろしいですか？」

「はい」

似顔絵を描くためか初老の女性が立ち上がった。

魔法式がペン先に発動して、女性がサラサラとわたしとエカチェリーナ様の似顔絵を描いていく。

持ち帰ることが出来たら良いのだけれど、これはこれで、思い出として良いのかもしれない。

描いてもらっていると突然、女性の叫び声が聞こえてきた。

「誰か、その男を捕まえて‼」

聞こえた声に振り返れば、人混みの中を帽子を目深に被り、女性もののバッグを抱えた男性がこちらへ向かって走って来る。その手には銀色に光るものが見えた。

……強盗⁉

驚くわたしの前にルルが立ち、護衛の騎士達に後ろへ誘導される。

「退けぇえっ‼」

走りながら叫ぶ男の手にあるのはナイフだった。

「ルル……‼」

思わず呼んだ声とルルが動くのはほぼ同時であった。

ルルがサッと動いたと思うと、走って来た男性のナイフを持つほうの腕を掴み、その腕を肩にかけ、走って来た勢いのまま道へ放り投げた。驚くほど綺麗な一本背負いだった。

ドターンッと大きな音を立てて男性が地面に強く背中を打ちつける。

かなり勢いが強かったから痛いのだろう。

動けない男性を護衛の騎士達が取り押さえた。

そうして、いつの間に奪い取ったのか、ルルの手にはナイフがあった。

「ナイフの握り方が甘いから、簡単に奪われるんだよぉ」

慌ててルルに駆け寄り、抱き着けば「おっと」とルルがナイフをわたしから遠ざけた。

「ルル、怪我してない？　大丈夫？」

「大丈夫だよぉ」

ナイフを持っていないほうの手で頭を撫でられる。

「……良かった……」

ルルの強さは知っていても、やはり怪我をするかもしれないと思えば怖い。

宥めるように額に口付けられる。

「心配してくれてありがとねぇ」

ルルが近付いてきた騎士の一人にナイフを渡し、わたしを抱き締める。

そうすると周りの人々が近付いてきて、口々に声をかけられた。

「いやあ、お兄さん凄いね！　助かったよ！」

「騎士様かい？　かっこよかったぜ」

「こいつ、きっと最近噂になってた観光客を狙う引ったくりだ」

みんながあれこれと喋るので途中から聞き取れなかった。

「ほら、皆さん、わたくしのお友達が驚いてしまいますわ」

と、エカチェリーナ様が声をかけると意外にもあっさり人波は引いていった。

最後に若い女性の芸人が近付いてきて、掌を目の前に差し出される。

何だろうと見れば、ポン、と綺麗なピンク色のバラが現れた。

差し出されたそれを受け取ると女性はひらひらと手を振って離れていく。

……可愛いバラ。

棘が綺麗に取り除かれた、大輪のピンクのバラは可愛らしくて美しい。

ルルがわたしの手からそれを取ると、髪に挿してくれた。

「リュシー、よく似合ってるよぉ」

ルルの言葉に笑みが浮かぶ。

「ありがとう、ルル」

絵を描いていたおばさまに「出来ましたよ」と声をかけられた。

その上の空中に、わたしとエカチェリーナ様、そしてルルだと分かる似顔絵が浮かんでいた。

「まあ、可愛いですわね」

「ええ、持って帰れないのが残念ですね」

絵を描いたおばさまにお金を渡そうとしたら横から別の女性が代金を払ってくれた。

「さっきはありがとうね。おかげでバッグを取り戻せたわ」

どうやら引ったくりに遭った人だったようで、こちらがお礼を言う間もなく「本当にありがとう

ね！」と手を振って人混みに消えていってしまった。

ルルと顔を見合わせ、小さく笑う。しばらくルルとエカチェリーナ様と絵を眺めていた。

わたしの魔法をそのまま使っているなら、これは一、二時間ほどしたら消えてしまうだろう。

可愛らしくデフォルメされたルルとわたしとエカチェリーナ様が並んでおり、三人とも笑顔で仲が良さそうだ。周りからそう見えているのだとしたら嬉しい。

その後もわたし達は旅芸人の道をぶらぶらと歩いて、芸人達の披露している芸を見て回った。

中には子供向けに人形で寸劇をしている人達もいて、そういうのも芸の一つらしい。

動物の人形達がとっても可愛かった。

あっちを見たり、こっちを見たり、あっという間に時間が過ぎていく。

気付けば、もう帰る時間になっていた。

「面白かったですか？」

「ええ、とっても！　お父様に勧められた理由が分かりました。ここは一日じゃ足りないですね」

「そうですわね、数日かけてゆっくり芸を見て楽しむのも良いでしょう」

馬車に戻りながらエカチェリーナ様と話をする。

待たせていた馬車に乗り、わたし達がお城に帰ると、勉強を終えたらしいルイジェルノ様が待ち構えていた。

「僕も旅芸人の芸を見たかったです」

勉強があったので一緒には行けなかっただろう。そう分かっているけれど、それでも、やはり自分も行きたかったのだとルイジェルノ様は羨ましそうにしていた。

それにルルが考えるように小首を傾げた。

「少しなら私も出来ますが、お見せしましょうか？」

「え、本当ですか？　是非見たいです！」

ルルの言葉にルイジェルノ様が目を輝かせる。

「ルル、出来るの？」

問いかけると「多分ねぇ」と返ってくる。

そして中庭でルルはルイジェルノ様に芸を披露した。

自前のナイフを使ったナイフ投げやジャグリング、剣を使って逆立ちしたり、剣を呑み込んでみたり、色々と見せてルイジェルノ様を喜ばせていた。

一緒に見ていたわたしはかなり驚いた。

……ルルって何でも出来るんだなあ。

ちなみに剣をどうやって呑み込んだのか後で尋ねたら、空間魔法を口の中に展開したのだと教えてもらって、魔法って手品にも便利だなと改めて思ったのだった。

最終日

ついに旅行最終日になってしまった。

あっという間に時間が過ぎてしまい、長いと思っていた旅行も、もうあと少しである。

今日はエカチェリーナ様お薦めの場所に案内してもらうことになった。

馬車に乗ってお城を出て、町中をゆっくりと進んでいく。

「もう帰ってしまわれるのですね」

エカチェリーナ様も残念そうな顔をする。

「楽しい時間は過ぎるのが早いですね」

「そうですわね……」

「でもエカチェリーナ様も王都へ戻って来られるのでしょう？　その時は招待状を送りますので、また一緒にお茶をしましょう。今度はミランダ様とハーシア様と四人で」

エカチェリーナ様の表情が明るくなる。

「ええ、わたくしだけリュシエンヌ様と過ごしていたら、あの二人に恨まれてしまいますものね」

ふふ、と二人で笑い合う。

そして馬車が停まった。馬車を降りた先には大きな建物があった。

建物の前では呼び込みの声をかけている人やお客だろう人などがいる。

「劇場、ですか？」

「はい、リュシエンヌ様は劇をご覧になったことがないと以前仰っていましたので」

わたしは、実は観劇をしたことがない。ずっと前のお茶会で何気なく呟いたことを、エカチェリーナ様はきちんと覚えていてくださったのだ。

「ウィルビリアでしたら他の貴族も少ないですし、ゆっくりご鑑賞出来ると思いますの」

そして顔を寄せられて「ニコルソン男爵とお楽しみくださいませ」と言った。

それはどういう意味かと疑問に思ったが、すぐに意味を理解した。

劇場で案内されたのは上階の個室のようになった席だった。

エカチェリーナ様は別の席にいるらしい。薄暗い空間にルルと並んで座る。

騎士達はいるけれど、彼らは用がなければ決して言葉を発しないし、気配も極力消している。

「ルルは劇って観たことある？」

「いやぁ、オレもないよぉ」

小声で訊けば、小声で返される。

「じゃあお互い初めてなんだね」

「そうだねぇ」

「ちょっとドキドキする。どんな話なのかなぁ」

「演劇だし恋愛だと思うよぉ」

やはり恋愛劇なのだろうか。

ここそこそとルルと話しているうちに、舞台に男性が上がってきて挨拶をした。

劇場の主人らしく、今から行われる演劇の内容について少し語ると一礼して去っていった。

これから観る劇は騎士と町娘の恋愛らしい。

劇場の主人の言葉では、この劇場で昔から演じられているなかなかに古いものだそうだ。

舞台の明かりが落ち、そして幕が開けた。

＊＊＊＊＊

観劇の感想は感動の一言に尽きる。俳優達の演じる物語にドキドキしたり、ハラハラしたり、時には涙ぐんでしまったり。昔から演じられているというだけあって面白かった。

物語は騎士が町娘を悪漢から助けるというありきたりな出来事から始まり、二人が少しずつ心を通わせていく内容で、恋愛ものではよくあるお話なのだろう。

でも、だからこそ物語の先が分かって安心して観ていられるし、分かっていても感動した。

俳優達は、本当に目の前でその出来事が起こっているのではないかと錯覚してしまいそうなくらいに上手かった。観終えた後にエカチェリーナ様に「どうでしたか？」と訊かれて、迷わず「とても素敵でした！」と即答したほどだ。

ただルルはあまり興味が湧かなかったらしく、小首を傾げて「う～ん、よく分かんないなぁ」とこぼしていた。登場人物達の心理描写が理解出来なかったようで、イマイチだったみたいだ。

その後はまた馬車に乗って移動する。

今度はオシャレなカフェだった。

「こちらは貸し切りですのでごゆっくりどうぞ」

エカチェリーナ様が良い笑顔で言った。

白に淡い水色を基調としたカフェは可愛らしい。女性向けなのか、ヌイグルミが置いてあったり、ピンクや黄色などの可愛らしい色の花が飾られていたり、白い椅子や丸テーブルは植物をモチーフにした彫刻もある。

エカチェリーナ様は何故か、離れた別の席に向かった。

「お二人で楽しんでくださいませ」

ということで、わたし達は窓際の景色の良い場所に腰掛けた。

窓からは通りの景色がよく見える。

「何食べる～？」

ルルの問いにメニュー表を見る。甘いものが沢山書かれていた。

「うーん、軽食がいいなあ」

劇を観て、今はお昼前だ。

でもあまり沢山食べると眠くなってしまいそうである。

「ティータイムセットを注文して二人で食べよっかぁ？　足りなかったら追加すればいいしぃ」

ルルが示したメニューは数人向けのものだ。

ケーキスタンドに二、三人分の軽食が盛られているようで、これならば食べやすいかもしれない。

ルルが手を上げると店員がやって来て注文を受け、一礼すると静かに下がっていく。

それを見送ってからルルに声をかける。

「ルルはさっきの劇、つまらなかった？」

素直にルルが頷いた。

「そうだねぇ、ああいうのは何か薄っぺらい感じがするんだよねぇ。人間らしくないって言うかぁ」

「人間らしくない？」

どういう意味かと問い返せばルルが小首を傾げる。

「ん〜、オレは職業柄いろんな人間を見てるけどぉ、結構人間って欲深くてぇ、汚いことでも平然とするしぃ、あんな劇みたいにみんなの理想ですって感じのお綺麗な恋愛もそうそうないと思うんだよねぇ」

「そうかな？」

「オレの個人的な意見だけどねぇ。あんまりお綺麗な人間ってのはどっかおかしいんだよぉ。普通の人間なら当たり前に考えることが分からないって言うかぁ。だからあの劇もあんまり共感出来なかったなぁ」

何となくルルの言いたいことも分かる気がする。要は自分と違い過ぎる人だと、考えていることや思っていることが理解出来なくて、感情移入し難いということだろう。

わたしは物語と割り切って観ていたので、多少引っかかる部分があったとしても流していた。

でもルルから見れば引っかかる点が多すぎて楽しめなかったのだろう。

「まあ、物語だからってのは分かってるけどさぁ」

ルルがそこで言葉を切った。

店員が来て、飲み物を置いて戻っていく。

「途中で主人公の友達が死ぬ場面あったでしょ？　オレからしたら『何でそれくらいの傷で死ぬの？』って思ったしぃ、事故とは言っても友人を殺した相手を許しちゃう主人公もどうなんだろうって感じぃ」

「そこはわたしも引っかかったかな。治癒魔法かければ助かるんじゃないのかなって思ったよ」

物語ではヒーローが悪役と戦う最中、主人公と友人が巻き込まれ、悪役が咄嗟に友人を盾にしたことで、ヒーローの剣が友人に刺さって死んでしまう。

ヒーローは苦悩するが、主人公が許し、慰めることで二人の仲がより深まるという内容だった。

……友人がちょっと不憫だよね。

主人公に助けを求められて行った先で、悪役の盾にされた挙句、ヒーローに刺されて死んで。

個人的には主人公のためについて行った友人のほうが、主人公より好きだ。

「でもああいうご都合主義の物語のほうが一般的には好まれてるんだろうね」

主人公とヒーローのための物語。まるで原作乙女ゲームみたい。

「オレは悪役のほうが好きだったなぁ」

「ああ、主人公の生き別れたお兄さんだった？」

「そぉ、実の兄だけどぉ、主人公が好きだったっていうあの悪役は理解出来たよぉ」

主人公と生き別れた兄。両親を亡くした後に別々の家に引き取られ、悪の組織に入ってしまったが、それも引き取られた家での酷い扱いから逃げるためだった。

そして生き別れた妹を、たった一人の家族だけを想い続け、やがて再会した主人公に妹だと気付かず恋をしてしまう。その後、実の妹だと知っても想いは止められなかった。

最後には悪の限りを尽くして、ヒーローに討たれてしまう。

「あっちのほうが、人間味があって良かったなぁ」

ルルの言葉に頷き返す。わたしもヒーローより悪役の方が好きだった。

ルルが淹れてくれた紅茶を一口飲む。

店員が来て、大きめのケーキスタンドと取り皿などをテーブルに置くと一礼して去っていった。

上の段に一口大の小さなケーキ達。真ん中の段に温かなスコーン。下の段にサンドイッチなどがある。他にもデザートなどが個別に何皿か置かれている。

まずルルが一口ずつ全てに手をつける。

「うん、大丈夫だよぉ」

それからルルがケーキスタンドの下のサンドイッチを取り皿に盛って渡してくれる。

ただ取り分けるだけなのに、わざわざ綺麗に盛ってくれるところにルルの気遣いが見えて嬉しい。

サンドイッチを一つかじる。

「これ、フルーツサンドだ！」

甘いクリームに果物の酸味とサッパリした甘みが広がって美味しい。

「ケーキみたいだよねぇ」

「そうだね、美味しい」

わたしもルルも甘いものは結構好きだ。だから甘いサンドイッチも全然違和感がない。

でも甘いものだけじゃなくて、あえて野菜だけのものや卵を使ったもの、ローストした肉を使ったものもあって、飽きないようになっていた。

それを食べ終えると今度はスコーンである。

「はい、あーん」

ルルがジャムとクリームがついた一口分のスコーンを差し出してくる。

それにぱくりとかじりつく。

甘いクリームとジャムに、スコーンのほんのり温かくて香ばしい味がよく合う。

唇についたクリームをルルが指先で拭い、ぺろりとそれを舐めた。

わたしもスコーンにジャムとクリームをたっぷり塗ってルルに差し出した。

ぱく、とルルがそれを食べる。

わたしの手を掴んで、指についたジャムを舐め取られる。

そのまま、手を引かれて唇が重なった。

「甘いねぇ」

ルルがおかしそうに笑った。

「恥ずかしいから人前でキスは禁止……！」

慌ててエカチェリーナ様の方を見れば、エカチェリーナ様は優雅にティータイムを楽しんでいる。

騎士達も顔を別のほうへ向けており、視線を外していた。店員は見える範囲にはいなかった。

「大丈夫だよぉ、誰も見てないからぁ」

そう言ってルルが自分のスコーンにかじりつく。

キス自体は全く嫌じゃないけれど、人に見られるのは恥ずかしい。

リニアさんやメルティさんみたいな侍女達なら、まだ何とか大丈夫だが。

「リュシーのかわいい顔を誰かに見せたりしないよぉ」

そう言って頭にキスされる。

わたしは赤くなった顔を誤魔化すようにスコーンにかじりつく。

それをルルが頬杖をついてニコニコ顔で見つめてくる。

「ルル、意地悪も禁止」

「リュシーがかわいいからやりたくなっちゃうんだよぉ。ごめんねぇ？」

と、頭を撫でられる。

そんなことでわたしの機嫌は直らないと言いたいところだけど、すぐに直ってしまった。

そもそもルルに何かされて許せないことなんてあるのだろうか。

「ほらぁ、今度はケーキ食べよぉ？」

差し出されたケーキにわたしはかじりつく。

掌の上で転がされているみたいだけど、ルルならそれも悪くないかな、なんて考えてしまう。

きっと、それも見透かされているのだろう。

その後もカフェでまったりと過ごした。

カフェの後は本屋に行ったり、景色の良い場所に行ったり、エカチェリーナ様がいろんな場所に連れて行ってくれた。どこも楽しく過ごせたが、大体、ルルと二人の時間が多かった。

どうしてこのような予定になったのか訊くと、エカチェリーナ様はこう言った。

「王都ではお二方とも、気軽にデートが出来ないのではないかと思いましたの。本日はゆっくりニコルソン男爵とデートしていただきたかったのですわ」

笑顔のエカチェリーナ様に感激のあまり抱き着いてしまい、エカチェリーナ様がとても嬉しそうにしてくれて、でもすぐにルルに引き剥がされてしまった。

最終日にルルとの街デートをもらえるなんて予想外のプレゼントである。

その日は夕方までルルとのデートを楽しんだのだった。

……素敵な思い出をありがとうございます、エカチェリーナ様。

帰還

そしてついに王都へ帰る日になった。

お城を色々と案内してくれたルイジェルノ様も、この五日間であちこちに連れて行ってくれたエカチェリーナ様も、とても残念そうな顔をした。

わたしも二人と別れるのは少し寂しい。特にルイジェルノ様は王都に来ることがあまりないようなので、余計に別れが惜しくなる。

エカチェリーナ様はまた数日後に会えるだろう。

本人も領地での用事が済んだら王都へ戻ると言っており、ルイジェルノ様が羨ましがっていた。

午前中はエルネティア様も一緒にお話をしながら過ごさせてもらった。

エルネティア様は領地経営もしていて忙しいだろうに、時間を取ってくれて、感謝の気持ちでいっぱいだった。あまり顔を合わせることはなかったけれど、話す時はいつも穏やかで優しく、わたしが過ごしやすいように見えないところで色々と配慮してくれたのだ。

「もう帰らなきゃいけないんだね」

ルルに膝枕をしながら窓の外を眺める。

窓辺に移動してもらったソファーから、ウィルビレン湖が見えた。

美しいブルーサファイアがここからでも望める。

「帰りたくないのぉ？」

ルルの問いに苦笑が漏れる。

「ちょっとね。凄く楽しかったし、まだまだ見たいところも沢山あったし。でも、お父様やお兄様達にも早く会いたいって気持ちもあるの」

「お土産も早く渡したいんでしょぉ？」

「ふふ、うん、そうだね」

初めての旅行で買った初めてのお土産だから。

……喜んでくれるかな？

お父様とお兄様ならどんなものでも喜んでくれそうだけれど、きちんと使えるもので喜んでほしい。二人とも華美さよりも実益を優先するので、ただ飾るだけのものばかりでは意味がない。

……まあ、湖では置物を買っちゃったけど。

三人お揃いで部屋に置こうと言えば飾ってくれるだろうか。

「帰ったらミランダ様やハーシア様ともお茶会がしたい」

その気持ちは嘘ではないけれど……。

「でも、ここを離れがたく感じるのはどうしてかなあ」

たった五日間しか過ごしていないのに。

「それだけ居心地が良かったってことだねぇ」

ルルがわたしの髪の毛先を指で弄ぶ。

「オレとしてもぉ、ここでの五日間は結構楽しかったかなぁ。特に最終日のデートは良かったねぇ」

本屋を見た後に近くの広場の噴水まで腕を組んで歩いたりもして、とても楽しいデートになった。

エスコートされるのと腕を組むのとではかなり違う。

恋人同士のように腕を組んで、歩きながら眺めた街並みは本当に可愛くて素敵だった。

王都ではお忍びと言ってもあんなふうには出来ない。

王女の顔を知らない人の多い場所だからこそ出来たのである。

「それに王城に戻ったら『距離が近すぎる』とか『結婚するまでは』とか王サマがうるさいしぃ？」

「この前は怒られちゃったよね」

「ちょ〜っと一緒に寝たくらいで大騒ぎだもんねぇ」

二人で思い出して笑ってしまった。

お父様からは注意され、お兄様にも微妙な顔をされ、リニアさんとメルティさんからは呆れた顔をされた。同衾自体ダメなのは分かっているが、ルルの体温を感じながらだとよく眠れた。

「まあ、結婚後の楽しみに取っておこうよぉ。どうせもう少しでリュシーも十六になって婚姻届が受理されるんだしぃ？」

ルルの言葉に頷いた。

「もう、あと半年なんだね」

お父様やお兄様と一緒に過ごせるのも。

みんなと離れるのは少し寂しいけれど、同時にルルとの新生活への期待もある。

わたし達には収入がある。結婚後、わたしは鉱山の一つをもらえるし、これまで生み出した魔法の報奨金もまだ手をつけていないし、わたしの勉強ノートも参考書として売られることになっている。そのお金もしばらくは入るだろう。

ルルもある程度はお金を貯めてくれているようだし、金銭的な問題は焦る必要がないと思う。

半年後、学院を卒業したらルルと式を挙げる。

王都で最も大きな教会、洗礼を受けた、あの場所で挙げることが決まっている。

ドレスはお父様が少し待てと言うので待っている。

会場の飾り付けも、ドレスも、全ては王家主導で行われる。

わたしは招待状を書いたり、先に届くだろうお祝いの品の目録を見て、お返しを考えたり。

「式は半年後だけどぉ、結婚は先だしねぇ」

ルルの灰色の瞳が煌めいた。

「うん、そうしたらお父様はそこまでうるさく言わなくなると思うけど」

「どうかなぁ、式を挙げるまでは『禁止だ』って言いそうな気がするよぉ。でも後二年は色々我慢するけどねぇ」

「そうなの？」

……色々って、あれとかこれとかの色々だよね？

それがちょっと意外で聞き返す。

「体格差もあるからさぁ、リュシーが十八になるまで待ってからのほうが体に負担がかからないかなぁってぇ。それに結婚しちゃえば急ぐ必要もないしねぇ」

伸ばされた手が頬に触れる。

「ルルはつらくないの？」

「リュシーにこうやって触れられるだけで十分満足してるからぁ、まだ待てるよぉ」

わたしのためを思って言ってくれているのだろう。それが嬉しかった。

「ありがとうルル。後二年、頑張って成長するね」

ルルの額にキスをすると、くすぐったそうに灰色の瞳が細められた。

そうしてお昼過ぎ頃、出立の準備を終えて自室にいるとお兄様が到着したと使用人が伝えに来て、わたしはルルと共にお城の正面玄関へ向かった。

既に馬車も用意してあり、リニアさん達侍女が荷物を積み込んでくれて、後はわたしが迎えに来たお兄様の馬車に乗って行くだけとなっている。

数日顔を合わせなかったお兄様だが、出迎えると、いつもと変わらない笑みを浮かべた。

「ああ、リュシエンヌ、数日ぶりだな」

何とも言えない気持ちが湧き上がってくる。

「お兄様っ」

思わず早足で近寄り、お兄様に抱き着いた。

ちょっと勢いがあったけれど、しっかりと受け止められ、お兄様の笑い声がする。

「何だ、甘えん坊になったな」

頭を撫でられて体を離す。

「お兄様と会えなくて寂しかったです」

「ははは、それに今日は随分と素直だ。良い子にしていたか？　私がいなくて泣かなかったか？」

また、よしよしと頭を撫でられる。

「そこまで子供ではありません。クリューガー公爵家の皆様が良くしてくださったおかげで、寂しくも楽しい時間を過ごせました」

「そうか、後で話して聞かせてくれるか？」

「もちろんです」

わたしとお兄様の会話が止まったところで、エカチェリーナ様達が近付いてくる。

エカチェリーナ様、ルイジェルノ様、エルネティア様、そして使用人達などが揃って礼を執る。

「王太子殿下にご挨拶申し上げます」

お兄様が頷き、手を上げた。

「顔を上げてくれ。妹が世話になったな。この様子だと、とても有意義に過ごせたのだろう」

お兄様の視線に大きく頷き返す。

顔を上げたエルネティア様が微笑んだ。

「勿体ないお言葉でございます。エカチェリーナとルイジェルノ、そして私も短い間でしたが王女殿下と楽しい時間を過ごさせていただきました」

「ああ、本当にありがとう」

それからお兄様がエカチェリーナ様とルイジェルノ様を見た。

「エカチェリーナ、ルイジェルノ、二人ともリュシエンヌの相手をしてくれてありがとう」

「エカチェリーナ様には街を、ルイジェルノ様にはお城の中を案内していただきました。とても楽しくて、面白くて、心地の良い五日間でした」

お兄様とわたしの言葉に二人が嬉しそうに笑う。姉弟だけあって、よく似ていた。

「わたくしもとても楽しい一時でしたわ」

「リュシエンヌ様と城内を回れて楽しかったです」

ルイジェルノ様は分かっているのだろうか。

次にわたしと会える時がいつになるのか。その後、わたしがどうなるのか。

またお会いしたいですと言わないところに気遣いが感じられて、ホッとする。

わたしも次の機会があるか分からない。だからその言葉はないほうがありがたい。

「この五日間のこと、わたしは絶対に忘れません」

きっと、ルルと結婚した後も思い出す。

エカチェリーナ様とルルと街を回ったこと。

ルイジェルノ様と城内を歩いたこと。

エルネティア様の配慮で心地好く過ごせたこと。

三人の笑顔をわたしは忘れない。

「名残惜しいがそろそろ行こう」

というお兄様の言葉に頷いた。

出立が遅れると、王城に帰る時間も遅くなり、お父様も心配するだろう。

今回はここで休憩を挟んでいかないらしい。

「本当にありがとうございました。初めて王都を出て訪れたのがこちらで良かったです。素敵な町に、ここに住む素晴らしい人々に、出会えて嬉しかったです」

　エカチェリーナ様に手を取られる。

「リュシエンヌ様、また夏期休暇中にお会いいたしましょう」

「ええ、王城に戻りましたら、お手紙を書きますね」

　そしてエカチェリーナ様がお兄様を見る。

　お兄様は何か心得た様子で頷いた。

「エカチェリーナ、それではまた後日会おう」

「はい、お二方とも道中お気を付けて」

「クリューガー公爵夫人とルイジェルノも、今後の活躍に期待している。これからもクリューガー公爵領を盛り立てていってくれ」

　エルネティア様とルイジェルノ様が頷いた。

　わたしは名残惜しく思いながらも馬車へ乗り込む。

　そこにお兄様とルルとミハイル先生が乗り、扉が閉まる。

　窓から顔を出して、声をかけた。

「エルネティア様、ルイジェルノ様、どうぞお元気で」

　エルネティア様が微笑んだ。

「王女殿下もお健やかにお過ごしください」

「僕もお手紙を書きます」

「はい、わたしもお返事を書きますね」

馬車がゆっくりと動き出す。三人が手を振ってくれたので、振り返す。

たった数日だけれど、わたしにとっては長く、意義のある旅行になった。

城外に出ると、人々が見送りに来てくれていた。

わたし達は彼らに手を振り、応えつつ、ウィルビリアの町を後にしたのだった。

町の外に出ると馬車の速度が上がる。

窓のカーテンを閉め、座席に座り直すと、横にいたルルがクッションを背中に差し込んでくれた。

最初、わたしが長時間の馬車に慣れなくて背中が痛くなってしまったのを覚えていたのだろう。

「お兄様の視察はいかがでしたか？」

わたしの問いにお兄様は「そうだな」と言う。

「特に問題もなく終わった。領主の話では今年のブドウは収穫量が去年より多いそうだ。ワインもジュースもその分、多く出来るだろうと言っていた」

「そうなのですね」

あの美味しいブドウジュースを飲める人が増えるのだと思うと嬉しくなる。

「ブドウ畑やワインの醸造所はどのような感じでしたか？　やはり広くて大きかったですか？」

お兄様が微笑んだ。

「そうだな、最初から話そうか」

そうしてお兄様は視察に赴いたバウムンド伯爵領について話してくれた。

穏やかで気の好い、真面目なバウムンド伯爵家。

自然豊かで、朴訥で働き者な領民達。広大なブドウ園にはいくつものブドウ畑。

ワイン醸造所も大きく、毎年多くのワインを造るために農夫や農婦達がブドウを摘み取り、踏んで、ワインが樽に詰められて寝かされていく。醸造所はブドウと樽の良い匂いが漂う。

お兄様の話を聞くだけで容易に想像がつく。

……ああ、きっとお兄様も楽しい視察になったんだ。

それが分かるくらいには、お兄様は詳細に視察先のバウムンド伯爵領で見聞きしたことを楽しげに話してくれた。おかげで半日の旅もあっという間で、旅の初日に来たダルトアの町に到着し、そこでまた数日ぶりの熱烈な歓迎を受けたのだった。

クリューガー公爵領を出て一日半。王都に到着したのは予定通り夕方頃だった。

それでも大通りには人々がおり、視察から戻った王太子を迎え入れるために手を振っていた。

行きでわたしの存在を知ったのか、帰ってくるとお兄様の帰りを喜ぶ声に交じってわたしにも「おかえりなさい」とかけられる声があった。

わたしとお兄様は王城までの道のりを、人々へ手を振って応えたのだった。

王城に到着した時にはもう日が落ちていた。

だけどそこにはお父様がいて、わたし達の帰りを出迎えてくれた。

「アリスティード、リュシエンヌ、よく戻った。道中何事もなかったようで何よりだ」

そう言って、お兄様とわたしをそれぞれ抱擁する。

お兄様もわたしもそれを受け入れた。

「皆もよく王太子と王女を守り抜いてくれた。国王として、父として、礼を言う」

その言葉に騎士達が礼を執る。一糸乱れぬ動きからは疲れなど微塵も感じられず、凄いなと内心で感心していると、お父様が振り向く。

「さあ、一度離宮に戻って皆にも顔を見せて来なさい。夕食は三人で摂ろう。アリスティードの話も、リュシエンヌの話も聞きたいからな」

よしよしとお父様に頭を撫でられる。

それに頷き返し、わたしとお兄様は馬車に乗り込んだ。

お兄様は先にわたしを離宮まで送ってくれて、使用人達が並んで出迎えてくれた。

「おかえりなさいませ、リュシエンヌ様」

わたしの離宮の執事が礼を執る。それに合わせて全員が同じく礼を執った。

みんなの姿を見て、本当に帰ってきたのだと実感する。

「ただいま。わたしがいない間、離宮はどうだった?」

「何事もなく、普段通りでございました」

「良かった」

何もないのが一番だ。

「湯の準備をしておりますので、まずは旅の汚れを落とされるのはいかがでしょう?」

リニアさんの代わりに侍女長を務めていたメルティさんの言葉に頷き返す。

ほぼ馬車の中と言っても、やはり少し砂埃がついてしまっている。

ルルにエスコートしてもらいながら離宮へ入る。

もう三年も暮らしている場所だからか、たった七、八日離れただけで懐かしい気持ちになった。

一度自室に戻り、装飾品の類を外してもらう。

それから浴場へ行けば、専属のメイド達に笑顔で「おかえりなさいませ」「お疲れ様でございます」と労われた。ドレスを脱ぎ、髪を一度丁寧に梳（くしけず）られる。

そうして浴場で全身ピカピカに磨きあげられる。クリューガー公爵領でも浴場には専属のメイドがいたため、毎日綺麗に磨かれていたけれど、今日はいつも以上に磨かれるだろう。隅々まで全身を洗われ、湯船に浸かる。

その間にメイド達が髪を洗ってくれた。丁寧に泡で洗い、絡んだ部分を解し、洗い流す。

水分をタオルで拭い取ったら香油をしっかりと馴染ませ、艶が出るまで梳かれる。

その後は湯船から上がり、木製の簡易の寝台に寝転がる。

メイド達が数名がかりで香油をわたしの体に塗り、マッサージをしていく。

久しぶりなのでかなり痛い。

でもそれだけこの数日間で体を動かして、浮腫んでいる証拠でもあった。

これでもかというくらいにマッサージを受けた後は隣室に戻って椅子に座る。

飲み物を飲んでいる間に爪を整えてもらう。

更に髪が丁寧に梳かれて、サラサラ艶々になる。

一息吐いたところでドレスに着替えて部屋へ戻る。

部屋には既にルルがいて、着替えているところを見るに、ルルも汚れを落としてきたようだ。

「お疲れ様ぁ」

ソファーに座るとルルに飲み物を渡される。

一口飲めば、普段から愛飲している果実水だった。これを飲むのも数日ぶりである。

見慣れた部屋に、飲み慣れたもの、座り慣れたソファー、侍女達の顔。

一気に体から力が抜けた。

「はあ～……」

横に座ったルルの肩に寄りかかる。この自分の場所に帰ってきた感じは上手く表現出来ないが、安心感というか安堵感というか、緊張が解ける。

「帰るのを残念に思っていたけど、帰ってくると、やっぱりここがいいなあってなるね」

「そうかもねぇ」

リニアさん達、今回旅に同行してくれていた侍女達にお土産を持ってきてもらう。実は布の他にも髪飾りやブローチなどの小さなお土産も結構購入しており、それらは侍女達へのお土産だった。

「これはみんなへのお土産だから、好きなものを選んでね」

そう言えば、侍女達の表情が明るくなった。

「ありがとうございます」

「まさかお土産をいただけるなんて」

主人がいない数日間のお留守番をしてくれていたご褒美というわけだ。

侍女達がお土産に近付いていく。みんなであれが良いこれが良いときゃあきゃあ話し合っていて、それを見ながらのんびり果実水を飲む。

……少し眠い……。

うとうととしていれば、ルルに頭を撫でられる。

夕食まで時間はある。

ルルの手に導かれてソファーの上で横になる。

そのままわたしはことりと眠りに落ちた。

＊　＊　＊　＊

ルフェーヴルの膝の上でリュシエンヌが眠っている。

そのダークブラウンの頭をそっと撫でながら、ルフェーヴルは思わず笑みがこぼれていた。

リュシエンヌがルフェーヴルに膝枕をよくしてくれるようになった理由が分かった。

好きな人が自分の足の上で無防備に眠っている。その頭の重みすら愛おしい。

リュシエンヌがしてくれるように、ルフェーヴルは優しい手つきで何度もダークブラウンの頭を撫で、髪を梳いてやる。丁寧に整えられた髪はサラサラで艶があり、とても良い指通りである。

主人が眠ったことに気付いた侍女達の声が小さくなり、土産を持って、控えの間へ下がっていく。

それでもファイエット邸からずっと仕えている二人だけは残っていた。

よほど疲れたのか、離宮に戻ってきて安心したのか、リュシエンヌはぐっすりと眠っている。

夕食まで少し時間がある。

ルフェーヴルはふとリュシエンヌが膝枕をしてくれている時のことを思い出した。

……リュシーは歌ってくれたよねぇ。

子守唄というものをルフェーヴルは知らない。

だからリュシエンヌが歌ったように、ルフェーヴルも抑えた声で静かに賛美歌を歌う。

リュシエンヌが少しでも休めるように。

ルフェーヴルの低い歌声はしばらく続く。

それはリュシエンヌを起こすまで静かに響いたのだった。

＊＊＊＊

夕食の前にルルに起こされて目を覚ます。

メルティさん達侍女が髪を梳き、整え、化粧を薄く施してくれる。

そしてリニアさんがお父様とお兄様に贈るお土産を用意した。

そうしていると、お兄様が迎えに来た。

お土産を持ったルルと一緒に馬車へ乗り込む。

「少しは休めたか？」

お兄様の言葉に頷いた。

「はい、大丈夫です」

軽く寝るつもりがうっかり熟睡してしまった。

でも多分、夜もしっかり眠れるだろう。

お兄様がルルの運び入れた箱をチラリと見る。

「お父様とお兄様へのお土産です」

「私も父上とリュシエンヌに土産を買ってある」

思わず、互いに笑ってしまった。

少し談笑している間に馬車は王城に到着し、ルルのエスコートで降りる。

荷物は王城の使用人が運んでくれるそうだ。中身を確認してもらう必要があるので丁度良い。

わたしが買ったと言っても、国王と王太子に贈る物なので、危険性がないか検められる。

王城に入り、国王の居住区へ行き、食堂へ着いた。

使用人が扉を開ければ、お父様が先に来て、ゆっくりと食前酒を嗜んでいるところであった。

「遅くなりました」

「いや、私が早く来ただけだ。何せ数日ぶりだからな。とにかく、二人とも座ると良い」

「失礼いたします」

お兄様の言葉にお父様が苦笑し、椅子を示す。

わたしとお兄様がいつものように席につくと、飲み物が運ばれてくる。

……これ、もしかして。

グラスに注がれた赤い液体を見て、お兄様へ目を向けると、一つ頷き返された。

恐らくバウムンド伯爵領のブドウジュースだ。

一口飲めば、果物特有の甘みとほどよい酸味、ブドウの良い香りが口いっぱいに広がった。

「美味しい……」

「リュシエンヌへの土産としていくらか買って来たからな。後で離宮に届けさせよう」

「ありがとうございます」

沢山飲むわけではないけれど嬉しい。

「父上にも伯爵領の上質なワインを購入してきましたので、ごゆっくりお楽しみください」

「ああ、ありがとう」

お兄様が連れてきた従者がお父様の側近に目録を渡していた。

こうして三人で顔を合わせるのも数日ぶりだ。

前回からそこまで時間は経っていないはずなのに、何だか随分と久しぶりな気がする。

「さあ、では食事をしながら話を聞かせてもらおうか。まずはリュシエンヌからだな」

お父様の言葉に給仕達が静かに動き出す。

「ああ、私もリュシエンヌの話を聞きたいな」

二人に言われてわたしは頷いた。

「クリューガー公爵領はとても素晴らしいところでした。町も可愛らしくて、町の人達も気の好い方が多かったです。それにウィルビレン湖もとても大きくて綺麗でした」

前菜が運ばれてくる。

「ウィルビリアに行ったなら、あの湖を見なければ行った意味がないと言うくらいだからな」

「やはりそうなのですね」

「あれだけ大きくて広い湖は我が国でも珍しい。しかも湧き水というのだから驚きだ」

うんうん、とわたしとお兄様も頷く。

あの大きな湖が全て湧き水というのは凄い。

「エカチェリーナ様のご案内で一日目にウィルビレン湖へ行きました。本当に宝石のように綺麗なブルーサファイアで、ルルと船遊びもしました」

「船遊びか。あれだけ広いと小船で景色を眺めるのもなかなかに良かっただろう」

「はい、船に乗っていたら遠くにいた観光客が手を振ってくれて、わたしも手を振り返したりして面白かったです。水も透き通っていて魚も沢山泳いでいました」

話しながら「あ」と思い出す。

「魚と言えば、今回の旅で初めて生きている魚を見ました。いつもお料理でしか見たことがなかったのですが、魚って鱗がとても綺麗ですよね」

お父様が目を丸くした。

「そうだったか？　……いや、そうだな、リュシエンヌの離宮やその周辺には池を作らないようにしていたのだった」

「ええ、リュシエンヌが落ちたら大変ですから」

お兄様が頷き、お父様が同意する。

わたしはそれに苦笑してしまった。

池がないことに特に疑問は感じなかったけれど、そういう理由だったのだ。

「公爵領に行く途中の小川でも見ましたが、ウィルビレン湖の魚の方が大きかったです。翌日には湖で取れた魚もいただきました。とても美味しかったです」

「そうか」

何か想像したのかお父様がふっと笑った。

でも馬鹿にした感じではなく、優しいものだったので、わたしも微笑み返す。

「一日目はウィルビレン湖に、二日目は織物市に、三日目は武器や宝飾の工房に、四日目は旅芸人の道に、そして最終日はルルとウィルビリアの街をデートしました」

お兄様が小首を傾げた。

「旅先でもデートか？」

「はい、ウィルビリアでは気兼ねなく出歩けましたので」

「なるほど、あちらの街ならば王族の顔を知る者もほとんどいないだろう」

「デートもとっても楽しかったです」

食事をしながらお喋りをする。

「それで、二日目と三日目にお父様とお兄様へのお土産を買ってきました」

使用人達がお土産を持ってくる。

そしてそれぞれに差し出して見せる。

「お父様には鷲の刺繍がされた布とマントの留め具を、お兄様には若獅子の刺繍がされた布とマントの留め具です」

使用人達が布を広げてくれた。

お父様とお兄様が小さく感嘆の声を上げた。

「ほう」「へえ」と二人はまじまじと布を眺める。

そしてすぐにわたしの意図に気付いてくれた。

「この布でマントを作ったら美しいだろうな」

「留め具と色も合わせてあって丁度良さそうですね」

「ああ。だがリュシエンヌの誕生パーティーには少々間に合わないか」

二人の話にわたしは言う。

「出来れば、わたしの結婚式に着てほしいんです。特別な日に使っていただけたら嬉しいです」

お父様とお兄様が顔を見合わせた。

そして感慨深そうな顔をする。

「もう残り半年か。早いものだな……」

「結婚自体もあと一月ほどです。あっという間に十年が過ぎてしまいましたね」

「まだまだ子供だと思っていたんだがな」

「全くです」

二人だけではなく、使用人達も感慨深そうにしていて、わたしは落ち着かない気持ちになった。

……あと少しでルルの奥さんになるんだよね。

それですぐに関係性が変わるわけではないだろうけれど、夫婦という事実は大きい。

近年では珍しい学院在学中の結婚である。

「しかしリュシエンヌを任せられるのは確かにルフェーヴルしかいないのも事実だ」

王女という立場や旧王家の血筋を利用せず、わたしを幸せにしてくれる人物。

それは結局のところルルだけだ。

どの貴族も立場や血筋に影響されてしまうし、その恩恵を授かりたいと思ってしまう。

かと言って政略結婚で他国に出すことなど出来ない。

それこそ旧王家の血筋を盾に、本来の王族が王となるべきだと、わたしとの間に出来た子供を使って戦争を仕掛けられる可能性もある。

だからわたしにとっても国にとっても、ルルのところに嫁ぐのが一番良策なのだ。

「半年もあればマントも出来るだろう。結婚式にはこの布で作ったマントと留め具を、必ず着けて出席しよう」

「本当ですか？」

「ああ」

お父様が頷いた。

「私もそうしよう」

お兄様もそう言ってくれた。

……良かった、二人に残せるものがある。

「それと、お部屋にこれを飾っていただけませんか？　三人お揃いのお土産です」

ウィルビレン湖の小さな模型のような小瓶も、二人はしっかりと受け取ってくれた。

お揃いの物を持っていれば、きっと離れていても大事に思う気持ちは消えないだろう。

わたしにとってはルルが一番で、愛していて。

でも、家族の絆もわたしには大事なものだから。

お土産とお茶会と

旅から戻って五日後。その間にクリューガー公爵家の人々へ手紙を書いて送った。

エカチェリーナ様には街での案内についてのお礼を、ルイジェルノ様にはお城を見せてくれたお礼を、エルネティア様には宿泊とその間の心遣いについてのお礼を綴った手紙である。

クリューガー公爵にも、夫人達にお世話になったことのお礼を伝える手紙を書いたところ、全員、すぐに返事をくれた。

エカチェリーナ様も返事を書いた後に公爵領を出るそうなので、もう王都に戻っているだろう。

ルイジェルノ様とは手紙が入れ違いになった。わたし達が出立した翌日には手紙をくれたようだ。

夫人と公爵はまたいつでも公爵領を訪れてくださいといった感じの内容だった。

他にもミランダ様とハーシア様、ロイド様にも手紙を送った。

ミランダ様とハーシア様にはお茶会のお誘いだ。

ロイド様にはお土産を添えておいた。お兄様と色違いで同じ意匠のマントの留め具を選んだのだけれど、とても喜んでくれたようで、こちらもすぐに手紙が届いた。

お兄様にも手紙が届いたらしく「凄く喜んでいたぞ」と教えてくれた。

ロイド様は友人として、仕えるべき主君として、お兄様が大好きなので基本的にお兄様と似た物を選べば外れないと思う。

そうして今日、わたしの離宮にエカチェリーナ様、ハーシア様、ミランダ様を招待したのである。

お兄様以外を離宮に呼ぶのは初めてだ。突然決めてしまって離宮の使用人達には無理をさせてしまったので、その分、特別手当をお父様にお願いしておいた。

四人だけと言っても王女のお茶会となればそれなりに準備が要る。

余計な仕事を増やしてしまう以上、きちんとその分のお給金は出すべきだ。

本日のお茶会の場所は庭園にある東屋だ。風の通りがよく、東屋のおかげで日陰なので、夏でも快適に過ごせる場所で、わたしのお気に入りの場所でもある。

主催者なので先にいて到着を待つ。

斜め後ろに立つルルは静かにしている。

最初に訪れたのはミランダ様だった。

燃えるような赤い髪に緑の瞳をした、気の強そうな顔立ちのミランダ＝ボードウィン侯爵令嬢はロイド様の婚約者でもあり、わたしのお友達の一人で、そして学院ではクラスメートでもある。

「王女殿下にご挨拶申し上げます。本日はお招きいただき、ありがとう存じます」

「御機嫌ようミランダ様、ようこそお越しくださいました。さあ、おかけになってください」

「はい、失礼いたします」

ミランダ様が椅子に腰掛ける。

ルルが紅茶を淹れて、ミランダ様の手元に置く。

それにミランダ様が口をつけ、一息吐いて落ち着いたところで声をかける。

「先日クリューガー公爵領へ出掛けて参りました。そのお土産をお渡ししますね」

控えていたリニアさんがお土産を持ってくる。

ミランダ様の表情がパッと明るくなる。

「まあ、中を拝見してもよろしいでしょうか？」

「ええ、どうぞ」

リニアさんから箱を受け取ったミランダ様は、それを膝の上に置き、丁寧にリボンを解く。

それから箱をそっと開け、中に収められていた物を手に取った。

「これはブローチでしょうか？」

花を模した金の土台に、緑のリボンと翡翠の宝石があしらわれている。

「ええ、ブローチにも髪飾りにも使えます」

華やかでありながらも男性でも女性でも使えそうな物を選んだのには理由がある。

女性騎士になりたいと思っているミランダ様が騎士としても、ロイド様の婚約者や妻としても、どちらの時でも使用出来る物にしたのだ。騎士の時には普段は飾りなんて必要ないだろうが、夜会などの華やかな場に出るとなれば多少飾りがあっても良いと思ったのだ。

それにロイド様とミランダ様は婚約者同士で仲が良い。

けれども今まで見てきた中で、二人は互いの色を身につけたことがない。

だから後押しをしてあげたいと思った。

ミランダ様もロイド様も互いを好意的に感じているのは見ていれば分かる。

ただ、あと一歩が近付けないというふうなのだ。ミランダ様がこれをつけてくれたら、ロイド様も嬉しいだろうし、周りから見ても二人の仲が良いと分かる。

もしオリヴィエがロイド様に近付いても、二人が既に親しい関係にあると周囲が理解しているので変な噂も立たないだろう。

「ありがとうございます、大切に使わせていただきます」

ミランダ様が大事そうに箱に戻すとリボンを結び直した。

……うーん、ミランダ様もしかして分かってない？

その反応からして王女（わたし）からもらった物という認識だけな気がする。

「そちらはミランダ様とロイド様の瞳のお色を使っているものです」

「え？　……あ」

わたしの言葉に気付いたのかミランダ様の頬がほんのり赤くなる。

「余計なことかもしれませんが、もしミランダ様がロイド様のことを少なからず思っていらっしゃるのであれば、お使いください」

ミランダ様が僅かに視線を彷徨わせ、そして、頬を赤らめたまま小さく頷いた。

きっと、ミランダ様は使ってくれるだろう。

互いに微笑み合っていると次の招待客が訪れた。

「王女殿下にご挨拶申し上げます」

ハーシア様だった。淡い金髪に淡い水色の瞳の、優しげな顔立ちをした公爵令嬢。ハーシア＝ラエリア様。彼女はリシャール先生の婚約者であり、わたしのお友達で、エカチェリーナ様とミランダ様と共にいつもわたしが社交界で失敗しないよう助けてくれる。

おっとりしたハーシア様が挨拶をする。

「御機嫌よう、ハーシア様。ご足労いただきありがとうございます」

「いいえ、こんなに美しい場所へお招きいただき光栄ですわ」

「そう言っていただけて嬉しいです。どうぞおかけください」

「ええ、失礼させていただきます」

ハーシア様も席に着く。

そこでルルが箱を持って来る。

「先日クリューガー公爵領へ出掛けましたので、お土産をどうぞ。大したものではありませんが」

「あらまあ、いただいてよろしいんですの？」

「ええ、是非お持ちください」

ハーシア様は箱を受け取ると、連れて来た侍女へそれを渡した。

お楽しみは後で取っておくタイプらしく、楽しそうに侍女の抱える箱を眺めている。

ちなみにハーシア様のお土産はリシャール先生の分と合わせて、金属製の栞と布製のブックカバーである。ハーシア様は、実は結構な読書家らしい。恐らくリシャール先生もそうだろう。

だから二人分のお揃いの栞とブックカバーを選んだ。

最後にエカチェリーナ様が訪れる。

「王女殿下にご挨拶申し上げます」

礼を執り、笑顔を向けられる。

それにわたしも微笑み返す。

「数日ぶりですね、エカチェリーナ様。お疲れのところを来てくださり、ありがとうございます」

「いえ、一日休みましたので大丈夫ですわ」

手で椅子を勧めればエカチェリーナ様が座る。

エカチェリーナ様には王家で愛飲されている特別な紅茶の茶葉を帰りに渡す予定である。

これで全員が揃った。

「何だかこうして四人でテーブルを囲むのは久しぶりですわね」

エカチェリーナ様の言葉にハーシア様が頬に手を当てて、残念そうに肩を落とした。

「私(わたくし)だけ仲間外れですものね」

この四人の中でハーシア様だけは学院を既に卒業してしまっている。

そのため、他二人よりもハーシア様と顔を合わせる機会が少なかった。

「夜会や他のお茶会ではのんびりとお喋りをするわけにはまいりませんもの、仕方ないとは分かっておりますけれど、やはり少し寂しいですわ」

はあ、と溜め息をこぼしたハーシア様に全員が苦笑してしまう。

「そういえば学院と言いますと……」

ミランダ様が声を落とす。

思わず全員がやや前のめりになった。

「かの男爵令嬢はどうやらそろそろボロが出てきているようですわ。悪評が改善しつつありましたけれど、夏期休暇に入って以降は荒れているのか、良い噂が消えつつあります」

……そうなんだ？

「頑張っていらしたのは知っていますが、何かあったのでしょうか？」

ミランダ様の目が光る。

「男爵令嬢はリュシエンヌ様の悪評を流して体面を傷付けようとなさったようですが、逆にご自分の評価を落としただけではなく、それを見た他のご令嬢やご夫人方が離れていったそうなのです」

「まあ、もしかして味方が減ったことと企みが上手くいかなくて苛立っていらっしゃるのかしら？」

「ええ、稚拙で愚かな企みですわ」

男爵令嬢が王女の評判を落とすようなことを口にしていれば、当然、周囲から人が離れていく。

今はわたしが見逃しているけれども、もしもわたしが不敬だと言えば、男爵家程度の家はあっという間に消えてしまうだろう。

オリヴィエはルルを狙っている。

オーリの存在がなければ、わたしも容赦しなかっただろう。

現在はあえて泳がせているだけだ。

「リュシエンヌ様、そろそろあの方に身の程というものを理解させるべきではございませんか？」

ミランダ様が不愉快そうな顔で言う。

わたしはそれに困ってしまった。

「それで行いを改めるのであれば最初からそのようなことはしないと思います」

下手に近付いて注意をしたら、オリヴィエが「ほら、やっぱり虐められた！」と誇張して被害者ぶるのは目に見えている。それに、やられたからとわたしまで同じ程度に落ちる必要はない。

何が嘘で何が本当かは周囲も分かっているはずだ。

むしろ下手に騒ぎ立てると「本当に虐めていたのでは？」と疑う人も出てくるかもしれない。

だから関わらずにいたほうが良いのだ。

わたしがオリヴィエと関わっていなければ、そもそも虐めなど起こるはずもない。

オリヴィエの言葉が嘘だということになる。

それを説明して苦笑する。

「関わらないのが一番です」

「それは、そうかもしれませんが……」

ミランダ様が眉を下げた。

「リュシエンヌ様は好き放題にされてもよろしいのですか？」

ハーシア様が言い、ミランダ様が頷く。

わたしは持っていたティーカップを置いた。

「王女（わたし）が男爵令嬢（かのじょ）を潰すのは簡単でしょう。ですが、旧王家の血を濃く引くわたしには常に寛容さが求められているのです」

たとえそれが法に則ったものだとしても、わたしがちょっとしたことで誰かに重い罰を与えれば、人々は旧王家の行いを思い出すだろう。

まだ大した被害も受けていないので、ここでオリヴィエを重く罰したら「やりすぎだ」と言われる可能性のほうが高い。

「もし彼女を裁くのであれば、もっと明確に王女（わたし）へ敵意のある行動を起こした時でなければなりません」

その時はオリヴィエを罰することになるだろう。

ただ、そうなればオーリが可哀想ではある。

「いずれは罰を与えると？」

「ええ、このまま悪化するようでしたら仕方がありません」

ハーシア様の言葉に頷く。

わたしとてただ黙っているわけではない。

オリヴィエの行動が見過ごせなくなれば重い腰を上げることになる。出来ればそうなる前にオーリが体の主導権を取り返してくれたらと思うけれど、それは難しいかもしれない。

「その際は、さすがに見逃すことは出来ません」

酷くなった場合にはオリヴィエのほうの記憶を封じるしかない。

そのためにも早く魔法を完成させなければ……。

「リュシエンヌ様のお優しさは美点ですが、いざとなったらそのお優しさは捨てるべきですわ」

エカチェリーナ様が言った。

「男爵令嬢は王家に忠誠心があるとは思えません。貴族のそれを戒めるのも王族の務めでしょう」

「……そうですね」

「もし男爵令嬢の行いが目に余るようでしたら、わたくしも黙ってはおりませんわ」

エカチェリーナ様が扇子を開いて顔を隠す。

けれど、その眦(まなじり)はつり上がっている。どうやら既にかなりのご立腹らしい。

「出来ればその時には一言、声をかけていただけたら嬉しいです」

「……止めませんの？」

「エカチェリーナ様が看過できないということは、恐らく、他の方々から見ても酷い状況なのでしょう。貴族同士であれば周りもそううるさく言う方はいないと思います」

わたしよりもエカチェリーナ様のほうが貴族への影響力があり、あれこれと言われにくいだろう。

ただ問題があるとすれば男爵令嬢が「王女の取り巻きに虐められた」と言いふらし、更に話が拗れることだ。わたし達は友人同士であるが、原作では、リュシエンヌの周りには貴族の子息令嬢が何人か取り巻きとなっていた。その取り巻き達も原作ではヒロインちゃんを虐めていたのだ。

原作通りに進ませるために、そう言い出すはずだ。

「あくまでも注意喚起に留めていただければ。あまりやりすぎると大騒ぎされますから」

「ええ、心得ております。まずは男爵令嬢の周囲にいる者からそれとなく伝えてみますわ」

その後はオリヴィエの話はやめて、ミランダ様とハーシア様にクリューガー公爵領でのことをのんびりと話しながらお茶会をした。

ミランダ様もハーシア様も羨ましがっていた。でもそれはわたしではなく、わたしと過ごしたエカチェリーナ様に対してだったのが少しおかしかった。

ミランダ様もハーシア様も、エカチェリーナ様と仲が良いはずなのに。

わたしはルルとイチャイチャしているだけだから、一緒にいても面白くないと思うのだけれど。

エカチェリーナ様はどこか自慢げだった。

予想外

リュシエンヌとルフェーヴルの婚姻まで、もうあと半月だ。

アリスティードは日記を綴りながら考える。

十年前、初めて会った妹が、もうそのような年齢を迎えるのだと思うと感慨深くもある。

同時に寂しさと何とも言えない切なさも感じていた。

初めて恋をし、愛した少女が結婚する。

リュシエンヌに対する愛は、この十年で少しずつ恋情から家族愛に変化しつつあった。

それでも感じる切なさに、諦めが悪い男だと内心で自嘲する。

リュシエンヌが結婚するのはルフェーヴルだ。ルフェーヴルを羨ましく思う気持ちもある。

だが何よりリュシエンヌには幸せになってほしい。

クリューガー公爵領に迎えに行った時から二人が身につけているピアスと指輪には気付いていた。

ピアスは一対を二人で、同じ意匠の指輪を左手の薬指にはめて、リュシエンヌは時折それを確かめるように触る。ルフェーヴルもたまに耳に触れていて、似た者同士の二人であった。

以前は同じデザインの衣装も着ていた。とにかく揃いの物が欲しいらしい。

どことなく子供っぽさはあるが、それだけ互いに執着しているということだ。

あの二人は昔から相思相愛なので、結婚すれば、きっと今以上に仲睦まじくなることだろう。

ルフェーヴルならばリュシエンヌを命懸けで守る。

この十年、アリスティードは誰よりも近くで二人の関係を見守り続けた。

リュシエンヌの心にいるのはルフェーヴルだけだ。

ルフェーヴルの心にいるのもリュシエンヌだけだ。

そんな二人だからこそ、アリスティードは二人を祝福したいと思ったのだ。

アリスティードもリュシエンヌを思っているが、ルフェーヴルほどリュシエンヌを優先することが出来ない。だからルフェーヴルに勝つこともないし、そもそも勝負にすらなっていない。

それならば良き兄として傍にいよう。

そう思って行動してきた。

だがそれもあと半年ほどで終わりを告げる。

式を挙げればルフェーヴルは今度こそリュシエンヌを連れて行くだろうし、リュシエンヌもルフェーヴルについて行くはずだ。兄として色々としてやれるのはあと少ししかない。

そしてアリスティードも卒業後、しばらくしたらエカチェリーナと結婚することになる。

エカチェリーナは良い伴侶となるだろう。彼女とならば、燃えるような恋はなくとも、家族としての穏やかな愛情は育めると思っている。

アリスティードの心にあるのは初恋への未練だ。

自分でもそれを分かっている。これは断ち切るべき想いなのだと。

「……ルフェーヴルか」

背後で感じた気配にアリスティードは振り返らずに声をかけた。

「そうだよぉ」

十年前から変わらない緩い口調で返事をする。

昔はこの口調に苛立ちも感じたが、今ではもう慣れた。

「何の用だ？」

日記へ視線を落とす。

日々のことを書いているが、半分近くはリュシエンヌの様子などについて書かれている。

人にはあまり見せられないだろう。

「リュシーの卒業後についてちょっとねぇ」

「お前のところに連れて行くのだろう？」

「うん、そうだけどぉ、その後の話ぃ」

アリスティードは日記を書きながら問う。

椅子にでも座ったのか、ぼふっと音がする。

「アリスティードはさ、今後もリュシーに会いたい？」

思いの外、真剣な声だった。驚いてアリスティードは振り返った。

ソファーに座ったルフェーヴルは両膝に両肘を置き、そこへ頬を乗せている。

王太子の前でする格好ではないが、その表情は口調と同様に真剣なものだった。

灰色の瞳に見つめられて一瞬躊躇ったが、正直に己の心情を吐露することにした。

「会いたい。家族と離れ離れになって喜ぶ者はいないだろう。私は兄として妹が大事だし、これからもそうだ」

ルフェーヴルがうんうんと頷いた。

「まあ、そうだよね」

ルフェーヴルの口元だけが弧を描く。

「それだけど、結婚後も時々ならこっそりこっちへ連れて来ようかなって思ってね」

「良いのか？」

アリスティードは更に驚いた。

ルフェーヴルはリュシエンヌを溺愛している。

結婚後は軟禁状態に近いような暮らしとなるだろう。

そしてリュシエンヌはそれを受け入れるだろう。

二人だけの世界で過ごすのだろうと容易に想像出来た。

「リュシーもアリスティード達のことは大事に思ってるしさ、まあ、さすがに毎日は無理だけどね」

「リュシエンヌの顔を見られるなら、文句は言わない」

「そ〜ぉ？　じゃあたまに連れて来るよ」

そしてルフェーヴルは跳ねるように立ち上がった。

「そういうことでヨロシク〜」

それだけ言ってルフェーヴルの姿が掻き消える。
恐らくスキルを使用したのだろう。昔から突然現れては消えるのは相変わらずだ。
それでもルフェーヴルもこの十年で変化があったということか。
良い変化なのか、悪い変化なのかは分からない。
ただ、ルフェーヴルも、リュシエンヌも以前より人間らしくなった。
そして自分も成長すべきなのだ。
席を立ち、窓のカーテンを僅かに開く。
「……幸せにな、リュシエンヌ、ルフェーヴル」
美しい満月が空に昇っていた。

＊　＊　＊　＊

どうして、と思う。
悪役のリュシエンヌは数日、王都を離れていた。
その間に何とかリュシエンヌを悪役にするために噂を流そうとした。
沢山の夜会やお茶会にも出席した。この夏の時季は社交シーズンである。
夜会や茶会でリュシエンヌの悪い噂を流し、自分は被害者になる。
そうすればアリスティードが噂を聞いて、オリヴィエのところに会いに来ると思った。
アリスティードは真面目で誠実なキャラクターだった。

義妹の行動を聞いて謝罪とまではいかずとも、何かしら反応してくれるはずだ。

そう、考えていたのに――……。

「これも、これも、こっちも、どういうこと⁉」

最近出来た『友人達』は噂を広めてもらうためにわざわざ仲良くしていた。

だが、出したお茶会の招待状の半数以上が断られた。

それどころか、夜会やお茶会の招待状まで減ってしまった。

今までは招待状を送ってくれていた家のいくつかから、招待状が届かなくなった。

母親と父親には叱られた。

ありもしない王女の噂を立てるな。王家に逆らう気なのか、と。

特に父親は怒り、焦っていた。

私の行動のせいで、いくつかの貴族から付き合いを考えさせてもらうと言われたらしい。

そんな貴族達など切り捨ててしまえばいい。

セリエール男爵家の事業は上手くいっている。

多少、貴族が離れたところで商売相手は他にいくらでもいるだろう。

だが母親に「離婚されたら私もお前も平民に戻ってしまうのよ」と叱られたので、仕方なく父親の言葉に従い、噂を流すのをやめた。

「リュシエンヌを悪役にして何が悪いのよ？　本来のストーリーに戻してるだけじゃない！」

それなのに何故オリヴィエが非難されるのだ。

届いた手紙の中には、父親に届いたものと同じように「今後の付き合いは考えさせてほしい」「付き合いは控えさせてもらう」といった内容のものが多い。

父親と母親はオリヴィエの流した噂を消すために苦心しているらしいが、オリヴィエからしたら事実である。

……あの女がヒロイン（わたし）の居場所を奪ったのよ。

居場所を取られたオリヴィエは被害者だろう。

苛立ちに任せて持っていた手紙を破く。返事なんて書く必要はない。付き合いたくないというならば、こっちから切ってやる。ただでさえ貴族の付き合いは面倒なのだ。人数が減れば負担も減る。

オリヴィエは破いた手紙を乱暴にゴミ箱へ突っ込んだ。

そうして残った手紙を再度読み返す。

友人は減ったが、それでもまだいる。その中から届いたお茶会の招待状に返事を書いていく。

彼女達はオリヴィエの話をよく聞いてくれる。貴族の付き合いは面倒だが、彼女達ならオリヴィエの不満を聞いて、また慰めてくれるかもしれない。

あれらはなかなか良い。オリヴィエを持ち上げて、慰め、優しくしてくれる。

だから友人にしているのである。

＊　＊　＊　＊　＊

「……綺麗だねぇ」

離宮の屋根の上に座り込み、ルフェーヴルは空を見上げる。

リュシエンヌは入浴中だ。

ルフェーヴルは先ほどまでアリスティードの離宮へ行っていた。

……自分でも驚きだよねぇ。

十年前——もうすぐ十一年前となるが——、リュシエンヌと結婚すると決めた時、ルフェーヴルは結婚後、リュシエンヌを外界から隔離して生活させようと考えていた。

もちろん、そうしたい気持ちは今も変わらないが。

しかし少しだけ心境が変化した。ルフェーヴルとリュシエンヌだけの世界に、僅かだけれど、アリスティード達をまだ関わらせても良いと思うようになった。

リュシエンヌを独り占めしたい。

でも、リュシエンヌの笑顔も見たい。

リュシエンヌはアリスティードと本当の兄妹のように育った。

アリスティードは妹を可愛がり、リュシエンヌは兄を慕っている。

そしてクリューガー公爵令嬢にもリュシエンヌは懐いている。

ルフェーヴルに向けるものとは違う笑顔を向ける。

それを妬ましいとは思わない。

好きの種類が違っており、ルフェーヴルに向ける笑顔こそがリュシエンヌの本当の顔だ。

だけど、ルフェーヴルはリュシエンヌが家族や友人に向ける表情も好きだ。

リュシエンヌを隔離してしまえば二度とその笑顔が見られなくなるだろう。

それは、少し残念だった。

だからルフェーヴルはクリューガー公爵令嬢にも会わせると、リュシエンヌと約束した。

そしてクリューガー公爵令嬢に会わせるなら、アリスティードやベルナールにも会わせてやったほうが良いのではないかと気付いた。そうすればリュシエンヌはきっと喜ぶ。

「月ってこんなに綺麗なものだったっけ？」

丸い満月を見上げながら呟く。

リュシエンヌと共に過ごした十年は新鮮な発見の連続だった。

思い返すとあっという間の十年だった。

あと半月でリュシエンヌとルフェーヴルは結婚する。

式は卒業後となるけれど、リュシエンヌの十六歳の誕生日に婚姻届は受理される。

そうなれば二人は夫婦になる。

ルフェーヴルは不思議な気持ちだった。

それはどこか酒を飲んだ時に似ている。高揚感と、少し酩酊したような、心地好さ。

言葉では言い表せない充足感。ずっとずっと欲しかったものが手に入る。

この十年、傍で守り続けた。この十年、成長を眺めた。

十年前は片腕で抱き上げられるほどに小さかったリュシエンヌが、今や女性へと成長しつつある。

ルフェーヴルの予想以上に美しくなった。

「オレが結婚かぁ」

暗殺者という職業柄、十年前にリュシエンヌと出会うまでは結婚など考えもしなかった。

結婚すると決めてからも、リュシエンヌが幼かったこともあり、あまりその実感がなかった。

しかしこの十年、成長していくリュシエンヌを傍で見て、この子が自分の妻になるのだと段々実感が湧いた。

それに家や家具を買うのも楽しかった。

リュシエンヌの好みとなるように、家を整える指示を出すのも面白かった。

巣作りがこうも心躍るものだと知ったのはリュシエンヌのおかげである。

夫婦になるからと言って何か関係が変化するわけではない。肩書きが増えるだけだ。

「お嫁さん？　奥さん？　……うん、奥さんの方がしっくりくるかもぉ？」

オレの奥さん、と口の中で呟く。

まだリュシエンヌに出会う前、兄弟弟子が結婚すると聞いた時、ルフェーヴルは暗殺者稼業でよく結婚しようと思ったなと考えたが、今なら分かる。

職業がどうとか、そんなものは関係ない。

傍にいたい。愛したい。愛されたい。相手を自分のものにしたい。

だから結婚する。他人に取られないように結婚という鎖で縛る。

あまりにも脆くて、不安定で、頼りない鎖だけれど、ルフェーヴルはその鎖に自分が縛られるのを心地好いと感じている。リュシエンヌにならば縛られてもいい。

「早く結婚したいなぁ」

月を見上げながらルフェーヴルは笑う。

夜空へ翳（かざ）したその左手には、指輪が一つ、光っていた。

ドレスと慈善活動

王室御用達の服飾店の人が来た。

旅で購入した布でドレスを作ってもらうためだ。

離宮を訪れた服飾店の店主とデザイナー、お針子達を応接室へ通す。

準備を終えた頃に向かえば、いつも通りに丁寧な礼を執って出迎えられた。

「王女殿下にご挨拶申し上げます」

店主もデザイナーも洒落たドレスを着ている。

しかし派手ではなく、センスが良いなと思わせる落ち着いた品のあるものだ。

「急に呼び出してごめんなさい。ご連絡した通り、購入した布で作ってほしいドレスがあるの」

「王女殿下のお召しになられるものでしたら、いつでも、最優先でお作りいたします。それをお作りするのが私共の誉れでございます」

「ありがとう」

数日前に新しいドレスを作りたいと送った手紙に店主はすぐに反応してくれた。

感じられる気配はわたしを敬うもので、恐らく本当にそう思ってくれているのだろう。

まずはソファーを勧めて座ってもらう。メルティさんが紅茶を淹れてくれた。

「実は今回お願いするドレスの一つは、今までのものとは少し趣向を変えたいの」

手を叩けば侍女達が旅で購入した布を持ってくる。

そのうちの二つを手で示す。

「この布と、この布を、わたしと婚約者の衣装に仕立ててほしいのです」

黒い布地に紅い花が描かれたものと、白い布地に赤い花が描かれたもの。

どちらも同じ花の刺繍だ。

店主とデザイナーが断りを入れて布に触れ、刺繍と布の質を確かめる。

「良い布ですね。何度も染めてムラがなく、刺繍もとても丁寧な仕事ぶりです」

「クリューガー公爵領の織物市で購入しました」

「なるほど、良い品なのも頷けますね」

服飾店の人々も認める織物市。そこで直に見て、購入出来たのは幸いだった。

それからルルに持ってもらっていたものを、二人へ渡すように指示を出す。

「この布で、こちらのドレスを作っていただけないでしょうか？」

それはわたしが描いたデザイン画である。王族の学びの一つに芸術があり、絵もある程度習っていたのもあり、前世の記憶もあって、何とか描けた。

ルル用の男性服とわたし用のドレス。どちらも出来る限り意匠が同じになるようにした。

ルルのほうは、ほぼ男性用のチーパオである。袖や襟に付けられたフリルは白で、生地は黒だ。

現在の男性服とは異なり、上着の前も後ろも長いことに服飾店の二人は目を丸くしていた。

長いスリットに長ズボンで、ルルの足がより長く見えることだろう。

そしてわたし用のドレス。

ドレスだが、やや首回りが開いたもので、胸元から袖にかけて黒いフリルがあしらわれている。

白い生地に紅い花の刺繍された布は四つに分かれており、前と後ろは胸元から膝下くらいまであり、左右は腰から繋ぎ合わせる形だ。両脇は黒い絹の布地だ。四つの布の下部が合わさる部分には黒いリボンで房飾りがある。

白い生地のスカートは逆さまにしたチューリップのようで、その下に黒いフリルとレースのスカートを重ねて穿く。その上から白い生地で作った丈の短いボレロのような上着を着る。首元はチャイナドレス特有のあの独特な釦（ぼたん）で飾り、そこにも房をつける。

袖はかなり短く、ほぼノースリーブに近い。それに黒いレースの長い手袋をつける。

ルルとわたしは同じ意匠で対の色味になる。

……前世で言うとスカート丈の長いゴスロリチャイナ？

明らかに異国の雰囲気が漂う異色の衣類だ。

「どうでしょう？」

黙ってデザイン画を見ていた二人が口を開く。

「これは斬新ですわ……」

「飾りが最低限なのに、不思議と地味さはありませんね。ですが房飾りをドレスに使用するとは考えもしませんでした。何故房飾りは黒なのでしょう？」

「黒いフリルや生地もそうですが、婚約者と対の色合いだと分かりやすくしたいので」

ちなみにわたしの髪形も、チャイナっ娘のあのお団子を頭の左右に結ってもらう予定だ。

そこにチャイナドレスと同じ布のリボンを飾ろうと思う。

「……変ですか？」

今までにないドレスのデザインだ。

「初めて目にするデザインですが、おかしくはございません。きちんと足も隠れておりますし、少々今までのものとは異なりますが形も似ておりますのでそこまで拒否感もないでしょう。コルセットも合わせられるかと思います」

店主がデザイン画から顔を上げて言う。

その横でデザイナーが興奮した様子でデザイン画を見て、顔を上げて身を乗り出した。

「このデザイン、上手く使えば夏場のドレスをもっと涼しく出来るのではないでしょうか？　たとえば、このドレスの裾にフリルだけを縫い付けるのです。そうすれば何枚も穿かなければならなかったスカートを減らせます。フリルを段にして縫い付ければ下はパニエだけでもふんわりした形になると思うのです」

「本当ですか？　もしドレスを改良出来れば、夏場の暑さも着替えの手間もかなり減りますね」

通常、スカートをふんわり形作るために、最低でも厚手のものを三枚は穿く必要がある。そうしなければ綺麗に広がらないのだ。

熱中症で倒れることもある上、何枚も穿くので着替えに手間がかかる。

デザイナーがラフ画を描き始める。

それを店主とわたしとで見守った。

「このように作るのはいかがでしょう？」

そう言ってデザイナーがスカートの断面図が描かれたラフ画を見せてくれた。

チャイナドレスの裾にフリルを段になるように縫い付ける。フリルは上から下にかけて幅広になっていくもので、そのおかげで腰の辺りから足元にかけてふんわりと広がっている。

普段着るドレスに比べると少々広がりが弱いけれど、それでも問題のない範囲である。

フリルの違いを利用して段を作るなんて凄いと思う。

「これは素晴らしいですね。夜会用は今まで通りでも良いとして、昼間のドレスはこれで十分問題ないと思います」

昼間に着るドレスは夜会のものより地味だ。活動することを考えてやや簡素である。特に夏場の暑い時季は、あまり重ね穿きをしなくて済むようなドレスのほうが良い。

「ドレスの軽量化にもなりますし、余ったフリルでもう少し華やかに飾っても良いでしょう」

店主が手を伸ばしてラフ画に手を加えていく。

胸元と手袋にフリルが足されていく。

白地に紅い花のチャイナドレスはスカート部分がふんわりと広がり、裾には黒い房飾りがあしらわれ、胸元と手袋、下のスカート部分は黒い大きなフリルと目の細かいレースをたっぷり使用して華やかに。胸元には刺繍と同じ花のコサージュ。コサージュはルルとお揃いになった。

脇の黒い絹の部分には光沢のある同色の糸で植物の刺繍が施される。

頭のお団子もチャイナドレスの生地と同じものでリボンをつけて、黒いフリルが使用される。

フリル部分が増えて更にゴスロリ度が上がったけれど、なかなかに可愛らしいドレスになった。

「可愛い！　学院の卒業式に着たいのでお願いしてもいいでしょうか？」

「ええ、もちろん。卒業式まででしたら時間も十分にございますし、フリルにこだわってよりふんわりとスカートが広がるように考えてみましょう」

針子達に布を託す。

それから店主が口を開いた。

「それと、こちらは陛下よりご注文いただいておりましたドレスなのですが……」

布をかけたトルソーを手で示される。針子達が丁寧にその布を取る。

「王女殿下がご結婚の際にお使いになられるようにとのことで、補修をさせていただきました」

布の下には真っ白なドレスがあった。白く滑らかな光を反射させる生地には、同色のレースやフリルがふんだんにあしらわれている。後ろの襞の長さで花嫁衣装なのだと分かる。

白一色だと野暮ったく見えてしまいそうだが、サテン生地のような反射だけでなく、小さなダイヤモンドを数え切れないほど縫い付けてあった。

白い手袋に白いレース。前世の花嫁用のドレスを思い起こさせた。

「綺麗……」

思わずうっとりと眺めてしまう。

「このドレスはファイエット侯爵夫人、今は亡き王妃様と陛下がご結婚された時に使用されたものでございます」

「まあ……」

……ファイエット侯爵夫人の？

わたしから見れば義理の母となる人だが、わたしが引き取られる前に亡くなっており、面識もなく、今までお父様やお兄様からもあまり話を聞いたことがなかった。

お母様、と呼んでいいのかすら分からない。

だからその話題には触れてこなかった。

でも、お父様は妻である女性の花嫁衣装を、わたしに着るようにと用意してくれた。

それは、きっと、ファイエット侯爵夫人を母として思っても良いという意味だ。

花嫁衣装は母から子へ受け継がれるものが多い。

お父様はわたしを実の子のように思ってくれて、大切な妻の花嫁衣装を与えてくれた。

その気持ちが嬉しい。

そっと頬にハンカチが押し当てられる。気付けば、泣いてしまっていた。

ルルが貸してくれたハンカチで涙を拭う。

「ごめんなさい、嬉しくてつい……」

肖像画でしか見たことのない人だけれど。

もしも生きていたら、義理でも、母親と子として接することが出来たのだろうか。

……大切にしよう。

生涯にたった一度しか着ない花嫁衣装。

お母様のドレスに、お父様の用意した指輪をはめて、わたしは式を挙げる。

想像するだけで胸が熱くなる。

「半年後が楽しみです」

このドレスを着て、ルルの隣にわたしは立つ。

その日がただただ待ち遠しい。

＊　＊　＊　＊

そろそろドレスを見ている頃だろうか。

山になった書類を片付けつつ、ベルナールは娘について思いを馳せた。

亡き妻の花嫁衣装。妻が自分の下へ嫁いだ際に着ていたドレスだ。

まだ旧王家の圧政の中、もしもの時にはそれに使用されている宝石やドレス自体を売って換金出来るようにと妻の両親が用意してくれたものだ。

だが妻の生家は既にない。正確には領は残っているが、他領と統合されて、妻の生家の者達は現在の領主である貴族に仕えている。

そして妻の両親と妻の兄で嫡男だった次期当主は、妻と同じ流行病で亡くなった。

最後まで領民に寄り添い、領民のために奔走したものの、それにより病に倒れてしまった。

……皆、生き急ぎすぎだ。

民を思う心は大切だが、妻には自分自身も大切にしてほしかった。

当時、まだ幼かったアリスティードが亡くなった母親に縋りつき、大声を上げて泣く姿を昨日のことのように思い出せる。

妻は頑なに自分のために金を使おうとはしなかった。領民のためという気持ちは美しいが、家族の気持ちももう少しばかり考えてくれたなら、とも思う。

自分もアリスティードも大切な家族を失った。

あの時の絶望や無力感は忘れられないだろう。

病によって痩せこけ、苦しかったはずなのに、彼女は最期まで笑顔を絶やさなかった。

政略結婚ではあったが、ベルナールは妻を愛していた。

その妻は亡くなる前に様々なものを手放した。宝石などの装飾品も、ドレスも、換金出来る物はほとんど売り払い、それを民のために使ってしまった。残っていたのは結婚指輪と少しの装飾品、数着の質素なドレス、花嫁衣装のあのドレスだけだ。

花嫁衣装は母から娘へ受け継がれる。

……構わないよな、ヴィヴィア？

きっと心優しい妻ならば許してくれるだろう。

ベルナールは十年、リュシエンヌの成長を見守ってきた。

国王という立場上あまり一緒にいてやれなかったが、それでも、常に影から報告を受けていた。

暮らしに困らないように、学びに困らないように、出来る限り配慮もした。

義理とは言えど、娘となった以上はアリスティードと区別をせぬように心がけた。

初めて見た時は痩せてボロボロの子供だったが、もうすぐ十六歳で成人を迎える。

リュシエンヌは良い子だ。滅多に我が儘も言わず、贅沢もせず、何かを学ぶことや魔法が好きで、努力を惜しまない素直な子だ。ルフェーヴルへの執着は強いものの、それはルフェーヴルも同様だ。

……ドレスを喜んでくれているだろうか。

今までリュシエンヌは妻に関することは触れてこなかったが、恐らく、母親と呼んで良いものなのか分からなかったのだろう。

アリスティードも亡き母についてあまり口にしない。もしかしたらベルナールもアリスティードも、リュシエンヌで家族の穴を埋めようとしていたのかもしれない。

母親を失い荒れていたアリスティードはリュシエンヌを引き取って以降は穏やかになった。

家族を喪った悲しみを新しい家族で補う。

妻に、母に、向けられるはずだった愛情の分をリュシエンヌに押し付けているだけなのかもしれない。それでも良い子にリュシエンヌは育ってくれた。

亡き妻の残した花嫁衣装を着たリュシエンヌは美しいだろう。

……ヴィヴィア、あの子を見守ってやってくれ。

「陛下、こちらの書類のご確認もお願いいたします」

側近の言葉に我へ返る。

「……ああ」

子供の成長は早いものだと内心で苦笑しつつ頷いた。

リュシエンヌの婚姻まで半月を切っていた。

十年という月日はあっという間だった。

＊　＊　＊　＊

「フレイス孤児院へ行くのは久しぶりだな」

同じ馬車の中、お兄様が言う。

慈善活動にも力を入れているお兄様とわたしだけれど、実は一緒に孤児院へ慰問するのはそれほど多くはない。お兄様とわたしとで普段は慰問先が異なるように予定が組まれている。

そのため、大きな孤児院への慰問にのみ、お兄様と一緒に向かうのだ。

「そうですね」

「ケインにも随分と会っていないしな……」

お兄様がどこか寂しげな顔をする。

「ケイン様、ですか？」

「ほら、茶髪に同じ色の目の、気の強そうな奴だ。幼い妹が一人いる」

「ああ、あの方ですね」

最初に慰問に行った時に一緒に遊んだ男の子だ。

何故かルルがジッと見ていたので覚えている。

「院長の話では騎士を目指して学院にも入学しているようなんだが、一年だからな、会いに行くには一年の教室へ行かなければならないんだ」

ああ、と納得する。一年の教室はお兄様にとっては避けたい場所だ。

オリヴィエに遭遇する確率も上がるから、行きたくても行けないのだろう。

「そのケイン様とお会い出来るといいですね」

「そうだな、今は夏期休暇中で帰っているだろうしな」

そうこうしているうちに馬車が停まった。フレイス孤児院に到着したようだ。

馬車の扉が開き、お兄様の従者、ルル、お兄様、わたしの順に降りる。

いつものように院長が出迎えてくれた。

中へ通されて、近況について聞く。

物は足りているか、子供達に食事はさせられているか、困ったことはないか、運営状況はどうか。

それらを聞き終えてから、子供達に会う。

どういう訳かわたしは小さな子達に好かれやすく、どの孤児院でも子供達と遊ぶことが多い。

逆に成人に近い子供達からは遠巻きにされることが多くて、まあ、それは長身のルルがぴったりと傍に控えているのも理由かもしれないが。

お兄様と共に応接室を出て中庭へ向かうと、待っていたのか、わたしと同年代くらいの茶髪の男の子が出入口の近くに立っていた。

……あ、ケイン様かな？

記憶よりもずっと逞しく成長した男の子に、お兄様が一瞬嬉しそうに目を細めた。

「わたしは子供達と先に遊んでおりますね」

お兄様に声をかけ、ケイン様だろう男の子に目礼をして横を通り抜けた。

背後からお兄様の明るい声が聞こえたが、わたしはルルと共に子供達のほうへ向かったのだった。

＊　＊　＊　＊　＊

アリスティードは久しぶりの再会に喜んだ。

この三年ほど、彼とは会っていなかった。

「久しぶりだな、ケイン」

アリスティードは近付き、ケインの腹を軽く拳で突いた。

その気安い態度にケインは目を丸くした。

しかしそれも僅かな間のことで、すぐに破顔すると、ケインは頷いた。

「ああ、久しぶり、アリスティード」

アリスティードが差し出したままの拳に、ケインも自分のそれをコツンと押し当てた。

ニッと口角を引き上げてケインは笑った。

「学院に入学したそうだな。何でも剣の腕がかなり良いと聞いたぞ？」

「ああ、それは俺もビックリしてる。自分に剣の才能があるとは思ってなかったから」

「そうなのか、だがどこで剣の腕を磨いたんだ？」

それからアリスティードとケインは場所を移動して、中庭の見える花壇の縁に二人で座り込んだ。

そこでアリスティードはケインのこれまでを知った。

十二歳で引退した騎士の下に弟子入りしたこと。

勉強も、剣も、孤児院での仕事も続けたこと。幸いケインには剣の素質があった。

勉強はまだイマイチだけれど、剣の腕で特待生制度を受けられるようになったこと。

離れた場所で子供達と遊ぶリュシエンヌを眺めながら、アリスティードはケインの話を聞いた。

「それにしても、アリスティードって運動だけじゃなくて頭も良いんだな。前期試験の結果、見たぜ？」

ケインの言葉にアリスティードは苦笑する。

「妹に負けた情けない兄さ」

「あー……えっと、まあ、そういうこともあるだろ。お前は真面目で努力家だしさ、中期試験と後期試験だってあるし、巻き返す機会はまだまだあるって」

「……そうだな」

ケインは正直な男だ。だからか、人を慰めるのは下手らしい。

けれどもその正直さがアリスティードには好ましかった。

変に気を遣われるより、中身の薄い褒め言葉を重ねられるより、ずっと良い。

「ケインのほうはどうだ？」

「俺はまだまだだな。少しずつ順位は上がってるけど、近衛騎士になるにはもうちょっと良い成績じゃないといけないし」

「近衛騎士になりたいのか？」

「ああ、そのつもりだ」

学院を卒業していれば王城の騎士になれる確率は高いが、近衛となれば更に難しい。

王族の身辺警護を行うため、ただ腕が良いだけではダメなのだ。

ケインが視線を上げる。それを目で追った先にはリュシエンヌがいた。

子供達と楽しそうに走り回っている。

もうすぐ十六歳になるし、見た目はもう少し大人びて見えるのに、ああして子供達と遊んでいるとファイエット邸にいた頃のリュシエンヌを思い出す。

「俺さ、最初は王女殿下の護衛騎士になりたかったんだ」

ケインの告白にアリスティードは驚いた。

「え？」

思わずケインを見れば、バツが悪そうに鼻先を掻いている。

チラリとアリスティードを見た茶色の瞳が、リュシエンヌへ向き、地面へ落とされる。

その横顔はどこか困ったようなものだった。

「多分、俺、綺麗な王女殿下に憧れてたんだ。護衛騎士になって、王女殿下を守れたらいいなって思っててさ。でも王女殿下は学院を卒業したら結婚するだろ？　俺は間に合わない」

そして茶色の瞳がまたリュシエンヌへ向けられる。

それは恋情というより、確かに、本人の言う通り憧憬に近いような気がした。

恋と言うには未熟で、でも憧れと呼ぶには少しだけ熱を孕んでいる。

……そうか、お前もか……。

アリスティードはその時、ケインに仲間意識を感じた。

「私だって、結婚後はあまりリュシエンヌと会えなくなる」

だから仕方ないのだとアリスティードもリュシエンヌへ視線を移した。

横から視線を感じて顔を戻せば、ケインはアリスティードの方を向いていた。

「でもさ、今はアリスティードの近衛になってやるんだって思ってるからな」

「私の？」

本日二度目の驚きである。

「アリスティードの騎士になって、うんと偉くなって、今度は俺がアリスティードを支える。この孤児院はデカイけど、金があるわけじゃない。でも問題なく運営を続けられてこられたのはアリスティード達が何度も来てくれて、貴族達の関心を引いてくれたおかげだ。寄付も増えたし、売り物もよく買ってもらえるようになった。その恩返しだ」

アリスティードは嬉しくなった。

ついこの間、友人を一人失った。自分の近衛になるだろうと思っていた友人だった。今でも友人と思っているけれども、もう、側近候補から外れた以上は気安く付き合うことは出来ない。

その空いてしまった席を、もしもケインが埋めることが出来たならと思ってしまう。

側近でなくとも、一人でも心許せる人間が側にいてくれると嬉しい。

「そうか、待っている」

短い言葉だが、ケインはニカッと笑った。

「ああ、待っててくれ！」

そうしてまた、二人は拳を合わせて頷いた。

＊　＊　＊　＊　＊

お兄様とケイン様が楽しそうにしている。

……ちゃんとお話が出来たみたいで良かった。

馬車の中で見たお兄様の寂しげな顔を思い出す。

少し前にお兄様は友人（レアンドル）を失った。今度は失ってほしくないと思う。

「お姫様、いいことあったの？」

「うれしそう！」

遊んでいた子供達がくっついてくる。その小さな頭を撫でた。

「そうね、お兄様が楽しそうで嬉しいの」

視線を二人へ向ければ、子供達も視線を動かし、そしてお兄様へ気付くと歓声を上げた。

「王太子様だ〜！」

「王子様ー！」

「わー、おうじさま来てるー!!」

きゃーっと声を上げながら何人かが駆けていった。

子供達に走り寄られたお兄様が笑っている。

そうして子供達はお兄様とケイン様の手をそれぞれ引いて戻ってくる。

どうやら二人とも遊びたいらしい。

「今は何をしているんだ？」

お兄様に問われて答える。

「影踏みです」

「影踏み？」

「追いかける人に影を踏まれたら、交代して追いかけて、他の人の影を踏んだら、今度は追いかけられる側に戻ります」

「ああ、追いかけっこみたいなものか」

でもなかなかどうして影踏みは難しい。

「建物や木の影に隠れていいのは十秒だけです。それ以上隠れたら追いかける側になります」

「厳しいな」

お兄様が笑いながら「私もやる」と言う。そして隣にいるケイン様に「お前もやるだろ?」と訊き、ケイン様も「ああ」と頷いていた。男の子同士の気安い関係が少し羨ましい。

お兄様達が子供達と遊んでくれるので、わたしは少し休憩することにした。

ルルがハンカチを敷いてくれて古びたベンチに腰掛ける。

「お疲れ様です」

そう声をかけられて笑った。

「ルルもね」

何故かルルも小さな子達には大人気だ。

ルルは子供達と遊ぶことはないけれど、よじ登られると対応しないわけにはいかない。

足にしがみつかれることもあってルルはちょっと面倒そうなのに、子供達は楽しそうなのがちょっとおかしい。最初は子供達を引き離そうとするが、そのうち面倒になったのか、どうでも良くなったのか好きにさせたため、途中から子供に寄ってたかって絡まれていた。

しかしわたしが動く時には、子供達の中からスルリと抜け出してくるのである。

「ルルは大人気だね」

「リュシエンヌ様もそうでしょう」

「そうだね、何でかな?」

お兄様は小さい子も大きい子とも仲が良い。

ルルもわたしも小さい子には大人気だ。今もわたし達の周りには遊ぶのをやめた子達が数人いて、ベンチに座ったり、ルルの足を掴んだり、思い思いに過ごしている。

別にわたし達とお喋りがしたい感じではないらしい。ただ一緒にいたいみたいだ。

わたしの真似をしてベンチに座った子の頭を撫でる。

不意にルルが言った。

「リュシエンヌ様は子供がほしいですか？」

わたしは考える。

……子供、子供かあ……。

「今は特にほしいとは思ってないかな」

そもそも十六歳で成人と言っても、まだ自分は子供だなと思うことも多くて、子供のわたしが子供を産んで育てるなんて想像がつかない。子育てをしているルルのイメージも湧かないし。

「それにわたしに子供が出来たらお兄様達が困るでしょ？」

旧王家直系という存在で、お兄様の王位を脅かしかねないのに、わたしの子供がお兄様やいつか誕生するお兄様達の子の立場を危うくさせるかもしれないと思うと、安易にほしいとは思えない。

だけどこの世界の避妊ってどんな方法でするんだろうか。

薬とか道具とか、やっぱり魔法で何とかするのか。

口元に手を添えて、もう片手で手招くとルルが身を屈めて顔を寄せてくる。

「ねえ、避妊ってどうやってするの？」

ルルが目を丸くした。

「薬や道具がありますす」


「魔法は？」

「そんな便利な魔法はございません」

……そうなんだ。

もしあるならどんな魔法なのか少しだけ興味があったのだけれど、難しいのだろう。

「ただ薬はオススメしません。強いものなので、一度や二度ならともかく、常用していたら体の内側からボロボロに弱って二度と妊娠出来なくなってしまいますよ」

それだけ強い薬ということか。でも道具だと完全とは言えない。

そういう点では前世の世界より、こちらの世界の方がまだまだ遅れている。

……子供が出来ちゃったらどうしよう。

ルルがわたしの耳元で、周りに聞こえないように囁いた。

「もし子供が出来ても、一度孤児院に預け、孤児を引き取ったことにして育てれば良いのです」

「それ、いいの？」

「要はリュシエンヌ様の実子だとバレなければ良いのですよ。まあ、この場合は子供が大きくなって物事の道理が分かるようになるまでは外に出せませんが」

それはそれで子供には可哀想な気もするけれど。

でも、もしも子が出来てしまった場合におろさなくとも何とかなるというのは嬉しい。

「それにいざとなったらアリスティード殿下か、信頼の置ける臣下の家に引き取っていただき、そこで育ててもらうことも出来るでしょう」

なるほど、と思う。

その場合、一緒に暮らせない代わりに子供は自由な生活が送れるだろう。

「ですが、それらは子が出来た時に考えましょう。出来ない可能性も高いですから」

ルルの言葉に目を瞬かせた。

「何で？」

「私は毒への耐性をつけるために色々な毒を摂取してきました。その影響で子が出来にくい体になっているかもしれません」

「そうなんだ」

……体に影響が出るって相当だよね。

「ルルの体は大丈夫なの？」

「はい、健康ですよ」

「そっか、それならいいよ。もし子供が出来ても、出来なくても、わたしはルルさえいてくれればそれでいいの」

ルルが嬉しそうに笑った。

「私もです、リュシエンヌ様」

子供は天からの授かりものって言うし、どうなるか分からないから。

それよりも今はルルとの時間を大切にしたい。

あと少しの幸福

王家主催の夜会。

貴族達が入場し、挨拶を終えて、ダンスを踊る。ファーストダンスは主催者が行う。

お兄様とエカチェリーナ様、わたしとルルという組み合わせで、最初のダンスを踊るのだ。

その後はみんな思い思いにダンスを踊ったり、社交に精を出したり、人それぞれである。

ダンス後に休んでいると、お茶会でよく話をするご令嬢達に囲まれた。

「素敵なダンスでした」

「お二方の息の合ったダンスはいつ見ても素晴らしいですわ」

「今日も王女殿下と男爵様はお揃いの色を身につけていらっしゃるのですね」

今日のわたしは青いドレスだ。

ルルは黒い衣装だけれど所々の小物が青なので、一緒に並ぶと同じデザインのように見える。

わたし達が衣装を合わせてくるのもいつものことだけれど、ご令嬢達からは毎回好評だ。

「あら、王女殿下のその指輪、それにピアスも、もしかして……」

ご令嬢の一人の言葉に全員の視線がわたしの手と耳に集中する。

「ええ、婚約者とお揃いです」

「まあ、結婚指輪ですか？」

「似たようなものです。式での指輪は陛下がご用意くださいますが、それとは別に夫婦の指輪を贈っていただきました」

ルルを見上げればニコっと笑みが返ってくる。

それにわたしも微笑み返せば、周囲から羨ましそうな溜め息が聞こえる。

「そうなのですね、素敵な指輪ですわ」

「ピアスも一対を二人で分け合うなんて、何だかロマンチックですわね」

「二人で一つという意味でしょう？」

「仲睦まじくて羨ましいです」

結婚前からの指輪も、ピアスも、好意的に受け入れてもらえて嬉しい。

並んで立つルルとわたしの耳にはそれぞれ片方ずつにピアスがつけられている。

指輪も互いの左手の薬指にある。どちらもクリューガー公爵領で購入したものだ。

あれから毎日欠かさずつけている。おかげで他のピアスは出番がない。

でもどうしてもこれ以外をつける気がなくなってしまった。

……だってルルと対のピアスだもの。

「どちらで購入されましたの？」

ご令嬢の一人に羨ましげに見つめられる。

「クリューガー公爵領です」

「まあ、もしやウィルビリアの宝飾市場でしょうか？」

「ええ、そうです」

「あちらも王都の宝飾店に負けないほど素晴らしいものを扱っているとお聞きしますわ。私も一度行ってみたいものです」

頬に手を当てて残念そうな顔をした。

確か、このご令嬢の領地は王都の西側で、クリューガー公爵領とは正反対の方向に位置する。王都と領地の行き帰りに寄ることも出来ない。旅行で行くしかないだろう。

「よろしければ、先日の視察のお話を聞かせていただけませんか？」

「婚約者の男爵様と行かれたのでしょう？」

「ご公務と言えど、婚約者と旅行なんてとても楽しそうですわ」

「ウィルビレン湖も見に行かれたのですか？」

ご令嬢達の質問にわたしは一つ一つ答えていった。

そうして、この間の旅について色々と話をして、楽しい時間が過ぎていく。

あまりに楽しくてお兄様達が来るまでかなり話し込んでしまった。

「随分と楽しそうだな」

お兄様とエカチェリーナ様が来たので席を立とうとしたけれど、手で制される。

立たなくても良いと言うように、エカチェリーナ様がそっとわたしの肩へ触れた。

集まっていたご令嬢達は一礼するとサッと離れていった。

「クリューガー公爵領での話をしていました」

「なるほど」

「我が領地を満喫していただけたようで光栄ですわ」

お兄様が納得したように頷く。

エカチェリーナ様は嬉しそうだ。

ふと、あまり見かけないご夫人がエカチェリーナ様に近付き、礼を執り、何事かを耳打ちする。

目が合うとにこやかに微笑みを浮かべ、礼を執って下がっていった。

エカチェリーナ様が呆れ顔を隠すように扇子を広げた。

「どうやらあの男爵令嬢は今日の夜会には出席していないそうですわ。それどころかここ二週間ほどは夜会やお茶会に出席していないようです」

わたしは思わず「そうなんですか？」と訊き返してしまった。

「本人は出たがっているみたいですが、ご両親がご令嬢の流した噂について耳にして、叱責されたとか。恐らく謹慎中なのでしょう。ご令嬢が出席の返事をしたお茶会も夜会も、ご両親が体調不良を理由にお断りなさっているそうですわ」

お兄様が不満そうに眉を寄せた。

「王族を侮辱する噂を流そうとして謹慎程度で済ませている男爵も甘いものだがな。噂が広がらなかったから、我々は知らないとでも思っているのだろうか？」

「本当に誠意を見せるのであれば正直に申し出て、娘を罰してくれと言うのが当然でしょう」

「そうだな」

お兄様とエカチェリーナ様がうんうんと頷き合う。

……これでも王女だからね、わたし。

普段はあまり王女らしいこともしてないし、それらしい威厳ある振る舞いもないし。

しかし王女の悪評を立てようとするのは問題だ。

オリヴィエはいまだに、この世界はただの乙女ゲームの世界だと思っているのだろう。

ずっとここで生きているはずなのにどうして分からないんだろうか。

自分も、家族も、他の人達も生きていて、ゲームみたいな脇役なんかじゃなくて、きちんと一人一人の人生がある。それをオリヴィエは理解していない。

「わたくしの『耳』によりますと夏期休暇中はかのご令嬢は謹慎のようです。暴走しないように、わたくしの手の者が上手く男爵令嬢の気を紛らわせてくれるとのことですわ」

「そうか、しばらく会う心配がないと思うと気が楽だ。これで夏期休暇中の社交は問題なく行えそうだな」

お兄様が穏やかに笑った。

よほどオリヴィエのことが嫌いなようだ。レアンドルの件も許せないのかもしれない。

……お兄様は情の厚い人だから。

「エカチェリーナ様、『耳』とは？」

こっそり訊くと同じように返される。

「言うなれば、わたくしの代わりに情報を集めてくださる方々のことですわ。そういった方々は手足にもなってくださるので助かっておりますの」

ニコ、と微笑むエカチェリーナ様。

お兄様が「私の場合は影がいるぞ」と言う。

わたしにもわたし付きの影がいるらしいけれど、会ったことはない。ルルが会わせてくれないし、影の人達にお願いするようなこともなくて、わたしから何かしたこともない。

……大体はルルに言えば事足りちゃうからなあ。

ルルを見上げれば小首を傾げられる。

「ルルはいろんな意味で優秀だよね」

暗殺者としても多分そうで、従者としても、護衛としても、婚約者としても。

ルルは何でもそつなくこなすし、欲しい情報も訊けば答えてくれる。

唐突なわたしの言葉にルルが微笑む。

「ありがとうございます」

わたしの『耳』はルルなのだろう。たまにわたしの耳を塞いでしまうけど。

でもそれは、わたしが傷つかないように配慮しているのだと分かっているからあんまり怒れない。

ルルのしたことで怒ったこともないが。

「ルフェーヴルほどの者はそういない。もし私が雇えるなら、是が非でも雇いたいくらいなのだが」

「申し訳ありません。もう売約済みです」

お兄様の言葉にルルが即答していた。

お兄様は本当に残念そうだった。

＊　＊　＊　＊　＊

セリエール男爵邸の一室。

お茶会にも夜会にも出席は許さないと父である男爵に言われ、屋敷で謹慎状態のオリヴィエは苛立ちと怒りと不満とで内心荒れ狂っていた。そのため、オリヴィエの精神は疲弊していた。

そのおかげで少しずつ、オーリが表に出てくる頻度が増えている。

今夜も王家主催の夜会に出られず、オリヴィエは酷い癇癪を起こしていた。

オーリはベッドから起き上がりながら思う。

……このままだと、お父様に嫌われちゃうだろうな。

最近の男爵は以前ほどオリヴィエを可愛がらなくなった。今回の件で疑問を抱いたようだ。

貴族として、多少傲慢な部分があるのは構わないと考えていたのかもしれないが、さすがにオリヴィエが王女殿下の悪評を立てようとしたことは許されない。

男爵家の娘にすぎないオリヴィエが、それも母親が平民の者が、自国の王女を貶めようとした。

父親の真っ青な顔は忘れられない。平民出身の母親ですら顔色が悪かった。

王家への不敬がどんな結果を生むか子供でも分かることなのに、オリヴィエには分からない。

……ううん、理解する気がないのね。

オリヴィエはこの世界を本物と思っていない。彼女の言うゲームの中だと思っている。

そしてゲームと違う展開なのは全て、王女殿下が悪いと決めつけている。

でも、そもそもが違うのだ。

そのゲームの世界の主人公は自分（オーリ）であり、彼女（オリヴィエ）は別の人間だ。

だから物語の通りに進むわけがない。そもそもオーリ自身もそれを望んでいない。

「……私はただ穏やかに過ごしたいだけなのに」

頭の片隅に浮かんだ人物を振り払う。

オリヴィエのせいで人生が狂ってしまった人。オーリが愛してしまった人。

「そうだ、リュシエンヌ様にお手紙を書かないと」

胸の痛みを無視してオーリは机に向かう。

自分に誰かを愛し、望む資格など、あるはずがなかった。

＊　＊　＊　＊

夜会を終えて、自分の離宮に帰ってくる。

装飾品を外し、入浴し、寝間着に着替えて部屋へ戻れば、そこには同じく着替えたルルが待っていた。寝る準備を整えるとわたしはベッドに腰掛ける。横を叩けばルルが隣に座った。

その肩にそっと寄りかかる。

「ピアスと指輪、褒めてもらえたね」

「そうだねぇ」

ルルが腕を回してわたしの肩を抱く。

結婚までもう二週間もない。十六歳の誕生日、わたしは愛する人の妻になる。

こんなに嬉しいプレゼントは他にないだろう。

「十六歳の誕生日になったら、わたし、リュシエンヌ＝ニコルソン男爵夫人になるんだね」

「そうだねぇ」

わたしの頭にルルが頬摺りする。

「そうなったら、リュシーはオレの奥さんだねぇ」

「……」

「リュシー？」

顔を覗き込まれる。

今、わたしの顔は真っ赤だろう。

「え、どこで照れたの？　もしかして『オレの奥さん』ってところ？」

ルルが灰色の目を瞬かせた。

今までも『オレのお姫様』とはよく言われてきたけど『オレの奥さん』は破壊力が違う。

……そう、奥さんなんだよね。

自分で思っているよりも嬉しい。

思わずルルから離れて枕に突っ伏した。

こう、なんていうか、叫び出したい気分だ。

さすがにもう夜中なのでそんなことはしないけど、ふかふかの枕を拳で叩く。

枕に顔を埋めているとベッドが微かに揺れる。

「どうしたのぉ、オレの奥さん？」

耳元でからかうようなルルの声がする。

今、多分、わたしにルルが覆いかぶさっている。

背中に少しだけ体温を感じた。でも体重をかけていないのがルルらしい。

「……わたしの旦那様の意地悪……」

枕の隙間から言えば、背中の体温が消える。

静かになったルルに疑問を感じて上半身を起こして見れば、ルルが片手で口元を覆っていた。

よく見ると目元がほんのりと赤い。ルルもわたしの言葉に照れたらしい。

それに気付くとわたしの顔にもまた熱が集中する。

「……ね、破壊力、凄いでしょ？」

ルルが頷いた。

「うん、破壊力、凄い」

緩くない口調から本音だと分かる。

互いに顔を見合わせて、どちらからともなく噴き出した。

「オレの奥さん」

「わたしの旦那様」

気が早いかもしれないけれど、愛する人をそう呼べるのが幸せだった。

額を合わせて、わたし達はそっと口付けた。

お茶会とバラ

本日はわたしの離宮でお茶会がある。お客様はエカチェリーナ様だけ。

クリューガー公爵領で案内をしていただいたお礼をしたいので、何か欲しいものはありますかと訊いたところ「一緒にお茶がしたいですわ」と言われたのだ。

そんなことでいいのかと疑問はあるけれど、本人がそう言っているため、こうしてお茶会に招待することとなった。

お礼だから今日はいつもより豪華にしてほしい。そう料理長に伝えたからか、元より華やかなティータイムのお菓子や軽食達は普段よりも更に豪華になった。種類も多く、見た目も楽しめる。紅茶もお菓子も、エカチェリーナ様がお好きなものを用意した。

テーブルクロスは薔薇の刺繍のされたもの。

ティーポットもそれに合わせてある。

風通しの良い一階のテラスに日除けの大きなパラソルを立てて、会場とした。

屋内だと、この時季は暑いからだ。

テラスからは庭も見える。青々とした新緑に花が鮮やかだ。

先に席に着いてエカチェリーナ様を待つ。

ルルがわたしの後ろに立った。

今日は暑いので紅茶は冷たいものを。用意された紅茶を一口飲む。

……うん、美味しい。

これならエカチェリーナ様の口にも合うだろう。

そう思っていると本日の招待客が侍女に案内されてやって来た。

「王女殿下にご挨拶申し上げます」

礼を執るエカチェリーナ様を手で制する。

「今日は堅苦しいのはなしにしましょう。ようこそお越しくださいました、エカチェリーナ様」

「どうぞ」と手で席を示せば、侍女が椅子を引き、そこにエカチェリーナ様が腰掛けた。

そしてテーブルの上に並んだ菓子や軽食の数々を見て、目を瞬かせ、出された紅茶を一口飲んで、嬉しそうに微笑んだ。

「わたくしの好きなものをご用意してくださったのですね」

「ええ、お礼のお茶会ですから。今日は他の予定はありませんので、ゆっくりお話ししましょう」

「まあ、本当ですか？」

エカチェリーナ様の目が輝いた。

普段は公務だ学院だと忙しくて出席出来るお茶会は公務絡みのものばかり。

こうして二人でのんびりお喋りをする機会は思いの外、少なかった。

前回の四人でのお茶会みたいな感じなのも、実は珍しい。

これでも最低限の公務だというのだから、お父様やお兄様はもっと忙しいだろう。

「とても嬉しいですわ。こうしてリュシエンヌ様とゆっくりする機会は滅多にございませんもの」

侍女とルルがエカチェリーナ様とわたしに、それぞれ軽食を取り分けてくれる。

「そうですね、わたしもエカチェリーナ様と一緒に過ごしたいと常々思っておりました」

色々と聞きたいこともある。

「ですが、婚姻までもう一週間を切っていらっしゃるでしょう？　お忙しいのではありませんか？」

「そうでもありません。式は卒業後ですし、誕生パーティーと婚姻のお祝いは一緒に行われるので、わたし自身はさほど忙しくないですよ」

誕生パーティーに向けて日々体を磨かれていること以外は、わりと普段と変わっていない。

まあ、その美容に関することでかなり時間を取られてはいるけれど。

そう説明すれば、エカチェリーナ様が微笑んだ。

「そうなのですね。だからリュシエンヌ様の美しさは日々、磨きがかかっておりますのね」

「毎日侍女達が丁寧に整えてくれるので。でもマッサージがちょっと痛くて。体がスッキリしているのは分かるのですが、容赦ないですよね」

「確かに、毎日受けていてもあのマッサージはなかなかに痛いですわ」

ふふふ、と笑われて思わずわたしも笑ってしまった。

美容のためだといつも以上に念入りにマッサージされるのだけれど、容赦なくグッグッと全身を揉まれるので地味に痛いのだ。その間にも顔にパックをしたり、爪を整えて磨いたり、髪に何度も香油を塗られたり。

誕生パーティーの一週間前からは、いつも飲んでいる果実水ではなく、美容に良いとされるお茶を飲むようにと言われて飲んでいる。婚姻でこれだと、式の時はもっと大変かもしれない。

「そういえば、お兄様とエカチェリーナ様も卒業後に式を挙げるのですよね？　準備はよろしいのですか？」

ルルとわたしの式は既に準備が進められている。

卒業の半月後に式を挙げる予定だ。

大々的な式になるため、わたしよりもお父様や使用人達のほうが忙しいだろう。

わたしはどういうふうにすれば良いのか分からないため、お父様に一任してある。

お父様も、娘のわたしのためにと色々手配してくれているようで、結婚式当日が楽しみだ。

「わたくし達は卒業して一年ほど経ってから、と考えておりますの」

「そうなのですか？」

「王太子殿下のご結婚となれば準備だけでも一年近くはかかってしまいますし、お互いに忙しいでしょうから、余裕を持って臨みたいのですわ」

……なるほど。

王女ですら半年前から準備を進めている。王太子のお兄様と公爵令嬢のエカチェリーナ様の結婚となれば、それこそ大々的に行われて、国中お祭り騒ぎになってもおかしくない。準備に一年を要するのも分かる気がする。

「エカチェリーナ様はお兄様とどうですか？　政略とは言え、良い関係を築けていらっしゃるように見受けられるのですが、お兄様と共に過ごしていけそうですか？」

お兄様とエカチェリーナ様は仲が良さそうなので、そこまで心配はしていないが。

エカチェリーナ様が一つ頷いた。

「そうですわね、それなりにといったところでしょうか。リュシエンヌ様のような大きな愛ではございませんが、伴侶として、家族として、共に国を導く者として、仲良くやっていけるとは思っております。今後も、共に過ごしていくことに異論はありませんわ」

その言葉にホッとする。

「エカチェリーナ様のような素晴らしい方がお兄様と共にいてくださるなら安心です」

「そう言っていただけて光栄ですわ」

「それにエカチェリーナ様を『お義姉様（ねえさま）』とお呼び出来たら嬉しいです」

「まあ……！」

エカチェリーナ様が珍しく声を上げた。

そして期待のこもった眼差しで見つめられる。

「リュシエンヌ様、良ければもう一度わたくしのことを義姉と呼んでくださいませんか？」

そう言われて断れるだろうか。

「……お義姉様？」

もう一度そう呼べば、エカチェリーナ様がパッと扇子を開いて口元を隠した。

けれど、うふふ、と嬉しそうに笑っている。かなり喜んでもらえたようだ。

「今後はお義姉様とお呼びしましょうか？」

「あら、よろしいのですか？」

「エカチェリーナ様がよろしければ。そろそろお兄様もいらっしゃる頃ですし、訊いてみましょう」

二人は婚約しているのだし、わたしがエカチェリーナ様をお義姉様と呼んでも不思議はない。

むしろそう呼べたらわたしも嬉しい。

話をしているとタイミングよくお兄様が現れた。

「楽しそうだな」

お兄様がエカチェリーナ様の横に座る。

「今、エカチェリーナ様の呼び方についてお話ししておりました。それで、わたしがエカチェリーナ様をお義姉様とお呼びしてもよろしいでしょうか？」

お兄様が用意された紅茶を一口飲んだ後、頷いた。

「ああ、いいんじゃないか？」

その言葉にエカチェリーナ様と微笑み合う。

「良かったですね、お義姉様」

「ええ、そうですわね、リュシエンヌ様」

これからはエカチェリーナ様をお義姉様と呼ぼう。

二人でニコニコしているとお兄様が微笑んだ。

「お前達も大分仲良くなったな」

手を伸ばしてお兄様がサンドイッチを取る。

それにエカチェリーナ様が呆れた顔をしたけれど、特に注意はしなかった。

お兄様がサンドイッチにかじりつく。

「わたくしとリュシエンヌ様は最初から仲良しですわ」

「まあ、確かにな。婚約者と妹の仲が良いのは私としても良いことだと思う」

「そうでしょう、そうでしょう」

お義姉様が自慢げに頷き、それにお兄様が笑う。

そんな二人の和やかな空気につい、ぼうっと眺めてしまう。

……ルルとわたしもこんなふうに見えてるのかな。

お義姉様はそれなりと言っていたけれど、こうして見ていると二人はお似合いの美男美女だし、とても親しげで気安い雰囲気だ。お兄様も、お義姉様のことは結婚するなら良い相手だと思っているようだし、そう遠くないうちに本当の意味でお義姉様となる日も来るだろう。

「そうだ、リュシエンヌとエカチェリーナに渡す物があったんだ」

お兄様が従者に何か持って来させた。

それをルルとお義姉様の侍女が受け取った。

そうしてそれぞれに見せてくれる。

箱の中に収めてあったのはブローチだった。

「お前達は仲が良いからな、その、こういう揃いの物だったら喜ぶかと思ったんだ」

ブローチはバラで、わたしのものはピンク色、お義姉様のものは黄色で、葉のついたバラのブローチには水滴のようにダイヤモンドが散りばめてある。

上質な絹で出来たバラは光沢があり、葉には刺繍で葉脈が綺麗に縫われている。

まるで朝露に濡れたようなバラだった。

「あらまあ、リュシエンヌ様とお揃いだなんて嬉しいですわ」

お義姉様がブローチを手に取って眺める。

ルルも箱からブローチを取り出すと、わたしの胸元につけてくれた。

……そういえば、クリューガー公爵領の旅芸人の道でも、ピンクのバラをもらったっけ。

あの時はルルが頭につけてくれたのだ。

……わたしってピンクのイメージなのかな？

あの時の楽しい気分を思い出して笑みが浮かぶ。

お義姉様も侍女に胸元へつけてもらって満足げだ。

「アリスティード様にはお揃いの物はありませんの？」

お義姉様の言葉にお兄様が苦笑する。

「実はある」

そう言って、袖をやや上げて見せた。

そこには紫色のバラをモチーフにしたカフスボタンがついていた。小さいけれど、ダイヤモンドが少しあしらわれて、わたし達のブローチを小さくしたみたいだった。

「これはルフェーヴルの分だ」

お兄様の従者がルルに箱を渡す。

そこには赤黒い色のバラのカフスボタンがあった。

見た瞬間、何となく「ああ、ルルっぽい」と感じてしまった。

ルルがそれを受け取り、今つけているカフスボタンを外してそれを取り付ける。

黒に黒で目立ちにくいけれど上品さがある。

「お前は私の義理の兄弟になるからな」

ルルが小さく「うげっ」とこぼした。

でもすぐに外さないのは、わたしともモチーフがお揃いだからだろうか。

「年齢的にはオレのほうがお兄さんでしょ～？」

「だがお前は妹の夫だから義弟だ。義理とは言え、私のほうが兄なんだ、少しは敬ってみせろ」

ルルがニヤリと口角を引き上げる。

「オレより強くなったら考えてあげるよぉ」

お兄様が憮然(ぶぜん)とした顔をする。

「それは考えるだけだろう」

「まぁねぇ」とルルが笑って返した。

確かに妹のわたしと結婚したら、ルルはお兄様の義理の弟ということになる。でもルルのほうが年齢は上なので、関係としてはなかなかにややこしい感じになりそうだ。それにルルとお兄様は互いに対等に接しているので、義兄弟になったからと言っても変化はないだろう。

それにしても昔からバラには縁がある。

……ファイエット邸で初めてルルからもらったのも赤いバラだったしなあ。

あの赤く綺麗なバラもよく覚えている。

そういえば、あの赤いバラには意味があった。

赤いバラの花言葉は「あなたを愛してます」「愛情」「美」「情熱」「熱烈な恋」「美貌」などだ。

そしてそれを二本で「この世界は二人だけ」で、一本ずつに分け合ったから「一目ぼれ」「あなたしかいない」となる。意味を知った時、とても嬉しかった。

このバラのブローチにも意味があるのだろうか。大事な宝物がまた一つ増えた。

＊　＊　＊

アリスティードの贈ったブローチには意味があった。

ピンクのバラは「上品」「気品」「かわいい人」「感銘」「温かな心」「愛」「感謝」という意味があ

り、大事な妹のリュシエンヌへ。

黄色のバラは「友情」「友愛」「平和」「献身」「愛の告白」という意味があり、アリスティードを支え、理解し、リュシエンヌとも友情を築いている努力家な婚約者のエカチェリーナへ。

紫色のバラは「気品」「誇り」「高貴」「尊敬」「上品」「王座」という意味があり、アリスティード自身がそうありたいと思っている目標だ。

黒色のバラは、「貴方はあくまで私のもの」「決して滅びることのない愛」「永遠の愛」という意味があり、ルフェーヴルにピッタリだと思った。

リュシエンヌはどうだか分からないが、恐らくエカチェリーナとルフェーヴルはこの意味に気付いているだろう。リュシエンヌに意味を理解してもらいたいわけではないし、理解しなくて良い。

結局はアリスティードの自己満足なのだから。

それでも嬉しそうな笑みを見ると、贈って良かったと思う。

リュシエンヌはあと数日で婚姻する。

ルフェーヴルが一瞬鋭い眼差しでアリスティードを見た。

リュシエンヌに見えないようにティーカップで口元を隠しつつ、唇の動きだけで「これで最後だ」と言えば、ルフェーヴルの視線は弱まった。

これはアリスティードの、リュシエンヌへの想いを断ち切るための贈り物でもあった。

この気持ちは封じ、この感情は諦めるけれど、これからも妹を大事にしたい。

ルフェーヴルが唇だけで返事をした。

「ロマンチスト」

全くもってその通りだと、アリスティードは苦笑した。

祝福

あっという間に数日が過ぎ、ついに明日、わたしとルルの婚姻が承認される。

そうなればわたし達は晴れて夫婦となるのだ。お父様の話では既に婚姻届に国王陛下のサインと玉璽（ぎょくじ）を捺してあるため、日付が変われば婚姻は成立する。

明日のために、この二週間近くピカピカに磨き上げられた。恐らくわたし史上、最も美しいだろう。サラッサラの髪ももちもちツヤツヤの肌も、我が身のことながら非常に触り心地が良い。毎日触っているルルは余計に違いが分かるのか、夜になると、手や頬、髪などによく触れたがる。

今日に至ってはベッドに腰掛けて、わたしを後ろから抱き締めている。

……ちょっと背中が硬いけどね。

常に装備を外さないのは職業柄なのだろう。ルルがつけていたいならそれでいい。

「もうちょっとだねぇ」

ルルが置き時計を見ながら言う。

「うん」

わたしも大きく頷いた。

今日だけはリニアさんもメルティさんも何も言わずに、ルルとわたしを二人きりにしてくれた。

「十一年、経っちゃうね」

「経つねぇ。色々あったけどぉ、結構面白かったしぃ、あっという間だった気がするよぉ」

ルルがクスクスと笑う。

何を思い出して笑っているのかは知らないが、ルルが楽しそうで何よりである。

……十一年。長い時間だ。

その十一年、ルルは全てわたしに捧げてくれた。

そして今度はわたしが、自分の人生をルルに捧げる番が来る。

でもそれはルルだって同じである。ルルもわたしに人生を差し出してくれる。

「特に十二歳になってからは毎日凄く早かったなあ」

「王族としての公務があるからねぇ」

「そっか、そういうのも、そう感じる理由の一つかも？」

この人がわたしのものになって、わたしがこの人のものになる。

この十一年はそのための準備期間だ。

……ルルが他の人を見ないでくれて良かった。

もしもルルが他の人に心変わりしたら、きっとわたしは耐えられないだろう。

「ずっと好きでいてくれてありがとう、ルル」

向きを変えてルルに抱き着く。

「リュシーもずっとオレを好きでいてくれてありがとぉ」

ギュッと抱き返される。

思えばいろんなことがあった。後宮で初めてルルに出会った。手当てしてもらったり、薬や食べ物をもらったり、つらい時期だったけれど、ルルに出会えたことは幸運だった。

ファイエット邸に来てルルと一緒の生活が始まった。朝起きるとそこにいて、一日の大半は傍にいてくれて、何でも一緒に経験して、夜は眠るまで見守ってくれていて。

……誘拐された時もいたんだよね。

思い出すとおかしくて笑ってしまう。

ルルが「ん～？」とわたしの顔を覗き込む。

「どうかしたぁ？」

見上げれば灰色の瞳がわたしを見つめる。

「昔、教会派の貴族に誘拐されたことがあったでしょ？　あの時、ルルも一緒にいて、誘拐されたのに全然怖くなかったなって思い出したら何だかおかしくって」

「ああ～、あれねぇ」

ルルもおかしそうに笑った。

「ちょっとした冒険みたいだったでしょぉ？」

「うん」

「オレが傍にいるんだからぁ、リュシーに怖い思いをさせるような状況にはさすがにさせないよぉ。でも昔っからリュシーはあんまりそういうのに怖がらなかったよねぇ？」

「まあ、後宮でのことがあったから」

旧王家の、元王妃やその子供達から受けた虐待を思えば、大抵のことは受け流せる。

誘拐された時だって袋の生地が粗くて痛いとは思ったけれど、それ以外は特に何ともなかった。

ルルがいる安心感も強かったのもあるが。

「リュシーは大きな音とか、大声とか、女の怒った時の甲高い声は苦手だもんねぇ」

十一年経った今でも引きずっている部分もある。

ルルが言ったように、大きな音や怒鳴り声、女性のヒステリックな声なんかは聞くと体が強張る。

お父様もお兄様も、もちろんルルも、穏やかな方なのでそういうのはない。

もしかしたら気遣ってくれていたのかもしれないけれど、とにかく、わたしの周りにはそのような人達はいなかった。

元々、貴族は体面を気にするので、そこまで感情的に振る舞う人の方が少ないだろう。

「どうしても克服出来ないんだよね」

「別にいいんじゃなぁい？　王女サマに怒鳴りつけるような奴なんていないしぃ、オレと結婚したらそんな奴、絶対に雇わないしぃ、無理に克服しなくても大丈夫だよぉ」

よしよしと頭を撫でられる。

「そうかなあ」

「そぉそぉ、気にしなくていいよぉ」

ルルに言われると、そうかもなと思ってしまう。

正直、自分で何とかしたいと考えていても体が反射的に強張ってしまうのだ。

これが刷り込みというものなのだろう。分かっていても簡単には直せない。

「リュシーを怒鳴るような奴がいたら、オレが直々に『分からせて』あげるからさぁ」

それはそれで不穏である。

「無理しないでね？　もしそういう人がいても、爵位が上だったらルルのほうが悪くなっちゃう」

「その時は王サマと王太子サマにちゃぁんと説明して、どっちが悪いか判断してもらうよぉ」

「ふふ、それは不公平だよ」

お父様とお兄様なら、わたしに怒鳴りつけた貴族のほうが悪いと言いかねない。

と言うか、十中八九そうなるだろう。

ルルも笑った。

「不公平でいいんだよぉ。だって王女サマを怒鳴りつけるなんて不敬、普通に考えてダメだよぉ」

「……確かに」

よほどの理由がなければ王族を怒鳴りつけるなんてないだろうし、それが許されるとは思えない。

一応、貴族も王族も寛容な態度が好まれる風潮だけれど、常にそうというわけではない。

貴族には貴族の、王族には王族の身分がある。寛容だからと言っても、不敬は不敬だ。

「前から思ってたけどぉ、リュシーって王女サマって感じあんまりないよねぇ」

頬に手を当てられて、目元を親指の腹で撫でられる。

「うん、自分でも疑問は感じてる」

根本の問題なのだろうが、王女としてお披露目されてから四年、いまだに王女という自覚は薄い。

王族としての振る舞いや公務、考え方はあっても、王女であることを忘れてしまう時がある。

前世の記憶や、養子であることも関係しているが、やはり子供の頃の記憶が根強い原因なのだろう。後宮であんな暮らしをして、王女と言われても全然実感がなかった。その頃の記憶と扱いの落差が激しくて、ちょっと現実味がないのかもしれない。

「そこがリュシーらしいかなぁ」

「わたしらしい？」

「そぉ、王女になっても傲慢じゃなくてぇ、誰に対しても優しくて良い子～？」

褒めるようにまた頭を撫でられる。

「わたしが優しいとしたら、それは周りの人がわたしに優しくしてくれるからだよ。優しくしてもらえたから同じだけ返したいって思うの。単純でしょ？」

わたしは結構単純な人間だ。

優しくされたら同じように優しくしたい。冷たくされたら近付かない。それだけのことなのだ。

わたしが優しいとしたら、それは、周りの人が沢山優しくしてくれたからだ。

誰かに優しくするというのは、自分が経験しないと出来ないものだとわたしは思う。

だからわたしの優しさは、ルルやお兄様、お父様、リニアさんやメルティさんなどのファイエット邸のみんな、お義姉様達など多くの人から受け継いだもの。

「単純かもしれないけど、それを実践出来る人間って少ないよぉ」

「だから良い子」とルルは言う。

ルルに褒められるなら悪い気はしない。

ふと何かに気付いた様子でルルが「あ」と声を上げ、少し体を離した。

「指輪貸して」

言われた通りに指輪を外して渡す。

それを受け取ったルルが魔法の詠唱を呟く。非常に長い詠唱だった。

何とか聞き取れた感じからして防御系の、恐らく、結界魔法に近いものだと思われる。

長い長い詠唱は、それだけ強い効力の魔法か、重ねがけの魔法か、またはその両方かだ。

指輪が強く輝き、ルルの唱えた複雑な魔法式が三つほど浮かび上がり、指輪に吸収されていった。

……今、とんでもない魔法入れなかった？

チラッと見えた魔法式、一つ一つが物凄く難解な組み合わせをされていた。

自分でも結構な魔法馬鹿と自覚のあるわたしですら、すぐに読み解くことが出来なかった。

そしてルルはまた同じ魔法を口にする。

長い詠唱が聞こえ、そして魔法式が現れて、今度は手袋を外して取ったルルの指輪に吸収された。

「知ってた？　この指輪、魔鉱だけじゃなくて、魔石も砕いて混ぜてあるんだよ。しかも結構な量。だから強い魔法も複数、付与出来る」

ルルが酷く真剣な表情で言う。

そうなのか、と納得する。

あんな難解な魔法、魔石と魔鉱の両方を使ったものでなければ耐え切れないだろう。そしてあの魔法式を吸収して何ともないということは、かなり高品質で、当然かなり値の張るものに違いない。

ルルがクルクルと手の中で二つの指輪を転がして何やら確認すると、わたしを見た。

「女神の御名に誓い、ルフェーヴル＝ニコルソンはリュシエンヌ＝ラ・ファイエットを永遠に愛し、守護し、この命が尽きるまで、この身を捧げると誓う」

わたしの左手を取り、ルルが薬指に指輪をはめた。

そしてそこに口付けられる。

灰色の瞳がわたしを見て、指輪が差し出された。わたしはそれを受け取った。

「女神の御名に誓い、リュシエンヌ＝ラ・ファイエットはリュシエンヌ＝ニコルソンと名を改め、ルフェーヴル＝ニコルソンを永遠に愛し、心は常に傍にあり、この命が尽きるまで、この身を捧げると誓います」

ルルの左手を取り、薬指に指輪をはめる。

見上げれば、嬉しそうに灰色の瞳が細められる。

「愛してるよ、リュシー」

「愛してるよ、ルル」

わたし達の言葉が重なった。

近付いてくるルルの顔に目を閉じる。

唇に、柔らかくて、少し冷たい感触が触れた。

そっと腕を回せば抱き返される。

閉じた瞼越しに光を感じて思わず目を開ける。

すると、間近にあるルルの顔の向こうでカラフルな花びらが散っているのが見えた。

ルルの灰色の瞳も見開かれ、唇が離れた。

抱き締め合ったまま見上げれば、色とりどりの花びらが頭上から現れてわたし達の周りに降り注ぎ、床やベッドに落ちると空気に解けて消えていく。

わたし達自身も柔らかな白い光に薄っすらと包まれている。

……まるで、祝福されているみたい……。

はらはらと散る花びらと虹色に輝く光の粒はあまりにも綺麗で、儚げで、この世のものとは思えないほどに美しかった。

気付けば涙がこぼれ落ちていた。

この光には覚えがある。五歳の洗礼の日に感じた温もりだ。

不意に、見えない腕に抱き締められる感覚がした。ルルの体がビクリと震えたので、大丈夫だとその背中を撫でれば、珍しく体を強張らせたルルがわたしを見た。

「大丈夫、これは女神様だよ」

ルルがぽかんとわたしを見て、上を見て、またわたしを見下ろした。

「……祝福？」

「多分」

わたしは上を見上げた。

抱き締める腕の感触はまだ続いている。

見上げた顔に花びらがふわふわと触れては消え、優しく撫でられているような感じがした。

「祝福してくださりありがとうございます、女神様」

こんなに祝福していただけて幸せです。感謝の気持ちを精一杯込めて祈りを捧げる。

祈り始めたわたしにルルも真似するように祈りを捧げ、二人分の祈りが天に届くように願う。

ゆっくり花びらと光の粒が減り、やがて、最後の花びらが解けて消えると、体の発光も収まった。

ルルがふっと目を開けると片手を握る。

「なんか、物凄く体が軽い。それに魔力量も増えてるような……？」

呆然とそう呟いた。

「もしかして、祝福とリュシーの加護の影響？」

「かもしれないね」

「……」

ルルがわたしの指輪に触れる。

指輪が一瞬温かくなった。

「え、すご、一瞬で魔力充填終わった」

こんなに驚くルルは珍しい。ぽかんとしてるのかわいい。

「ねえ、何の魔法を付与したの？」

ルルがハッと我へ返る。

「物理防御と魔法防御、あと状態異常無効化」

「え」

……待って、それって国宝級じゃない？

付与するだけでもかなりの魔力を消費したはずだ。

「ルル、大丈夫⁉　魔力足りなくて気持ち悪いとか眠いとかなってない⁉」

慌ててルルの顔に触れる。

しかしルルの顔は健康そうで、お肌の調子もむしろ凄く良さそうだった。

ルルが「うん」と頷く。

「さっき二人分やってちょ～っとギリギリだったけど、祝福受けたら魔力、全部戻ったみたい。それどころか物凄く増えてる。前の倍以上ある」

「そうなの？　……良かった」

その言葉に安堵した。

「でもオレの魔力量と、多分身体能力も上げてくれたのは、それでリュシーを守れってことだよね？」

「そう、なのかな？」

「オレはそう思う」

ルルが真顔で言う。

そうなのかな、と考えて視界の隅に入った置き時計に気付く。

日付が変わり、五分ほどが経っていた。

わたしの視線を辿ったルルも気付く。

「女神サマにも祝福されちゃったね、オレの奥さん」

照れたように笑うルルにわたしも笑う。

「女神様公認の夫婦になったね、わたしの旦那様」

きっと、わたし達は離れ離れになんてならない。

だって女神様が祝福してくれたのだから。

「みんなには秘密で。あ、でも王サマとアリスティードには話しておく？」

「うん、そのほうがいいと思う」

「分かったぁ」

わたし達は女神の祝福という予想外のプレゼントをもらった。

……ルルの身体能力と魔力量を上げてくれて、本当にありがとうございます。

これならルルはそう簡単には死なないだろう。それが最高の贈り物だった。

誕生日と婚姻

その日は朝から大忙しだった。朝起きて、部屋で軽い朝食を摂ったら髪とお肌の確認をされる。

それから浴場へ行って、入浴する。全身を擦られて磨かれるのだけれど容赦がない。

湯船に浸かると髪を洗われる。丁寧に洗われて、タオルで優しく叩くように水分を拭い取り、それからヘアオイルとなる香油を髪全体に馴染ませる。長い髪なので大変だろうに、浴場専属のメイド達はとても楽しそうだ。髪を梳り、上へ纏めるとタオルを巻かれる。

湯船から上がると体を軽く拭ってもらい、寝転ぶスペースがあるので、そこに横になる。

数人がかりで今度は全身をマッサージされる。

躊躇いなく揉まれるので結構痛い。でも、これをしてもらうと全身の浮腫がなくなって細くなるし、体もスッキリするのだ。その間にウトウトと居眠りをする。

これだけで午前中は終わってしまう。

そっと起こされて、起き上がれば体が軽い。

いつの間にか顔にもパックがされていたようで、頬に触るともっちりとした肌の感触があった。

浴場を出て隣室で今度は顔に化粧水などが塗られて更にケアをされる。

それが終わると簡易のドレスを着せてもらい、纏めていた髪を下ろしてまた梳る。

そして自室へ戻る。椅子に腰掛けてゆっくりと飲み物を飲んでいる間に、手や足の爪が整えられ、表面が綺麗に磨かれた。

そこで遅めの軽い昼食を摂る。野菜や果物中心で、飲み物も美容に良いものだ。

ゆっくり昼食を終えるともう午後の三時を過ぎた頃になっていた。

そこから艶が出るまで何度も何度も髪を梳り、もう一度お肌の確認をされた。

昨夜は少し夜更かししたので、目の下に薄っすら隈があるようで、顔のマッサージをされた。

それからドレスに着替える。今日のはデコルテから肩までがっつり開いており、袖は肘くらいまである。腰が細く、スカートはふんわりと広がって足元まで。そのレモンイエローのドレスの上に光沢のある白色の糸で編んだレースが重ねてあった。

遠目に見るとレースのおかげで肌はあまり見えないが、真横ぐらいに立つとレース越しに上品に肌が見える。所々にダイヤモンドが散りばめられて、光の反射で派手すぎない程度に煌めく。

その上に、白地に淡い青緑のグラデーションのかかったショールを羽織る。クリューガー公爵領でルルに選んでもらった布で作られたショールだ。

レースの襟には同じ淡い青緑色の絹糸でバラの刺繍が施され、腰にはドレスと同じ布のバラがワンポイントでついている。手首までの手袋は白のレースだ。

靴もドレスと同じレモンイエローに白と青緑色の糸で刺繍が施してあった。

今日だけはリボンではなくシルバーのネックレスをつける。これはルルの瞳の色をイメージした。

あれを着けて、これを着けて、コルセットを絞って、スカートを穿いて、と何とかドレスに着替えるとまた椅子に戻される。着替えで乱れた髪が整えられ、ドレッサーの前で鏡と向き合う。

リニアさんが髪形を、メルティさんがお化粧をと、慌ただしい。

髪形は三つ編みを後頭部で纏めたもので、髪飾りに長めのレースがついていて、まるで花嫁衣装のように後ろにふんわりと広がっている。今日のお化粧はいつもよりがっつりめに。

鏡の中のわたしは普段の三割増しくらい綺麗だ。

全体を確認して調整が終わるともう日が沈みそうなくらいになっていた。

ソファーで飲み物を飲んで休憩する。

部屋の扉が叩かれ、ルルが姿を現した。白いシャツに落ち着いた色味の黄色の布で作られた衣装に、小物は淡い青緑色で統一されている。そして柔らかな茶色の髪が複雑に編み込まれていた。

ルルはわたしの横に座ると、ドレスに皺がつかないように、ふんわりとわたしを抱き締めた。

「リュシー、凄く綺麗だよぉ。誕生日おめでとぉ」

前髪の隙間から額にキスされる。

「ルルも凄くかっこいい」

お返しに、ルルの頬にわたしの頬を軽く寄せる。

しっかり口紅が塗ってあるので、うっかりキスするとそれがついてしまう。メルティさんには「取れたらお化粧直しをすれば大丈夫です」と言われたけれど、せっかく綺麗にお化粧をしてくれたのであまり崩したくない。

「オレの奥さんが美人すぎて心配だよぉ。今日の夜会、出席させたくないなぁ」

「ふふ、出席しないと婚姻しましたって発表出来ないよ？」

「それはそれで困る～」

軽口を言い合い、二人で小さく噴き出した。

昨夜のことはルルがお父様とお兄様に報告してくれたそうで、祝福の手紙と結婚祝いが届いた。お父様からは王家の装飾品をいくつか。手紙には、私財として結婚後もわたしが持ち、もしもお金に困ったらこれを売るか、宝石を外して売るかしても良いということだった。わたしの財産として与えてくれたようだ。

お兄様からはわたしとルルのお揃いのティーカップや食器などを一式もらった。それとクマのヌイグルミとその衣装。ヌイグルミは女の子で真っ白なドレスにベールをつけており、昔ルルにもらったニコに送られてきた白い衣装を着せると、結婚式を行うクマの夫婦のようになる。

あまりに可愛かったのでお兄様からもらった女の子のクマのヌイグルミにも名前をつけた。

名前はファイディ。ファイエットからもじった名前だ。ニコはルルで、ファイディはわたし。

可愛らしい新郎新婦のクマのヌイグルミは自室に飾った。結婚後も絶対に連れて行こう。

そうして夜会へ向かう時間になる。

ソファーから立ち、ルルのエスコートを受けて部屋を出る。

侍女としてリニアさんが後ろから付いて来ている。

離宮の正面玄関へ向かい、馬車に乗った。

「もしかして、少し緊張してる～？」

ルルの問いに頷く。

「ちょっとね」

今日からはルルの妻としてみんなに見られるのだ。

こんなにかっこよくて綺麗な人の妻だ。わたしも気合を入れないと。

「いつも通りでいいんだよぉ」

ルルが髪形を崩さないようにポンポンとわたしの頭を撫でる。

緊張で強張っていた肩から力が抜けた。ルルが傍にいてくれるという安心感がある。

馬車が王城に着き、使用人の案内で控えの間に通される。

そこにはお父様とお兄様がいた。

「お父様、お兄様」

二人が立ち上がった。

ルルを見上げれば頷き返されたので、ルルの腕から手を離して二人に近寄った。

「婚姻おめでとう。それと、十六歳の誕生日になり、成人おめでとう」

まずはお父様が抱き締めてくれる。

それから次にお兄様。

「誕生日と婚姻おめでとう、リュシエンヌ」

家族愛の感じられるものだった。

「ありがとうございます」

二人はルルにも「おめでとう」「リュシエンヌをよろしくな」と声をかけてくれた。

それにルルが大きく頷いてくれたのが嬉しい。

お父様とお兄様が座ったことで、わたしとルルも並んでソファーへ腰掛ける。

「しかし女神から祝福を授かるとはな……」

お父様が感心したふうに呟く。

「良いことではありませんか、父上。リュシエンヌとルフェーヴルの婚姻を女神が認めたのです」

「ああ、リュシエンヌだけならばさほど問題ではないんだが。ルフェーヴル、お前も祝福を授かったのだろう？　どのような効果がある？」

お兄様の言葉に頷き、お父様がルルへ顔を向ける。

ルルが「そうだねぇ」と言う。

「多分、身体能力と魔力量の増強かなぁ。体のほうは軽くなったなぁってくらいだけど、魔力は倍以上になってるよぉ」

お兄様がギョッとした顔をする。

「お前、それ以上強くなってどうする気だ？」

「それをオレに言われてもねぇ。能力を上げてやるからリュシーを守れってことなんじゃなぁい？」

そんなことないだろうとは言い切れない。

何せ、わたしは加護持ちなのだ。加護持ちがいるだけで国が豊かになるのなら、この加護持ちの周りの人間にはもっと明確に加護の影響が出てもおかしくない。そしてルルはわたしの夫となった。

女神がわたしの守護者だと定めて、身体能力や魔力を底上げさせても不思議はないだろう。

……でもお兄様の言いたいことは分かる。

ただでさえ強くて何でも出来ちゃうルルが、更にパワーアップしたなんて、能力値の想像がつかない。結局、今までルルが誰かに負けたところなんて一度も見たことがなかった。

ファイエット邸や離宮の騎士達、お兄様と手合わせをしていることは多くあったし、わたしもよくそれを見たけれど、ルルはいつも勝っていた。

「今なら闇ギルドのランク第一位の奴にも余裕で勝てそ〜。今度試して来ようかなぁ」

悪戯を企てる子供みたいな顔をするルルに、お父様とお兄様が若干引いていた。

……ルルが楽しそうで何よりだ。

「ランクが変わると何か違うの？」

「仕事の報酬が高くなるしぃ、高待遇だしぃ、やっぱここまで来たら一位になりたいよねぇ」

「そうなんだ？　ルルがなりたいなら、なってもいいんじゃないかな」

「じゃあ今度オネガイしてみるよぉ」

機嫌が良さそうにルルが言った。

思い出したようにお父様へルルが顔を向ける。

「そうだぁ、王サマに話があるんだったぁ」

「何だ？」

「今日から二年くらいはオレぇ、裏の仕事を受けないことにしたんだぁ。だから仕事回さないでぇ」

お父様が目を瞬かせた。

「そうなのか？」

ルルが頷く。

「うん、しばらくリュシーだけに専念したぁい」

「そういうことか」

お父様が納得した顔をする。

……わたしに専念したい、かあ。

何となく照れてしまう。

夫婦になったのだから名実共に一緒にいるのは別に変なことではないと分かっている。

……でも、きっと二人きりの時間が増えるんだよね？

そう思うと嬉しいような照れくさいような気持ちだ。

わたしが顔を赤くしているとルルに手を握られる。

「こんなかわいい奥さん、放っておけないでしょ？」

お父様とお兄様が苦笑した。

「ルフェーヴルは紛うことなき愛妻家だな」

お父様の言葉にお兄様が同意して頷いていた。

＊　＊　＊　＊　＊

その後、わたし達の入場の時間が近づいたため、全員で控えの間を出た。

今日はかなり広い舞踏の間が会場だ。この夏の社交シーズンは多くの貴族達が領地から王都へ出て来るので、人数も普段よりもずっと多い。

お兄様は途中で別の控え室に寄った。

そこでお義姉様と合流して戻ってきた。お義姉様がわたしとルルを見て微笑む。

「ご結婚おめでとうございます。リュシエンヌ様が無事成人を迎えられて良かったですわ」

それにわたしとルルは笑う。

「ありがとうございます、お義姉様」

「ありがとうございます」

お義姉様に、ルルと二人で礼を執る。

そして王族専用の入場口にお父様とお兄様、お義姉様、そしてわたしとルルが立つ。

今回は婚姻発表もあるからルルも一緒だ。

「国王陛下、王太子殿下、クリューガー公爵令嬢、ニコルソン男爵夫妻のご入場です！」

開いた扉の向こうで入場を告げる声がする。

ざわ、と会場の空気が騒めくのが分かった。

お父様、お兄様とお義姉様、そしてわたし達が入場する。

この顔触れで揃って入場するのは初めてだ。恐らく、今回が最初で最後になるだろう。

貴族達が全員丁寧な礼を執り、背後で扉が閉まった。

「全員、面を上げよ」

お父様の言葉に貴族達が礼をやめる。誰もが聞き逃すまいと見上げてくる。

「本日は我が娘、リュシエンヌ＝ラ・ファイエットの誕生を祝うために集まってくれたこと、礼を言う。そして今宵はもう一つ皆に報告がある」

お父様が振り返ったので、わたしとルルが一歩前へ出る。

貴族達の視線がわたし達へ一気に集中した。

「これまで婚約していたこの二人の婚姻だ。我が娘リュシエンヌはまだ学院へ通っているために式は卒業後となるが、十六の成人を迎えた今日、正式に我が娘とニコルソン男爵は夫婦となった」

小さなどよめきが起こる。

「在学中での婚姻は珍しいが前例がないわけではない。そしてニコルソン男爵は王女の護衛と我が国への魔法に関する多大な貢献をしたため、この時より子爵位を授けることとする」

……え、それは初耳。

チラリとルルを見ればウィンクが返ってくる。どうやらルルは知っていたようだ。

つまりわたしは今日から男爵夫人ではなく、子爵夫人になるのである。

「今日のこの良き日に、二人は夫婦となった。まだ年若い二人だが、皆も祝福してやってほしい」

お父様の言葉が終わるとパラパラと拍手が起き始め、それが次第に大きくなっていく。

わたしとルルの婚姻を誰かが良く思おうが、思わなかろうが、国王陛下であるお父様が承認した以上、これは王公認の婚姻だ。貴族達がそこに文句を言うことはないだろう。

わたしとルルは感謝の意味を込めた礼を執る。

その後、わたし達は王族の席に移動する。

そこで貴族達の挨拶を受けた。わたしの誕生と婚姻を祝う言葉に、わたしだけでなく、お父様やお兄様も対応してくれた。それだけわたしを大切に思ってくれているということだ。

そして貴族達の挨拶が終わるとお父様が振り返った。

「さあ、ファーストダンスを踊ってきなさい」

お兄様とわたしとルルが階段を下りていく。

そして会場に楽団の音楽が流れ始める。

お兄様とお義姉様が合流する。

お兄様達とわたし達はホールの中央に進み出て、それぞれ向かい合う。

左手はルルの肩へ、右手は伸ばしてルルの左手へ重ねる。

ルルがニコッと笑った。わたしも笑い返し、それを合図に動き出す。

……体が軽い。

昨夜、ルルがそう言っていたが、今更になってわたしもそれを実感した。

ステップが踏みやすく、体が思った通りに動き、羽根のように体が軽い。

ルルも動きがとても軽やかで、すぐにわたしの体の変化に気付いたらしい。

ステップと動きが変化する。動きは大きく、ステップは軽やかに、途中でターンが交じる。

ルルが遊んでいるのが伝わってくる。

それにつられてわたしは笑みがこぼれてしまった。

……楽しい！

全く疲れなんて感じない。

ファーストダンスなんてあっという間だ。

お兄様達も二曲続けて踊っている。

でもわたし達はもう夫婦である。夫婦は続けて三度、ダンスを踊って良いのだ。

他の貴族達がホールに入り、ダンスの輪が出来ていくが、中央でわたし達は踊り続ける。

「三回目のダンスは初めてだねぇ」

ルルが小声で言う。

「うん、凄く嬉しい。夢みたい」

「夢じゃないよぉ」

「そうだね、分かってる」

これは夢じゃない。でも夢みたいに幸せ。

幸せなダンスの時間を終えて、会場の一角でひと休みする。

体が軽くて以前よりもあまり疲れていないけれど、それでもルルが甲斐甲斐しく飲み物や摘める食べ物を持ってきてくれて、それらを口にする。

「リュシエンヌ様、ニコルソン子爵」

「ご機嫌よう、お二方」

ミランダ様とハーシア様だ。二人の傍にはそれぞれ婚約者がいる。

「こんばんは、久しぶりですね」

「こんばんは、リュシエンヌ様、ニコルソン子爵」

ミランダ様の横にはロイド様が。

ハーシア様の横にはリシャール先生が。

ロイド様ことロイドウェル＝アルテミシア公爵令息は、原作の乙女ゲームでは攻略対象の一人であるが、リュシエンヌの婚約者という原作とは異なり、ミランダ様と婚約した。お兄様の親友であり、側近となることがほぼ確定している。

「ご機嫌よう、皆様」

「こんばんは」

そして四人がそれぞれ「ご婚姻おめでとうございます」「お誕生日おめでとうございます」「成人を迎えられましたね」などと声をかけてくれた。

わたしもルルも笑顔でそれに「ありがとうございます」と答える。

友人から祝福してもらえると嬉しさも倍だ。

「学生結婚なんてロマンチックですわ」

ハーシア様が言う。

「ニコルソン子爵は卒業まで待てなかったのか？」

「リシャール様」

リシャール先生が訊き、ハーシア様が婚約者の名前を呼んで咎めた。

しかしルルは気にしたふうもなく頷いた。

「待てませんね。私の妻をご覧ください」

ルルに手で示されて全員の視線がわたしへ集中する。

突然全員に見つめられたので少し恥ずかしい。

「こんなに美しくて、可愛らしくて、性格も申し分のない女性をそのままにしていては変な虫がついてしまいます」

リシャール先生が眉を寄せる。

「だが、まだ十六歳だろう？」

その言葉に、ああそうか、と気付く。リシャール先生の中には多分、わたしよりも前世の記憶がハッキリと残っているのだろう。前世の日本でも女性は十六歳で結婚出来るけれど、実際はまだ高校生なので、その歳に結婚することはまずない。その感覚で言えば十六歳は子供なのだ。

いぶかしげな顔をするルルの腕を軽く引き寄せる。

「リシャール先生、わたしは十六歳になりました。この国では十六歳が成人で、成人したらいつ結婚しても構わない。そうでしょう？」

ここは前世ではないのだと暗に伝える。

リシャール先生はそれに気付いたのかハッとした表情をして「……そうか」と呟いた。

「先生からしたら生徒のほうが先に結婚してしまって、少々落ち着かないのかもしれませんね」

そうフォローを入れれば、ハーシア様もミランダ様もロイド様も、なるほどという顔をした。

教師として生徒を思って言った言葉にしたのだ。これなら違和感もないだろう。

リシャール先生が申し訳なさそうな顔をする。

「申し訳ない、つい……」

それに首を振った。

「いいえ、生徒思いの良い先生で素晴らしいと思います。ハーシア様も鼻が高いですね」

「ええ、時々暴走してしまうこともありますけれど、自慢の婚約者ですわ」

ハーシア様が微笑んでリシャール先生を見上げ、リシャール先生が照れたように頭を掻いた。

その微笑ましい様子に全員で笑う。

「お二人の結婚式は卒業後でしたわね。楽しみですわ」

もう既に貴族達には招待状を送っているので、日取りは決まっているのだ。

ハーシア様の言葉にわたしも頷いた。

「最近はドレスも決まって、早くその日が来ないかと待ち遠しい半面、卒業後は皆様とあまり顔を合わせる機会もなくなってしまうので残念ではありますす」

卒業後、わたしは表舞台から消える。

昔から今まで、ずっとそうしようと思ってきたし、そうなることが決まっている。

社交が出来なくなることは別にいい。元々、そんなに好きではないから。

でも友人達と会えなくなるのは少し寂しい。

……ルルとどっちが大事かと言われたら迷わずルルを取るけれど、ね。

ルルはわたしの世界で、全てだ。

「あと半年、よろしくお願いしますね」

四人は笑顔で頷いてくれた。

＊　＊　＊　＊　＊

ロイドウェル達と別れた後。

他のご令嬢達から祝福の言葉を受け、リュシエンヌが嬉しそうに彼女達と話をしている。

その様子をルフェーヴルは静かに見守っていた。

……今日のリュシーはご機嫌だねぇ。

いつもは控えめで穏やかなリュシエンヌも、今日は少しはしゃいでいるように見える。

だが目が合うと幸せそうに琥珀の瞳が緩められる。

喜色に染まった美しい瞳を見ると、かわいいなぁと思うのだ。

ルフェーヴルとの婚姻を心から喜んでくれている。

それが伝わってきて、ルフェーヴルの心は満たされた気持ちになった。

……こんなに良い気分は久しぶりだ。

好物のチョコレートを初めて食べた時も満足感はあったが、今のほうが満ち足りている。

いつもどこか足りないと感じていた。その感覚は消えた。

女神の祝福を受けた後、まるで初めからそんなものなどなかったかのようにルフェーヴルの心は満たされていた。言葉に表せないほどの充足感と心地好さ。

これまでもリュシエンヌと共にいる時は満足感があったけれども、今日はその比ではない。

全てを手に入れたような気分だ。

幸福というのがどんなものなのか知った。

リュシエンヌの傍にいるだけで、胸がいっぱいになる。

この幸福がこぼれ落ちてしまわぬよう、大事に、大事にしよう。

ルフェーヴル＝ニコルソンは幸福を掴んだのだ。

＊　＊　＊　＊

オリヴィエは言葉が出なかった。

帰ってきた両親から、王女の婚姻の話を聞かされて、それがリュシエンヌ＝ラ・ファイエットの婚姻だとすぐには理解出来なかった。

ぽかんとしたオリヴィエに父親は、いかにリュシエンヌ王女とニコルソン子爵が仲睦まじかったのか話して聞かせた。男爵にとっては世間話のようなものであった。

王女と子爵の婚姻。しばらくはどこの夜会やお茶会もこの話題で持ちきりになるのは明白で、男爵も男爵夫人も娘が話題に乗り遅れないようにと話したのだった。

オリヴィエの顔が真っ青なことに気付いた母親が、心配して娘を部屋へ下がらせた。

そして自室に戻ったオリヴィエは遅ればせながら理解した。

悪役（リュシエンヌ）が愛する人（ルフェーヴルさま）と結婚した。

その事実を理解した瞬間、オリヴィエは机の上にあった物を全て払い落とした。置かれていた手紙やペン、インク壺などが派手に床へ転がり落ちたが、使用人達は誰も見に来ない。娘の癇癪が酷いことに頭を抱えた男爵が、これ以上の悪評を抑えるために、使用人達にオリヴィエの癇癪が始まったら部屋に立ち入らぬように厳命したのだ。

使用人達は誰もがホッとした。特にメイド達は心底安堵した。

オリヴィエは手加減というものがない。熱い紅茶でも味が気に入らなければかけられるし、癇癪の最中は物を投げつけられたり、暴力を振るわれたりする。それで顔や体に傷を負ったメイドも少なくない。

「あああぁあぁあぁっ!!」

怒りのあまりオリヴィエの視界が真っ赤に染まる。

ずっと愛していた人が結婚してしまった。

それも自分（ヒロイン）の居場所を奪った悪役と。

「そこは私の場所なのに!!」

掴んだクッションを何度もソファーへ叩きつける。クッションが破け、中身が飛び散った。

それでも構わず振り回し、殴り、蹴って、オリヴィエは抑えきれない怒りに吠える。

「ふざけんなよ!!　あのクソ女ぁ!!」

怒りというより、もはや憎悪であった。あの女が憎い。許せない。

……殺してやりたい。

そう思った瞬間、ふっとオリヴィエの体から力が抜け、その体がガクリと傾く。

そうして瞬きの間に表情が変わった。

「……そんなことはさせないわ」

それはオーリだった。オリヴィエのストレスが限界に達したため、そしてオリヴィエの殺意を感じて、無理やりオーリが表に現れたのだった。

もしもオリヴィエが今の感情を口に出してしまったらとんでもないことになる。

扉の向こうには使用人の控え室があり、使用人達が耳を澄ませ、気配を押し殺しているだろう。

もしも「王女を殺してやる」などと口にすれば、それは使用人達の口から漏れてしまう。

ただでさえ両親にはオリヴィエが流そうとした噂のせいで迷惑をかけているというのに、更に事態を悪化させるわけにはいかない。

オリヴィエの精神が削られていたからこそ、オーリが慌てて出てこられたのは笑えない話だ。

……それにしても、王女殿下であらせられるリュシエンヌ様に殺意を抱くなんて……。

オーリはゾッとした。オリヴィエの感情や思考は嫌でもオーリに伝わってくるが、どうしてもその思考が、価値観がオーリには理解出来なかった。

オリヴィエの記憶もオーリは知っている。

けれども、それは好ましいものではなかったし、その自分本位さがオーリは苦手だった。

同じ体にあるはずなのに、明確に伝わってくるのに、全く理解が及ばないオリヴィエの思考は一種の恐怖すら感じられた。

同時に、現実の世界を生きられない憐れな人だとも感じていた。

ゲームに執着して、自らの人生をダメにしている。

きちんとここで生きていければオリヴィエなりの幸せだって掴めたかもしれないのに。

オリヴィエは頑なに現実を見ようとしない。自分の理想ばかり追いかけている。

「そのせいでお父様にまで捨てられそうになっているのに気付かないいなんて……」

オリヴィエも最近父親である男爵に以前ほど可愛がられていないことは分かっているようだ。

だが、それが自分の行いのせいだと結びつけることがない。

それどころか王女殿下が悪いなどと、見当外れも甚だしいことを考えている。

……でも、いっそ勘当されたほうがセリエール男爵家のためになるのかも。

そうすればオリヴィエは学院にも通えなくなるし、問題行動を起こしても助けてくれる人もいなくなり、平民として生きていくだろう。

このオリヴィエが平民の暮らしに戻れるとは思えないが、もしかしたらそのストレスで、オーリに主導権が移るかもしれない。思えば、男爵家に引き取られてから段々とオリヴィエのほうが表に出てくることが増えていった。

平民として育ったオーリには、貴族のご令嬢という暮らしは正直あまり性に合わなかった。

「……このことをリュシエンヌ様に報せないと」

オリヴィエが明確に王女殿下へ殺意を持った。その殺意はオリヴィエの中にある他の感情よりもずっと強く、苛烈で、恐らくそうすぐには消えないものだ。今オリヴィエは眠っているため、彼女が何を考えているかは伝わってこない。

だが、同じ体にいて思考や感情を知っているからこそ、オリヴィエの考えは予想がつく。

……きっとリュシエンヌ様を排除しようとするはず。

これまでは王女殿下に近付かなかったが、今後は積極的に動いていくだろう。

オリヴィエは王族への不敬がどのような結果を生むか本当の意味では理解していない。

自分はヒロインだから大丈夫などという、何の根拠もない自信を持っている。

それ故にどのような行動をするか……。

オーリは想像してブルリと体を震わせた。

……そうだ、今ならお父様かお母様にお願い出来るかもしれない！

今、オーリは体の主導権の大半を握っている。

いつオリヴィエに戻るかは不明だが、すぐではないことは確かだ。

オーリは急いで自室を出た。そしてそのまま居間へ向かった。

夜会から戻った両親は一度着替えた後、よく居間であれこれと話し込んでいるからだ。

そして思った通り、両親はそこにいた。

「お父様、お母様！」

ノックも忘れてオーリは扉を開けたので両親は振り向いた。

「オリヴィエ？　どうしたんだ？」

「まあ、オリヴィエったら羽毛だらけじゃない。それに髪やドレスまで乱れて……。淑女として恥ずかしいですわよ」

父親は驚き、母親は酷い格好の娘に眉を寄せた。

平民出身の母親は貴族らしさにこだわっている。

だからオーリの乱れた格好を良く思わなかったし、そんな格好で現れた娘に注意をしたのだ。

けれどもオーリはそのまま両親に駆け寄ると、床に膝をついて懇願した。

「お父様、お母様、どうか私を修道院へ入れてください！」

その言葉に両親は仰天した。

「何を言っているんだ！」

「一体どうしたの!?」

思わずといった様子で立ち上がった両親に、オーリは泣きながら頼み込んだ。

これ以上二人に迷惑をかけたくない。大切な家族を路頭に迷わせたくはない。

「お願いです、私の中には悪い私がいるんです！　この前、王女殿下の悪評を流そうとしたのもその悪い私です！　このままでは取り返しのつかないことをしてしまうかもしれません！　そうなる前に私を王都から離れた規律の厳しい修道院へ入れてください！」

「馬鹿者！　何を訳の分からないことを！　そのようなことをしたら我が男爵家の体面を傷つけることになる！　それに我が家にはお前しか子供がいないのにどうする気だ!?」

初めて父親に怒鳴られたオーリはビクリと震えた。

それでも、と必死に食い下がる。

「ですがお父様！　悪い私は王女殿下を害そうと思っています！　何をするか分かりません！」

オーリは父親に取り縋った。

しかし父親はそれを振り払うと使用人を呼びつける。

「誰か、娘を部屋へ連れて行け！　オリヴィエ、頭を冷やすんだ!!　夏期休暇が終わるまで部屋から出ることは許さん!!」

「お父様……！」

使用人のメイド達がやってきて父親からオーリを引き剥がす。

「お父様、お母様！　どうか私の話を聞いてください!!　お母様!!」

オーリが母親へ視線を向ける。

けれども、思っていたものとは違う母親の冷たい眼差しにオーリは硬直した。

いつもオリヴィエに向けられる優しい目ではない。

「あなた、きっとこの子は怖い夢でも見て錯乱しているのですわ。私が休ませてきますわ」

「おお、そうか、そうしておくれ」

「さあ、オリヴィエ、部屋に戻りましょう」

ぐい、とメイド達に引っ張られて居間から引きずり出される。

オーリが何を言っても聞いてもらえず、自室へ連れ戻されてしまった。

そうして部屋に戻されたオーリが放り出されて床に尻餅をつくと、目の前に母親が立った。

「オリヴィエ、いいこと？　あなたは貴族の殿方を射止めて、どこかより良い家に嫁ぐか、婿を取るのよ。高貴な血を入れる必要があるの。それが出来なければ、あなたも私も旦那様に捨てられてしまうわ」

淡々と言葉を発する母親の目は冷たいまま。

オーリが「でも」と口を開けば、ピシャリと平手で頬を打たれた。

「また平民の暮らしに戻りたいの？　家族を、男爵家を大事に思うなら言うことを聞きなさい！」

オーリは打たれた頬を押さえ、呆然とする。

父親も母親も少々傲慢なところはあるけれど、家族には優しい人だと思っていた。

今まで、ずっと、オリヴィエは甘やかされてきた。だから懇願すれば聞いてくれると思った。

王女殿下に不敬を働こうとした娘だ。修道院へ行きたいと願えばその通りにしてもらえると。

「おかあ、さま……」

「ああ、しまった、顔を打ってしまったわ。そこの者、今すぐ冷やすものを持ってきなさい。……オリヴィエ、あなたには失望したわ。これ以上私と旦那様に迷惑をかけないでちょうだい」

言うだけ言って、母親は部屋を出て行った。

残されたオーリは床に座り込んだまま動けなかった。

……迷惑をかけないために、言ったの……。

ぽろぽろと涙がこぼれ落ち、意識が遠退いていく。

……わたしはどうしたらいいの……？

オーリの意識が闇に呑まれ、床へ倒れ込んだ。

そしてパチリと目を覚ます。

「……何よ、これ？」

涙で濡れ、痛む頬にオリヴィエは顔を顰めながら起き上がったのだった。

エピローグ

夏期休暇ももう終わりである。

一ヶ月半という長い休みはなかなか充実した時間であったと思う。

クリューガー公爵領にも行けたし、みんなにそのお土産も渡せたし、何よりルルとの婚姻が承認されて夫婦になれた。挙式は卒業後だけれど、もう夫婦なのだ。

誕生パーティーから一週間ちょっと経っているが、いまだにわたしは頬が緩んでしまう。

……わたし達、妻と夫なんだよね。

婚姻したからと言ってもわたし達の関係が大きく変わったわけではない。

わたしはまだ王女だし、ルルも侍従兼護衛なのはそのままだ。

ただ周りの対応が変化した。以前は完全に二人きりにならないように、侍女達が常に室内にいたけれど、今は二人きりにさせてくれる。侍女やメイド達も人前では「殿下」とまだ呼んでいるものの、離宮の中ではみんながわたしを「奥様」と呼ぶ。

そう呼ばれる度にドキッとする。慣れてなくて少し照れくさい。

お父様とお兄様は特に変化はない。

でもルルは前よりも更に過保護になったかも。

「リュシー、暑くない？」

差し出された果実水を受け取ると、ほどよく冷えていた。

「ありがとう、大丈夫だよ」

わたしの横に腰掛けると肩に腕を回される。

「これ料理人からもらったからぁ、一緒に食べよぉ？」

ルルがもう片手に持っていたお皿を見せる。

クッキーだ。わたしの好きなクルミ入りと、ルルの好きなチョコチップを交ぜたもの。

お皿を膝の上に置くと、ルルが二種類のクッキーを先に一枚ずつ食べる。

それからわたしにクルミ入りを差し出した。

「あーん」

婚姻したことでルルの中で何かが変わったようだ。

……変わったというか、遠慮がなくなった？

とにかく、以前よりももっとべったりしたがって、わたしの傍から離れることが更に減った。

「あー、ん」

クルミ入りクッキーにかじりつく。

ルルがニコニコしているので、嬉しそうならまあいいか、と思ってしまう。

わたし自身、不自由しているわけでもない。

お皿からチョコチップクッキーを取る。

「はい、ルルもあーん」

同じようにすればルルがクッキーにかじりつく。

クッキーを口に咥え、器用にもぐもぐと食べて、クッキーがルルの口の中へ消える。

その間、わたしがルルの手からクルミ入りクッキーを食べさせてもらう。

……ルルは構いたがりなのかな？

婚姻してから日に一度はこうやって食べさせ合いをしているし、寄り添っている時間も増えた。

人によってはそれを鬱陶しく思うかもしれない。

でもわたしはむしろ、とても安心出来る。

それにルルと触れ合っていると、それだけで心が満たされた気持ちになる。

卒業後は子爵夫人としてルルと共に屋敷へ引っ越すことになる。王都を離れて暮らすので社交の場にも出ないし、恐らく慈善活動なんかの外出もなくなるだろう。

ルルとの家で、ルルと過ごす。きっと穏やかで、平和で、代わり映えのない日々だ。

でもそれでいい。それがいい。変化や刺激なんてわたしは求めていない。

ただルルと一緒にいられれば幸せだ。

「明日からはまた学院だねぇ」

ルルがどこか残念そうに言う。

「そうだね、夏期休暇も今日で終わりだね」

「リュシーとのんびりする時間が減るのはちょ〜っと面白くないなぁ。それにあの男爵令嬢もいるしぃ？」

今度は不満そうにムッとする。

そんなルルの頬に手を伸ばす。

「その分、帰ってきたら一緒に過ごそう？」

「そうだねぇ」

婚姻の日からわたしとルルは同衾している。ただ一緒に眠っているだけで、それ以上はしてない。

……その、覚悟はいつでも出来てるけど……。

ルルがわたしのことを気遣ってくれているのだと思えば嬉しいものだ。

ただ「十八になったら覚悟してねぇ」と言われていろんな意味でドキッとした。

……体力つけないとまずいかなあ。

ルルは女神の祝福を受けてから身体能力が明らかに上がっている。

一度騎士達との手合わせをするというので見に行ったのだけれど、圧勝していたし、息一つ乱れた様子はなかった。身体能力だけでなく体力まで上がったのではと疑っている。

「そういえば、最近オーリからの手紙が来ないんだけど、闇ギルドから何か報告が届いてない？」

ルルが手を拭くと魔法で書類を取り出した。

「うん、届いてるよぉ。はい、どうぞぉ」

「ありがとう」

差し出された書類を受け取った。それに目を通していく。

オリヴィエは今、自宅で謹慎中らしい。

王女の悪評を広めようとしたのが両親にバレて叱責されたようだが、資料を見る限り、反省の色は見られない。当たり前だが王族に不敬を働こうとした者とその家として、セリエール男爵家やオリヴィエから離れていった家や人があるそうだ。

特にオリヴィエはそれに苛立っているみたい。

それからわたしとルルの婚姻を聞いて、本格的にわたしへの敵意を強めたようだ。

「オーリ……」

報告書にはオリヴィエが両親に一度、泣いて縋って修道院行きを願ったと書かれていた。

だがその願いは聞き入れられず、それどころか今は自室に軟禁状態らしい。

報告書にはオーリと両親のやり取りまで書かれており、その様子が目に浮かぶ。

両親から否定されてオーリは傷ついただろう。

報告書を読む限り、それ以降はまたオリヴィエに主導権が戻ってしまっているようだった。

王家から密かに男爵へ事実を伝えてもらおうか？

けれど、オリヴィエは罰を与えられるほどの悪行は犯していない。

お兄様達が会わないように避けていたから。

王女の悪評を広めようとした件も、表立って大事にはなっておらず、噂の範囲内でもあった。

誰の目にも明らかな証拠がなければ罰せられないし、その場合、オーリも罰を受けることになる。

「まだあの魔法も完成してないし……」

オリヴィエを封じる手立てはない。

ルルがクッキーをかじる。

「じゃあ泳がせとけばぁ？」

言って、クッキーを口へ放り込む。

それを食べ終わると言葉を続けた。

「魔法が完成するまで泳がせてぇ、その間に問題を起こしたら修道院なり牢なりに入れればいいんじゃなぁい？　その様子だと何もしないってことはないだろうしぃ、それから分離させて封じるかどうかはリュシーが決めればいいよぉ」

「やっぱりそれしかないかな」

オリヴィエがほどほどに罰せられるくらいの何かを起こしてくれれば、正式に処罰出来る。

魔法が完成するまでの時間稼ぎにはなるだろう。

オリヴィエを封じるかは、その時に改めてオーリと話して決めればいい。

……多分、オーリは封じる道を選ぶ。

オリヴィエについては情状酌量の余地はなさそうだし、オーリからしたら、自分の体で好き勝手にされているのだ。

そのままにはしないと思う。

「オレがサクッと殺すのはぁ？」

「ダメ」

「だよねぇ。ほんっと面倒くさぁい」

と、クッキーを咥えながらルルがソファーの背もたれに寄りかかる。

「ごめんね、我が儘言って……」

わたしが止めなければルルはオリヴィエを消してしまっていたかもしれない。

オーリの存在を知ってしまった以上、それを見過ごせないというのはわたしの我が儘だ。

本当はルルが悩むことではないだろう。

それでもルルは笑った。

「いいよぉ、奥さんの我が儘を叶えてあげるのは夫の特権だもんねぇ」

ニッと口角を引き上げるルルにわたしもつられた。

「ふふっ。うん、わたしの旦那様は凄く優しくて、奥さんを甘やかしてくれる良い旦那様だよ」

ルルに寄りかかる。

「でもぉ、もしリュシーを害そうとした時は止めるし、その時は容赦しないからぁ」

「それは、まあ、仕方ないね……」

その場合は王女を害そうとした罪でオリヴィエは捕まるだろう。

ルルだけでなくお父様やお兄様も容赦しないと思う。

「でもあんまり傷つけないでくれたら嬉しいなあ」

ルルに肩を抱き寄せられる。

「努力するよぉ」

絶対と言い切らないところがルルらしかった。

＊＊＊＊＊

オリヴィエは訳が分からなかった。

自室の床で倒れた状態で目が覚めてから、どうにも周囲の目がおかしいのだ。

父親は急に厳しくなった。母親も最初は厳しい顔をしていた。

「オリヴィエ、あなた修道院へ行きたいの？」

なんて訊いてくるんでオリヴィエは強く否定した。

「修道院っ？　そんなところ行きたくないわ！」

そう言うと母親は目に見えてホッとした。

オリヴィエは突然のことに驚いていた。

「そうよね、行きたくないわよね？」

「当たり前じゃない、お母様！　あんなところ死んでも嫌だわ！」

修道院は悪役(リュシエンヌ)が行くところだ。

何でそんなところに自分(ヒロイン)が行かなければならないのか。

怒るオリヴィエに母親は安堵した様子で戻っていった。

だが、どういうことか、屋敷内の謹慎が今は自室での謹慎に変わっていた。

……本当に一体何があったの？

使用人達はオリヴィエに近寄らない。元々そうではあったが、あの床で目覚めた時から、使用人達の目がどこか変わったことだけは分かった。何があったのか聞き出そうとしても誰も答えない。

母親や父親に訊いても「あれは忘れなさい」「覚えていないならそれでいい」と言うばかり。

でも気になったのでこっそり夜に居間へ行って、両親の話を盗み聞きすることにした。

月明かりを頼りに廊下を歩く。

居間へ辿り着くと、夏場で風通しを良くするためか扉が開いていた。

ギリギリまで近付けば両親の声がする。

「あなた、本当にオリヴィエをお医者様に診ていただかなくてよろしいのですか？」

母親が父親に問う。

「仕方あるまい。もし心の病だなどと判断されてしまったら婿どころか嫁のもらい手すらなくなってしまう」

「ですが、この間のオリヴィエはいつもと雰囲気が違っておりましたわ」

「確かに、それは私も気になってはいるが……」

……何？　何の話をしているの？

「『修道院へ行きたい』なんて言い出した時は驚きましたわ。どこで育て方を間違えてしまったのかしら……」

はあ、と母親の溜め息が聞こえる。

その言葉にオリヴィエは更に混乱した。

……修道院に行きたいなんて、私は絶対に言ってない！

しかしオリヴィエが飛び出す前に父親の声がした。

「だがいつものオリヴィエに戻ったじゃないか。とにかく今回のことは使用人達にも金を握らせておいたし、オリヴィエ自身は覚えていないようだから良いじゃないか。精神に異常があると知れたら我がセリエール家の恥だ」

「ええ、そうですわね、オリヴィエ自身にもこの話は伏せておきましょう」

オリヴィエはふら、と居間から離れた。

周囲の変化の原因を探ろうとしたのに余計に訳が分からなくなってしまった。

……みんなおかしいわ。

オリヴィエは修道院になど行きたくない。愛する彼と一緒になるのだから。

……でも悪役が邪魔をしている。

自分の場所を奪うだけでは飽き足らず、あの女は自分の最も愛する人を奪った。

……絶対に許さない。

爪を噛みながら月光を頼りに部屋へ戻る。

夏期休暇は明日までで、また学院が始まる。

前期で全く会うことの出来なかったアリスティードに近付くのは難しそうだ。

……どうにか巻き返さなきゃ。

部屋に戻ったオリヴィエは考える。

そして一つの可能性に思い至った。

「そうだわ、悪役に意地悪されるイベントを消化していけば……」

原作とは違い、アリスティードの近くにはリュシエンヌ以外の、婚約者がいる。

キャラクターが増えたのは面倒だけれど、婚約者ということは悪役になり得るかもしれない。

リュシエンヌ、そしてアリスティードの婚約者。この二人に虐められればいいのだ。

実際に虐められる必要はない。それらしい出来事があればいい。

そしてオリヴィエが泣けばみんな信じるだろう。

原作と同じような流れにすればアリスティード達も出てくるはずだ。

オリヴィエの愛する彼も、もしかしたら……。

リュシエンヌが性悪女だと気付けば、きっと目が覚めてオリヴィエを好きになってくれる。

「だって、私はヒロインだもの」

幸せになるのは、この私なのだ。

特別書き下ろし
番外編

旅行中の二人

I WAS REINCARNATED
AS A VILLAIN PRINCESS,
BUT THE HIDDEN CHARACTER
IS NOT HIDDEN.

リュシエンヌ＝ラ・ファイエット王女殿下が夏期休暇を使い、クリューガー公爵領を訪れたある日の昼食のひととき。

エカチェリーナは息を潜めて目の前の光景を眺めていた。

昼食を摂った店の個室。その一角に二人がいた。

三人がけの大きなソファーの端に座ったリュシエンヌ。その膝の上に王女殿下の婚約者であるルフェーヴル＝ニコルソンが頭を預け、目を閉じ、眠っているようだった。

婚約者の柔らかな茶髪の頭を撫でつつ、リュシエンヌが抑えた声で女神の讃美歌を歌っている。

艶のある、のびやかで美しい歌声だ。

幸せそうな、優しい、愛おしむような響きなのは、歌い手の気持ちが表れているのだろう。

……リュシエンヌ様は歌がお上手でしたのね。

学年が違うため、聴くのは初めてであった。

エカチェリーナの婚約者であり、リュシエンヌの兄であるアリスティード＝ロア・ファイエット王太子殿下から「妹は歌が得意だ」という話は聞いたことがあったものの、これほどとは思いもよらなかった。

恐らく、隣室に控える侍女にも聞こえているだろう。

思わず聴き惚れてしまう。

歌いながら、リュシエンヌの細い手が婚約者の頬にかかった髪をそっと除けてやり、慈愛に満ちた微笑みを浮かべている。

だらりと椅子から落ちたルフェーヴルの腕からして、彼が熟睡しているのは明白である。

……意外だわ……。

ルフェーヴル＝ニコルソンは王女の婚約者であり、侍従であり、護衛でもあるが、それ以前に暗殺者だった。普通、その手の職業の者は主人の前ですら気の緩んだ姿を見せはしない。職業柄、警戒心が強いのだ。

それなのに、こうしてルフェーヴルは眠っている。

長身の彼にとっては三人がけのソファーも狭いらしく、長い足が肘置きを越えてソファーの外へと投げ出され、きっと窮屈で寝にくいだろう。

だが、まるで幼子のように安心しきった様子で眠る。

リュシエンヌは讃美歌を一度歌い終えると一呼吸置き、そしてまた頭から歌い始める。歌うのも楽なことではない。しかしリュシエンヌは琥珀の瞳を柔らかく細め、歌い続けた。

……まるで母子のようだわ。

高い天窓から差し込む光が淡く二人を照らしている。

教会にあるステンドグラスに描かれた女神を彷彿とさせた。

守られるリュシエンヌと守ろうとするルフェーヴルという、いつもの構図とは反対で、ルフェーヴルの安眠をリュシエンヌが守っていた。

言葉などなくとも二人の信頼関係が感じられる。

リュシエンヌの声が、目が、手が、表情が、眠っている婚約者を愛しているのだと告げている。

エカチェリーナは声を発するどころか、自身の呼吸する音ですら、この聖域のような透明な空気を壊してしまうのではと息を詰めた。

……ああ、どうしてここに画家がいないのかしら。

この二人の姿こそ、残すべきなのに。

これこそが本来の二人の姿なのかもしれない。

ルフェーヴルが他を威嚇し、リュシエンヌを守り、囲い込んでいるように見えるが、実際はリュシエンヌがルフェーヴルの全てを受け入れ、慈しんでいる。それがよく分かる光景だ。

そして、この光景を見られる者はそう多くないだろう。

……わたくしは信用してもらえているのかしら？

もし、そうだとしたら嬉しいとエカチェリーナは思った。

ルフェーヴルが信用しても良いと判断するのは、リュシエンヌの味方だと判断した者だけだろうし、エカチェリーナ自身も王女殿下の盾のつもりであった。認められて嬉しくないはずがない。

エカチェリーナは物音一つ立てずにその光景を眺めた。

……後ほど、アリスティード様にご報告しましょう。

リュシエンヌ様を見守る会の会員として、今回の旅行の件は余すところなく報告するつもりではあったが、こういった何気ない瞬間こそ価値あるもののように思えた。

そうしてリュシエンヌは一時間ほど歌い続けた。

邪魔をするのは少し憚(はばか)られたが、このままでは後の予定が押してしまうので、仕方なくエカチェリーナは声をかけた。

「リュシエンヌ様、そろそろ……」

それにリュシエンヌが頷き、歌をやめる。

「ルル、ルル、そろそろ起きる時間だよ」

歌うように声がかけられるとルフェーヴルが目を覚ました。

「おはよぉ、リュシー」

先ほどまで熟睡していたとは思えないほどハッキリした声であったが、くあ、と小さく欠伸をしたので、本当に眠っていた――……のだろう。恐らく。

「おはよう、ルル。よく眠れた？」

「うん」

頷きながらルフェーヴルが起き上がる。

その跳ねた後頭部の髪を見て、リュシエンヌが笑った。

「ルル、髪が跳ねてるよ」

細い手が撫でるように髪を押さえた。

行儀悪くソファーに胡座をかいた状態でルフェーヴルは素直にリュシエンヌの手を受け入れており、むしろ、どこか嬉しげにすら見える。

リュシエンヌは一生懸命、婚約者の髪を整えていた。

「……うん、よし、これでいいかな」

と、リュシエンヌが満足そうに頷いた。

「ありがと、リュシー」

「どういたしまして」

ルフェーヴルが振り向き、リュシエンヌに手を伸ばして抱き着くと、大きな猫のようにゴロゴロと懐き始めた。

親しい人間だけしかいない時は大抵このような感じではあるものの、何度見ても、こちらのほうが少し気恥ずかしくなってくる。

「さあ、そろそろ次の宝飾店にまいりましょう」

と、あえて空気を一新させるために手を叩く。

ルフェーヴルがやや不満そうな顔をしたけれど、すぐにリュシエンヌを抱き締める手を離し、解放する。

リュシエンヌもルフェーヴルも立ち上がった。

「ん～……」

ルフェーヴルが両手を上げて、ぐぐぐ、と体を伸ばした。

それから肩を動かし、首を左右に傾けると、パキ、ペキ、と軽い音が響く。

「ソファーじゃ狭かったよね」

「いんやぁ、地面に直じゃないし寝やすかったよぉ」

「そう？」

心配そうに見上げてくるリュシエンヌに気付いたルフェーヴルが、安心させるように緩く微笑む。

この二人はお互いへの執着や愛情が強いけれど、それと同じくらい、相手への気遣いも忘れていない。そういうところが微笑ましくて、美しくて、ご令嬢達から『王女と男爵の恋物語』として人気が高いのだろう。

……それにニコルソン男爵は人前では大きな猫を被っているのよね。あれはもはや別人だもの。

ルフェーヴルがリュシエンヌの全身を確認し、ドレスのしわなどを伸ばしたり、髪を整え直してやっている。いつ見ても甲斐甲斐しい。

「はぁい、準備完了〜」

「ありがとう、ルル」

「どういたしましてぇ」

先ほどとは逆のやり取りをしている。

「侍女に声をかけてきますわ」

当たり前のように手を重ねた二人に、エカチェリーナもいつも通りの微笑みを浮かべて対応したのだった。

＊　＊　＊　＊　＊

旅芸人の道を見に行った日。

城へ戻ると弟のルイジェルノが羨ましがった。

ルイジェルノはまだ子供なので、人気の多い場所は危ないということで、旅芸人の道を見に行ったのは一度きりだった。

「僕も旅芸人の道を見たかったです」

しょんぼりと肩を落とす弟を宥めようとしたが、エカチェリーナよりも先に、意外にもルフェーヴルが口を開いた。

「少しなら私も出来ますが、お見せしましょうか？」

それにルイジェルノが目を輝かせた。

「え、本当ですか？　是非見たいです！」

すぐにリュシエンヌとルフェーヴルでこそこそと話をした後、中庭に移動し、適当な板を庭師に用意してもらい、簡易の的を作った。

それを中庭の道の向こうに置いてルフェーヴルが戻ってくる。

「さあ、紳士淑女の皆様、どうぞご覧ください」

わざとらしい大きな仕草でルフェーヴルが礼を執り、昼間見た旅芸人のように振る舞った。

その手元に空間魔法が展開される。

「まずはナイフ投げ。百発百中、見事中心に全て当てることが出来ましたら、盛大な拍手をお送りください」

ルフェーヴルがナイフを構える。投げた。飛んでいったナイフが吸い込まれるように的の中央に突き刺さり、ガッと音が鳴る。的が少し揺れた。

「うわあ、凄いです……！」

「ど真ん中だよ、ルル！」

ルイジェルノだけでなくリュシエンヌまで楽しんでいる。

「さあさあ、次々いきますよ」

それからルフェーヴルが二本目、三本目とナイフを投げていくが、そのどれもが中心の赤い丸に突き刺さっていく。職業を考えれば、その命中精度の高さはあまり笑えないのだが……。

観客二人は的にナイフが刺さる度に歓声と拍手を送る。

ルフェーヴルが珍しく得意げな表情を見せた。

「では、お次はジャグリング。華麗に操ってみせましょう」

ルフェーヴルが手招く仕草をすると、的に刺さっていたナイフが全て抜け、まるで糸で繋がっているかのようにその手元へ戻ってくる。

数本残して、残りのナイフは空間魔法に戻される。

一本目がひょいと投げられる。それが片手に落ちる前に、その手から二本目が投げられ、更に三本目のナイフが入り、絶妙な間合いでもって三本のナイフが空中で交差しながら投げられる。もちろんナイフに鞘などついていない。抜き身である。

ひょい、ひょい、ひょい、ひょい。ナイフが舞う。

しかも時には背中に回してみたり、全部を高く投げている間に自分が一回転してみたり、暗殺者の技量と体幹の強さを感じさせるものだった。

ルイジェルノとリュシエンヌがキラキラと輝く目でそれを眺め、上手く出来る度に惜しみない拍手を送っていて、観客もやっている側も楽しそうだ。

最後に空間魔法を展開させるとそれらを落として回収する。

「さて、ナイフはこれでオシマイです。お次は剣による芸をお見せしましょう。さあ、何をご覧になりたいですか？」

はい、とルイジェルノが挙手した。

「剣だけで立つことは出来ますかっ？」

それにルフェーヴルがニッと笑った。

「もちろん」

剣先で地面の石畳を数度叩き、それから剣を突き立てると、グッとその長身に力が入るのが分かった。剣の上に覆い被さるようにルフェーヴルが体を倒し、そして、足が離れた。

……え、本当に出来てしまうの？

さすがのエカチェリーナも驚いた。

足が離れる瞬間に地面を蹴って、長い足がスラリと上へ上がる。剣の柄を掴んでいる手や腕がギチリと小さく鳴った。そのまま倒れるかと思いきや、予想に反し、少しぐらついただけで、剣と同じようにまっすぐ、垂直に長身の足が天を向いた。

「凄い凄い!!　ルル、そんなことも出来るの!?」

リュシエンヌが興奮している。

横でルイジェルノも「凄い!!」と声を上げている。

その体勢から、何とルフェーヴルはゆっくりと体を下ろし、先ほどとは逆の動きで地面へ足をつけた。

「最後に剣を呑み込んでみせましょう」

あ、とルフェーヴルが上を向いて口を開けた。

剣を掲げ、開いた口の中へ剣先を入れていく。

普通に入れたら当たり前だが口内が切れてしまうし、そもそも、そんな長くて危険なものが体内に入るわけがない。

だが、目の前で入っていく光景に驚いた。

「え、え、うわ、えっ？」

「ええっ、嘘……!?」

ルイジェルノとリュシエンヌも驚いている。

見る見るうちに剣先が呑み込まれていき、ルフェーヴルがその状態で俯くと、最後の一押しとばかりに両手で柄を覆って押し込む動作をした。顔を上げると、剣はなくなっていた。

「これにて、本日の芸はオシマイです」

ルイジェルノが駆け寄っていく。

「どうやってやったのですか！　それは僕にも出来ますかっ？　本当に呑み込んだのですか!?」

酷く興奮していて、慌てて弟を引き離す。

「ルイ、落ち着きなさい」

と、声をかければ弟がハッとした様子で我へ返る。

「ごめんなさい……。凄かったので、つい……」

「いえ、楽しんでいただけて何よりです」

ルフェーヴルが穏やかに微笑んだ。

それにエカチェリーナはまた驚いた。

……もしかして子供好きなのかしら？

けれども、これまでそのような雰囲気は感じられなかった。どちらかと言えば子供は好きではなさそうな印象があったので、意外だった。

横にいるリュシエンヌも驚いた様子である。

「ルイジェルノ様、どこにいらっしゃるのですか！」

と、弟を捜す声にルイジェルノが反応する。

「あ、申し訳ありません、戻らないと……」

「もしかしてまだ授業中だったのかしら？」

「はい、馬車が見えたから少し休憩時間をもらったんです」

少し残念そうな顔をしたものの、ルイジェルノはすぐに笑顔を浮かべてルフェーヴルを見上げた。

「ニコルソン男爵、芸を見せていただきありがとうございました！　とても楽しい時間を過ごせました！」

「どういたしまして」

それから捜しに来た侍従と共に、ルイジェルノは部屋に戻って行った。

見送ったルフェーヴルがリュシエンヌを抱き締めた。

「リュシーの反応が可愛かったから、頑張っちゃったぁ」

あは、とルフェーヴルがいつもの緩い笑みを浮かべる。

「ねえ、二つ疑問があるんだけど訊いてもいい？」

「いいよぉ」

「ルルの重みで剣が折れなかったことと、剣を呑み込んだこと、どうやったの？」

それはエカチェリーナも疑問だった。

思わず同意の頷きをエカチェリーナもした。

「あ〜、最初に強化魔法をかけておいたんだよぉ。剣を呑み込む芸はぁ、外から見えない辺りに空間魔法を展開させて〜、あとは口を切らないように仕舞えばイイ感じかなぁ」

リュシエンヌが手を叩いた。

「なるほど、空間魔法って便利だね」

……でも、空間魔法を小さく展開させるのは難しいのに。誰にでも出来ることではないわね。

空間魔法は大きく展開させる分には問題ないが、小さく展開させるのは魔力の扱いによほど長けていないと難しい。それが出来るということは、かなり魔法技術が高いと言える。

「わたしも魔法が使えたら色々便利なのになあ」

そう言うリュシエンヌにルフェーヴルが笑った。

「リュシーの場合は魔法使いすぎて倒れたり、魔法を暴発させたりしそうだからぁ、使えないほうが安全じゃなぁい？」

「うーん、まあ、確かに。使えない人間がいきなり魔法を使えるようになったら、絶対何かやらかすよね」

そこで怒らないのはリュシエンヌらしい気がした。

その後、ルイジェルノが何度かルフェーヴルに芸を見せてほしいと頼み込んでいたけれど、ルフェーヴルはもう頷くことはなかった。気紛れな彼らしい。

ちなみにこっそりリュシエンヌに訊いてみたが、ルフェーヴルは別に子供が好きではないらしい。

「でも、孤児院に行くと小さい子達はみんなルルにくっついたり、よじ登ったりするんですよ」

子供に懐かれやすいそうで、やはり意外だった。

＊　＊　＊　＊

王都への帰還前日、二人にデートする機会を贈った。

王女とその婚約者である二人は王都ではどうしても目立ってしまうので、せめて公爵領ではゆっくりと楽しんでほしい。

観劇にカフェ、本屋や景色の良い場所などを巡る。

ごく普通の恋人同士がするデートは二人には新鮮だったようで、とても楽しそうに過ごしている姿にエカチェリーナだけでなく、ついて来ていた侍女や騎士達も和やかな表情を見せていた。

……リュシエンヌ様ももうすぐ成人なのね。

初めて出会ってからもう四年が経つと思うと、時の流れは早いものだ。十二歳の、まだ幼さが強く残るリュシエンヌを守るように傍らに立って守護するルフェーヴルを思い出す。

あれからリュシエンヌは成長し、少女から女性へと成長しつつある。

……そういう意味ではニコルソン男爵はあまり変わらないわね。

青年で、若く見えるが、実年齢は分かりにくい。

だからこそ成長して、ぐんと大人びたリュシエンヌの横に立ってもさほど年齢差を感じられないのかもしれないが。

「今日は凄く楽しかったね、ルル」

二人が手を繋いで歩いている。町中で手を繋いで歩くなんて、誰でも出来ることなのに、たったそれだけのことでも喜んでいる姿を見ると、王族という身分の窮屈さを感じた。

「そうだねぇ。まあ、でももう観劇は要らないかなぁ」

「あはは、ルルは興味ない感じだったよね」

「別に劇が嫌いってわけじゃないけどぉ、そもそも娯楽小説自体もそんな好きじゃないしなぁ」

「そうなんだ？」

横に並んだ二人が楽しげに話している。

……良い思い出をつくれたかしら？

あと半年もすればリュシエンヌは学院を卒業して、そう間を置かずに結婚式を挙げ、ルフェーヴルの下へ嫁ぐ。そうなれば会うことも減るだろう。

寂しいけれど、でも、全く会えないわけではないだろう。

振り返ったリュシエンヌが思わずといった様子でエカチェリーナに抱き着いた。

「エカチェリーナ様、今日はありがとうございます。ルルとこうして町中をデート出来るなんて、とても楽しかったです！」

その笑顔がとても嬉しそうだったので、エカチェリーナも嬉しくなり、同じように抱き返した。

「そうおっしゃっていただけて光栄ですわ」

お互いにギュッと抱き締め合っていたが、すぐにルフェーヴルにバリッと引き剥がされる。

「リュシーはオレだけのリュシーなんだけどぉ」

と、不満そうに言ってルフェーヴルはリュシエンヌを守るように抱き締めた。

……あら、嫉妬かしら？　こういうところは少し可愛らしいわね。

思わず小さく笑ってしまう。

「ごめんなさい、ニコルソン男爵。あなたからリュシエンヌ様を奪うつもりはございませんわ」

「分かってるけどさぁ、同性だからってちょ〜っと近すぎだよぉ」

それにリュシエンヌが嬉しそうにニコニコしている。

ルフェーヴルの嫉妬が嬉しかったらしい。

これからはまた王都に戻り、学院生活が再開する。

男爵令嬢という問題はあるけれど、とりあえず、今は夏期休暇を楽しんでもらいたい。

リュシエンヌがエカチェリーナへ手を差し伸べた。

その手にエカチェリーナは自分の手を重ね、ルフェーヴルとは反対側のリュシエンヌの隣に立つ。

「クリューガー公爵領は本当に素敵なところですね」

リュシエンヌの言葉にエカチェリーナは胸を張った。

「ええ、自慢の我が領ですわ」

そうして城までの道のりを、三人で手を繋いだまま、ゆっくりと歩いて帰る。

今年の夏期休暇はエカチェリーナにとっても良い思い出となった。

公爵領に友人が来るのはよくあることだが、まさか王女であるリュシエンヌに訪問してもらえるとは思っていなかったので、本当に嬉しい休みである。

ずっと、こんな楽しい時間が続けばいいのにと思ってしまう。

……いいえ、有限だからこそ大切な時間なのでしょう。

傷一つない、細く、滑らかな手をそっと握る。

この手が傷つかないように、あと半年、頑張っていこう。

「リュシエンヌ様、学院生活は楽しいですか？」

そう訊けば、リュシエンヌが笑顔で頷いた。

「はい、学院も夏期休暇も、毎日楽しいです。あと半年なのが、ちょっと勿体ないくらい」

「ふふ、夏期休暇後、後期は前期よりも行事がありますから、きっとあっという間に過ぎてしまいますわね」

「一年が倍くらいあったらいいのにと思います」

リュシエンヌの言葉にルフェーヴルが「ええ〜」と言う。

「それだとリュシーと結婚するまで時間かかっちゃうよぉ」

「あ、そっか、ルルとの結婚が先延ばしになるのは嫌だなあ。時間を好きに操れる魔法があったらいいのにね」

小さな子供みたいなことを言うリュシエンヌが可愛らしい。

ルフェーヴルもそう感じたのか優しく微笑んでいる。

「後期も沢山、楽しみましょう」

エカチェリーナが言えば、リュシエンヌが頷いた。

「はい、後期もよろしくお願いします、エカチェリーナ様」

ギュッと握られた手を握り返す。

……アリスティード様が羨ましがるかもしれないわね。

自身の婚約者の姿を思い出し、エカチェリーナは小さく微笑んだのだった。

あとがき

皆様こんにちは、早瀬黒絵です。またここで再会出来て、嬉しいです。

この度は『悪役の王女に転生したけど、隠しキャラが隠れてない。5』をご購入いただき、まことにありがとうございます。おかげさまで今年中に三巻、四巻、五巻と三冊も発刊出来ました。

何よりグッズ！　グッズですよ！　今更ですが実感が湧いてきました（笑）。

三巻から五巻までグッズも同時販売でもう幸せすぎます……!!

三巻では一〜二巻表紙・口絵＋描き下ろしのポストカード、四巻では三巻までの可愛い表紙アクリルキーホルダー、そしてなんと、五巻ではリュシエンヌとルフェーヴルが婚姻発表する夜会への招待状風ポストカード付きレターセット。グッズと本を並べてニヤニヤしています。

さて、四巻でついに原作ゲーム時間軸に突入したリュシエンヌ達ですが、ゲームやヒロインちゃんなどから一時離れた、夏期休暇中の幸せそうな二人の物語をお楽しみいただけたら幸いです。

五巻も僅かにですが加筆修正を行っておりますので、Ｗｅｂ版との違いを探すのも面白いですね。

いつも思うのですが、ｃｏｍｅｔ先生の華麗なイラストのおかげで生き生きとしたリュシエンヌ達を読むことが出来て、毎回私も表紙や口絵、挿絵などを楽しみにしております。特にリュシエンヌは常に違うドレス姿なので、可愛くて可愛くて……。貴族の装いをしたルフェーヴルもかっこよくて、そんな二人が並んでいる姿を見ることが出来てニコニコしています。

今回は可愛い二人の楽しい旅行、そして婚姻の一冊でした。

四巻発売から五ヶ月経ちましたが、皆様はいかがお過ごしでしょうか？

私は元気なのですが、家族のほうが色々とありまして検査入院をしたり、体を壊したり、どうやら今年は私以外が厄年のような状態になっていて、我が家は何かと忙しい状態でした（苦笑）。

でも、幸い大事にならずに済んでいるのでホッとしています。健康はそれだけで幸せなことです。

ちなみに私は四巻発売頃辺りから延々とカプレーゼを食べ続けています。トマチー美味しい。

マイブームが来るとそればかり食べ続けてしまう癖があり、しばらくはカプレーゼにハマっていそうです。こんな感じではありますが、私は元気にマイペースにやっていますので、ご心配なく！

皆様もどうか、健康にはお気を付けください。

家族、友人、小説を読みに来てくださる皆様、出版社様、編集者さん、いつもリュシエンヌ達を美しく丁寧に描いてくださるイラストレーターの先生、多くの方々に感謝の気持ちをお伝えします。

本当にいつもありがとうございます！

ここまで出版出来たのは、関わってくださる皆様のおかげです。

今後もリュシエンヌとルフェーヴルの物語が続くことを願って。

二〇二三年　十一月　早瀬黒絵

巻末おまけ

コミカライズ
第四話試し読み

漫画
四つ葉ねこ

原作
早瀬黒絵

パリィィィ!!
お兄様 どうして!?
どうして その女ばかり 庇うのよ!
そんな平民上がりの女が 常識知らずだから 躾てやってるんじゃない
第4話
躾…だと? 彼女に暴力を 振るうのが…?
そうよ 私のものに 手を出したんだもの

お兄様は
私だけを見ててよ
私だけを大事にして
いればいいのよ！
いい加減にしろ
リュシエンヌ…
父上も私も
最大限お前を守ってきた
つもりだが　お前をこれ以上
擁護することはできない
嫌！
嫌よ！
裏切り者！
お——い
スゥ…
ねぇってば！

ねえ
死んだの？
生きてる？
あッ生きてた
死んじゃったかと
思ったよ
んーすごい
目が腫れてるね
スッ
泣いてたの？
あっ

フルフル
？
口の中？
見せてぇ
ありゃあこれは
痛そう
あのおばさんに
やられたの？
…わらひが
いけなかったの…
ごふぇんね
いっしょに
たべれひゃく
なっひゃった…
んー

何言ってるか
わかんないや！
ガーン!!
ちょっと待ってね～
こんなもんかな

すぐ戻るから
これ舐めて待っててねー
パアアアア
あ…
氷だ
…戻ってこない
…
リュシエンヌがどうして原作のような苛烈な性格になったかわかる気がする――…

保護されて
優しくしてもらって
すごく
嬉しかったんだろうな
初めて家族が
居場所ができて
でもいつか
家族に見捨てられて
ひとりになるんじゃないか
不安になって
依存して束縛して――
ヒロインのオリヴィエは
リュシエンヌとは正反対で
ひどい境遇で育ったからこそ
どんな人にも親身になって
周りに目を向けていた
だから愛されたのに

「リュシエンヌ」は
それがわからない
周りのせいにして
攻撃して…
それで愛を得られる
わけないのに
さっきの夢
まるで「わたし」自身が言ってるみたい
だったな――…
おまたせー

遅くなってごめんねー寂しかった？
ううん
へいき
・・・
そっか
これ薬～
飲んでね
あっありがとう
今日はちゃんと口直しがあるんだ
そんな顔しないでー

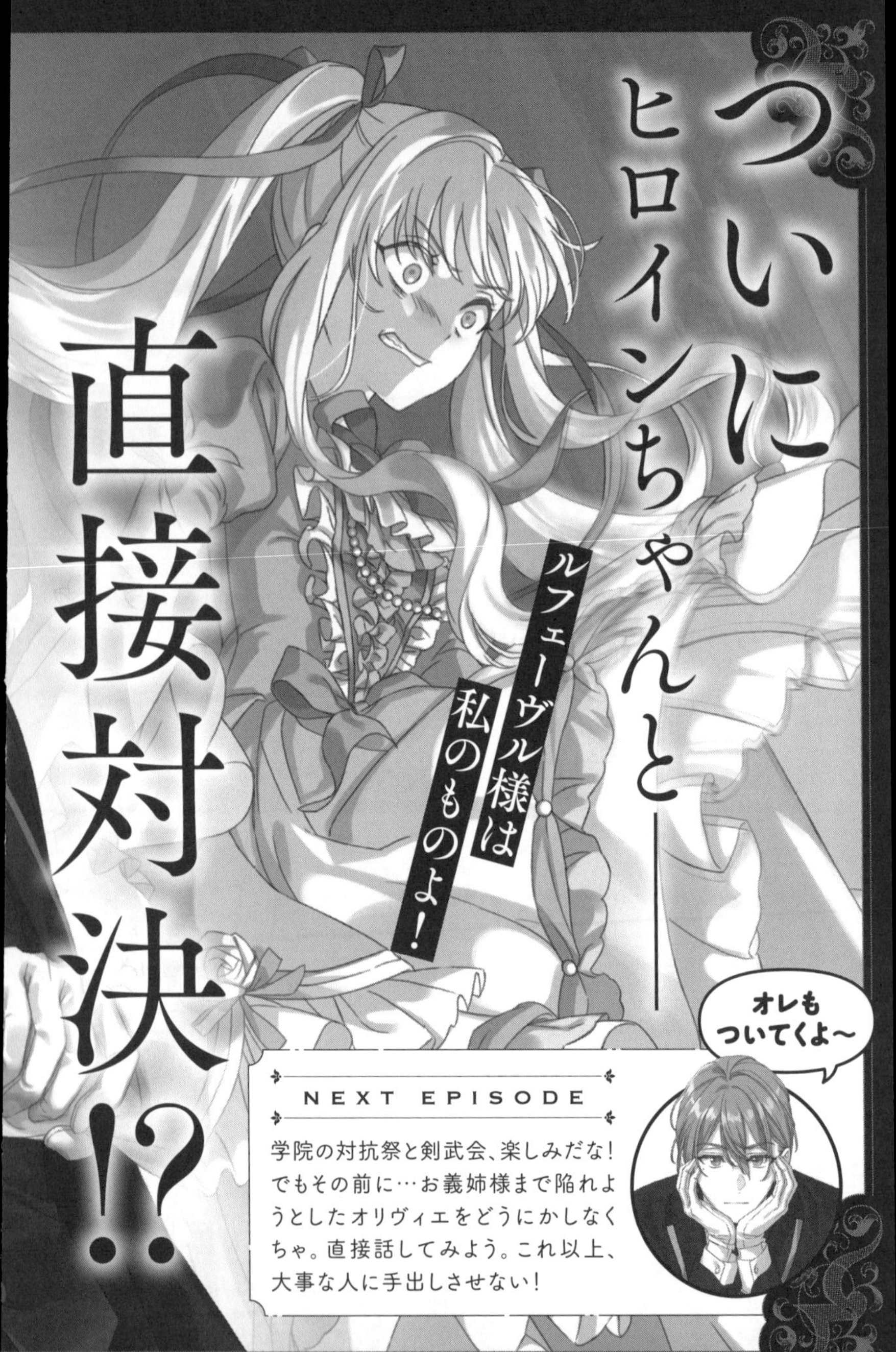
ついにヒロインちゃんと――

ルフェーヴル様は私のものよ！

直接対決!?

オレもついてくよ～

NEXT EPISODE
学院の対抗祭と剣武会、楽しみだな！でもその前に…お義姉様まで陥れようとしたオリヴィエをどうにかしなくちゃ。直接話してみよう。これ以上、大事な人に手出しさせない！

早瀬黒絵 KUROE HAYASE
イラスト comet
キャラクター原案 四つ葉ねこ
悪役の王女に転生したけど、隠しキャラが隠れてない。
I WAS REINCARNATED AS A VILLAIN PRINCESS, BUT THE HIDDEN CHARACTER IS NOT HIDDEN.
6
無垢な王女と腹黒アサシンの年の差・偏愛ファンタジー！
あなたに名を呼ばれるのは不愉快だ。
2024年3月9日、第6巻発売！

小説
第16巻
2024年 春
発売！
シリーズ累計
200万部
突破！
（紙＋電子）
絶賛配信中！
帝国物語
式HPへ！
餅月 望——著
Gilse——イラスト

ティアムーン帝国物語
コミックス
第8巻
2024年 春
発売！
漫画：杜乃ミズ
各配信サイトにて
TVアニメ
ティアムーン
断頭台から始まる、
姫の転生逆転ストーリー
詳しくは公

TOブックス
コミカライズ
連載最新話が
読める!
月額400円(税込)で
全作品が読み放題!

悪役の王女に転生したけど、隠しキャラが隠れてない。5

2023年12月 1日　第1刷発行
2023年12月20日　第2刷発行

著　者　早瀬黒絵

発行者　本田武市

発行所　TOブックス
〒150-0002
東京都渋谷区渋谷三丁目1番1号　PMO渋谷Ⅱ　11階
TEL 0120-933-772（営業フリーダイヤル）
FAX 050-3156-0508

印刷・製本　中央精版印刷株式会社

ISBN978-4-86699-998-2